지구에 떨어진 남자

The Man Who Fell to Earth

지구에 떨어진 남자

월터 테비스 지음 | 나현진 옮김

어느날
갑자기

나보다 안테아를 더 잘 아는 제이미를 위하여

차
례

1985년 이카로스, 내려가다

1

그는 3킬로미터를 걸어 마을에 도착했다. 마을 끝자락에 '헤이니빌, 인구 1400'이라고 적힌 표지판이 있었다. 나름 괜찮은, 적당한 규모였다. 아직 이른 아침이라 그런지 길에는 사람이 없었다. 아침에 공기가 선선하니 3킬로미터를 더 걷기로 했다. 희미한 조명 아래 몇 블록을 더 걸으며 기묘한 기분과 긴장감, 약간의 두려움에 정신이 아득해져 갔다. 그는 자신이 해야 할 일을 떠올리지 않으려 노력했다. 그 일이라면 이미 너무 많이 생각해 왔으니까.

자그마한 상업 지구에 들어선 그는 그토록 원했던, '쥬얼 박스(The Jewel Box)'라는 아주 작은 보석 가게를 찾았다. 길모퉁이 근처에 초록색 나무 벤치가 있었다. 곧장 벤치로 가 오래 걸어 쑤시는 몸을 앉혔다.

그가 인간을 본 건 몇 분 뒤였다.

하늘하늘한 파란색 원피스 차림의 그 여자는 피곤해 보였다. 그녀가 발을 질질 끌며 그가 앉아 있는 쪽으로 다가왔다. 그는 어쩔 줄 몰라 하며 서둘러 눈을 돌렸다. 그녀는 오른쪽을, 그가 있는 방향을 돌아보지 않았다. 인간들이 그와 체구가 비슷할 거라고 예상한 것과는 달리 저 인간은 그보다 머리하나 이상 작았다. 안색은 생각보다 더 발그레히면서 짙은 느낌이었고, 외형도 이상했다. 물론, 텔레비전에서 본 그들과 실제로 마주하는 그들이 똑같지 않으리라 생각하긴 했지만.

마침내 더 많은 인간들이 길거리에 나타났고, 전부 처음 만났던 그 여자 인간과 대강 비슷했다. 지나가는 남자 인간의 말소리가 들렸다. "……이미 말했듯이 그자들은 그런 식의 차량을 더 이상 만들지 않을 겁니다." 남자의 또렷한 발음은 생각보다 덜 딱딱하고 어딘가 독특했으나, 쉽게 알아들을 만했다.

몇몇 인간들이 그를 응시했다. 더러는 수상쩍게 바라보기도 했다. 그러나 봉변을 당할 것 같지는 않아서 크게 걱정하지 않았다. 그는 인간들을 가만히 관찰한 후에야 그의 옷차림이 인간들에게 연구 대상이 될 거란 생각이 들었다.

보석 가게가 문을 열자, 그는 10분 정도 더 기다렸다가 안으로 들어갔다. 카운터에는 하얀 셔츠에 타이를 맨 퉁퉁한 한 남자가 선반 위 먼지를 터는 중이었다. 남자가 먼지 털기를 멈추고 하찮은 존재를 바라보는 듯한 이상한 시선으로 그를 빤히 쳐다보더니 입을 열었다. "네, 손님?"

마음속 불편함이 몸집을 부풀리는 느낌이었다. 불현듯 두려움이 엄습했다. 말을 하려고 입을 벌렸다. 아무 소리도 나오지 않았다. 미소를 지어 보려 노력했지만 안면 근육이 경직된 듯했다. 내면 깊숙이에서 무언가 공포가 일기 시작하더니 당장이라도 기절해 버릴 것 같았다.

가게 주인은 여전히 그를 응시하고 있었다. 무표정한 얼굴 그대로. "네, 손님?" 주인이 다시 물었다.

그가 의지를 끌어모아 드디어 말을 내뱉었다. "저…… 혹시 이…… 이 반지에 관심이 있으세요?" 별것도 아닌 이 질문을 하려고 그동안 얼마나 여러 번을 반복하고 반복했단 말인가. 지난한 연습이 무색하게, 지금 그의 말소리는 무의미한 음절들이 모인 우스운 덩어리처럼 기이했다.

가게 주인은 아직도 그를 바라보고 있었다. "어떤 반지죠?" 주인이 물었다.

"아." 그는 어떻게든 미소를 지었다. 왼쪽 손가락에서 금반지를 뺀 다음 혹시라도 자기 손이 남자의 손에 닿을까 두려워하며 카운터 위에 조심스레 올려놓았다. "제…… 제가 운전을 하고 오는 중에 차가 고장 났습니다. 여기 도로 아래로 가던 중이었어요. 저는 지금 돈이 없어서 이 반지를 팔면 어떨까 생각했고요. 이거 값이 꽤 나갑니다."

주인은 반지를 뒤집어 가며 의심스럽게 살펴보더니 마침 내 입을 열었다. "어디서 구매하신 거죠?"

주인의 말에 그는 숨이 턱 막혔다. 뭐 문제라도 있는 건가? 금색이라서? 다이아몬드 때문에? 그러고는 다시 애써 미소 지었다. "제 아내가 줬습니다. 몇 년 전에요."

가게 주인의 얼굴은 여전히 그늘져 있었다. "훔친 물건이 아니라는 걸 제가 어떻게 압니까?"

"아." 천만다행이었다. "반지에 제 이름이 있어요." 그는 가 슴 주머니에서 지갑을 꺼냈다. "여기 신분증도 있고요." 여권 을 꺼내 카운터 위로 올렸다.

주인이 반지를 살피더니 큰 소리로 읽었다. "마리 뉴턴이 T. J.에게. 1982년 기념일." 그러고는 덧붙였다. "18K." 반지를 내려놓고 여권을 들어 대충 넘겨 보았다. "영국이요?"

"네. 저는 UN 통역사입니다. 이번이 첫 여행이에요. 이 나 라를 좀 둘러보려고요."

"음," 주인이 여권을 다시 들여다보았다. "영국식 억양이 있 는 것 같기도 하고……." 그런 다음 여권에서 사진을 발견하 고 이름을 소리 내어 읽었다. "토머스 제롬 뉴턴." 그리고 고 개를 다시 들고 말했다. "더 이상 질문하지 않겠습니다. 당신

맞네요, 좋습니다."

그가 다시 슬며시 웃어 보였다. 이번에는 조금 더 부드럽고 자연스러운 미소였다. 비록 몸을 짓누르는 굉장한 압박감이, 중력으로 인한 묵직한 압박감이 끊임없이 이어져 머리가 어질어질하고 기분이 이상했지만, 그럼에도 어떻게든 상냥하게 말하려 애썼다. "그럼, 이 반지를 살 생각이 있으신가요?"

*

그는 반지를 60달러에 팔고 속았다는 걸 알게 되었다. 그러나 지금 손에 들린 그 돈은 반지보다 더 높은 가치가 있었다. 늘 지니고 다녔던 반지 수백 개보다도 더 중요했다. 이제 그는 이곳에 와서 처음으로 자신감이 생겼고 돈도 손에 넣었다.

그 돈의 일부로 베이컨 200그램과 달걀 여섯 알, 빵, 감자 몇 알, 채소 약간을 구매했다. 전부 합해서 4.5킬로그램 정도 되었고 그가 충분히 들 수 있는 무게였다. 그의 존재는 인간들에게 호기심을 일으켰지만 그 누구도 묻지 않았고, 그 역시 자기 입으로 말하고 다니지 않았다. 그의 텐트가 있는 켄터키의 마을로 다시 돌아가지 않는다 해도 별 차이가 없을 것이다.

마을을 떠나던 날, 그가 첫 발걸음을 완전하게 내디디자 관절과 등으로 통증이 몰려오고 무게감이 온몸을 짓눌렀음에도 기분만큼은 좋았다. 드디어 첫 시작을 이루었으며 처음으로 미국 돈을 손에 넣었기 때문이었다. 그러나 척박한 들판을 지나 캠프가 있는 낮은 언덕을 향해 걸어가던 중, 마을에서 1.5킬로미터 정도 멀어졌을 그때, 갑자기 모든 것이 기괴함과 위험, 공포와 불안으로 이루어진 한 방의 굉장한 충격으로 그에게 돌진했고, 그는 그대로 바닥으로 넘어져 쓰러져 버렸다. 가장 이질적이고 가장 기이한 것들이, 즉 온 사방의 위화감이 가하는 폭력에 대항하며 그의 몸과 마음이 울부짖기 시작했다.

그는 고통스러웠다. 길고 위험했던 여행 때문에 고통스러웠고, 온갖 약물, 접종, 흡입 가스와 다가올 위기 때문에 고통스러웠고, 육체를 지독하게 짓누르는 자신의 무게 때문에 끔찍이도 고통스러웠다. 지난 몇 년간 그는 그런 순간이 언제 들이닥칠지, 마침내 지구에 착륙해서 오랫동안 준비한 계획을 실행해야 할 때가 언제인지 알고 있었다. 그러나 그곳에 대해 면밀히 연구했음에도, 그곳의 일부가 되고자 숱하게 리허설을 했음에도, 그 장소는 믿을 수 없을 정도로 생경했다. 지금 느껴지는 감정이 그랬다. 그 감정은 아주 강력했다. 풀밭에 쓰러져 있는 지금이 그는 무척 고통스러웠다.

그는 남성이 아니었다. 아직은 일반적인 남성이라 할 만한 상태가 아니었다. 키는 198센티미터. 그보다 더 큰 남자들도 더러 있기는 했다. 머리칼은 알비노처럼 새하얀 백발이었지만 그에 비해 얼굴색은 연한 갈색빛을 띠었고 눈은 밝은 파란색이었다. 체구가 가냘프고 이목구비는 섬세했으며, 손가락은 길고 가늘었다. 피부는 거의 반투명에 가깝고 털이 없었다. 얼굴에선 어딘가 요정 같은 느낌이 나면서도 기다랗고 지적인 두 눈 덕에 소년 같은 모습도 공존했다. 희고 곱슬곱슬한 머리는 귀를 살짝 덮을 정도로 자라 있었다. 그는 퍽 어려 보였다.

인간과 다른 모습은 그뿐이 아니었다. 예를 들어 손톱의 경우 인공으로 제작한 것이었다. 사실 그는 원래 손톱이 없었다. 발가락도 네 개뿐이었고 충수와 사랑니도 없었다. 아마 딸꾹질도 불가능할 것이다. 또한 횡격막에는 고도의 기술로 제작된 호흡 장치가 달려 있어서 매우 튼튼했다. 그리고 가슴팍은 25센티미터로 좁고, 체중은 40킬로그램 정도로 아주 적게 나갔다.

그러나 그는 보통 인간들이 갖고 있는 속눈썹과 눈썹, 엄지손가락, 양안시 등 수많은 생리학적 특징을 지니고 있기도 했다. 사마귀가 나진 않았지만 위궤양이나 홍역, 충치가 생길 가능성은 있었다. 어느 정도 인간의 모습을 갖추고 있었으나, 제대로 된 성인 남자 인간은 아직 아니었다. 또한 그는 인간처럼 사랑과 두려움, 육체적인 고통, 자기 연민에 민감했다.

30분이 흐르자 기분이 한결 나아졌다. 속이 여전히 메스껍고 머리를 도저히 들어 올릴 수 없을 것 같았지만, 첫 위기가 지나갔다는 생각이 들면서 주변이 더 객관적으로 보이기 시작했다. 몸을 일으켜 앉아 들판 너머를 바라보았다. 지저분하고 편평한 목초지에 갈색 풀과 갈대들이 나 있는 자그마한 풀밭, 그리고 녹았다가 다시 얼어붙은 유리처럼 생긴 눈 조각들이 있었다. 공기가 맑았다. 흐릿한 하늘 사이로 햇살이 부드럽게 퍼져 나갔다. 은은한 햇살은 이틀 전의 이글대던 햇빛처럼 그의 눈을 아프게 하지 않았다. 연못을 둘러싼 칙칙하고 메마른 나무들 맞은편에 작은 집이 있었다. 나무들 사이로 연못의 물이 보였다. 그 거대한 물의 양에 그는 숨이 막혔다. 지구에 있는 이틀 동안 그런 광경을 여러 번 보긴 했지만 아직도 익숙하지 않았다. 그동안 기대했던 모습이었음에도 직접 마주하니 또 달랐다. 여전히 충격적이었다. 물론 지구의 거대한 대양과 강, 호수에 대해 어렸을 때부터 익히 들어 왔다. 그렇지만 작은 연못 하나에 가득 찬 물을 두 눈으로 직접 보는 것은, 눈앞에 놓인 그 광경은 가히 숨이 막힐 만했다.

그는 들판의 생소함 속에서 일종의 아름다움까지도 보기 시작했다. 이미 경험했듯 이 세계의 많은 부분이 그가 기대하도록 배운 것들과 상당히 달랐지만, 생경한 색감과 질감 그리고 그 모습과 냄새가 이제는 즐거움으로 다가왔다. 소리도 마찬가지였다. 그는 귀가 아주 예민해서 풀밭에서 나는 독특하고 재잘거리는 소리와, 이른 11월의 차가운 날씨를 견뎌 내는 곤충들이 바스락거리며 딸깍대는 다채로운 소리를 들을 수 있었다. 게다가 풀밭에 머리를 대자 땅이 혼자 움직이며 웅웅거리는 작은 소리까지 들렸다.

그때 갑자기 공중에서 무언가 펄럭였다. 검은 날개가 하늘로 치솟으며 거칠고 애절하게 우는 소리가 들리더니 까마귀 열댓 마리가 머리 위로 날아들어 풀밭을 가로질렀다. 풀밭에 누운 안테아인은 까마귀들이 시야에서 사라질 때까지 지켜보다가 슬며시 미소 지었다. 이곳도 어쨌든 나름 괜찮은 세상일 수도 있다.

*

그의 캠프는 켄터키 동부, 버려진 탄전의 척박한 지역에 위치했다. 신중하게 선택한 곳이었다. 캠프 주변 몇 킬로미터 내에는 아무것도 없었다. 벌거벗은 땅과 드문드문 난 갈대들, 툭 튀어나온 거무튀튀한 바위들뿐. 돌출된 바위 옆에 텐트가 펼쳐져 있었지만 바위 때문에 거의 보이지 않았다. 텐트는 회색이고, 면 같아 보이는 재질이었다.

텐트에 도착했을 때 그는 지쳐 쓰러지기 직전이었고, 짐을 풀고 음식을 꺼내기 전에 잠깐 휴식을 좀 취해야 했다. 짐을 들어 자그마한 폴딩 테이블 위에 올리기 전 얇은 장갑을 조심스럽게 착용했다. 테이블 아래에서 도구들을 한 무더기 꺼내고 헤이니빌에서 산 물건들 옆에 두었다. 그러고는 달걀과 감자, 셀러리, 무, 쌀, 콩, 소시지 그리고 당근을 가만히 지켜보았다. 슬쩍 웃음이 났다. 음식들은 무해해 보였다.

그다음 작은 금속 도구들 중 하나를 집어 들어 끝을 감자 속으로 밀어 넣고 성분 분석을 시작했다.

3시간 뒤 당근을 생으로 씹어 먹고 무도 한 입 베어 물었는데, 혀가 타들어 가는 것 같았다. 그래도 나쁘지 않았다. 지독히 이상했지만 나름 괜찮았다. 그 이후 불을 지피고 달걀과 감자를 삶았다. 땅에 묻어 둔 소시지에서 확신할 순 없지만 약간의 아미노산이 발견되었다. 그러나 다른 음식에도 늘 존재하던 박테리아를 제외하고는 그밖에 위험이 될 만한 요소가 없었다. 안테아인들이 바라던 바였다. 그리고 그는 감자가 탄수화물인데도 맛있다는 사실을 알아냈다.

몹시 피곤했다. 하지만 간이침대에 몸을 눕히기 전에, 이틀 전 지구에 도착한 첫날 1인 탑승 우주선의 부품과 엔진이 완전히 파괴되었던 그 장소를 살펴보기 위해 밖으로 나갔다.

2

　모차르트의 클라리넷 5중주 A장조가 흘러나왔다. 알레그레토*가 끝나기 직전 판스워스는 프리 앰프의 베이스 리스폰스를 조절하고 볼륨을 살짝 올린 다음 가죽 안락의자에 깊숙이 앉았다. 그는 베이스가 강하게 함축된 알레그레토를 좋아했다. 오버톤 베이스는 클라리넷 그 자체만으로도 심오한 의미를 가지고 있는 듯한 느낌을 주었다. 그는 투실투실한 손가락을 포갠 채 5번가가 내다보이는 커튼 창문을 응시하며 음악을 감상했다.

　음악이 끝나고 카세트테이프가 자동으로 전원을 차단했을

---

* '조금 빠르게'라는 의미의 음악 용어. 알레그로보다 조금 느리다. 이런 빠르기로 연주되는 고전파 소나타나 교향곡의 악장을 뜻하기도 한다.

때, 바깥쪽 사무실로 이어지는 출입구로 시선을 돌렸더니 비서가 우두커니 서서 그를 기다리고 서 있었다. 판스워스는 벽난로 위 자기로 만든 시계를 흘긋 보고는 눈썹을 찌푸렸다. 그가 비서를 바라보며 물었다. "뭐지?"

"뉴턴 씨가 오셨습니다."

"뉴턴?" 그는 뉴턴이란 이름의 부자를 알지 못했다. "왜 왔는데?"

"말씀하지 않으셨습니다." 비시는 그렇게 말하고 한쪽 눈썹을 슬쩍 올렸다. "그런데 좀 특이합니다. 생김새가 아주 …… 특이해요."

그는 가만히 생각에 잠겼다가 이내 입을 열었다. "들어오라 그래."

비서 말이 맞았다. 그 남자는 무척 기묘했다. 큰 키와 삐쩍 마른 몸, 하얀 머리와 정교하고 섬세한 뼈대. 피부는 매끄럽고, 전체적으로 소년 같은 느낌의 외모였다. 하지만 눈은 유약하고 예민해 보이면서도 기이한 분위기였고, 그런 눈 때문인지 나이가 지긋하며 지혜로워 보이기도 했다. 그리고 어딘가 모르게 피곤한 기운이 감돌았다. 남자는 값비싼 짙은 회색 정장을 입고 있었다. 그가 의자로 다가와 조심스레 자리에 앉으며 소파에 자신의 몸을 지그시 내려놓았다. 마치 아주 무거운 짐을 지고 있는 사람처럼. 그러고는 판스워스를 보고 미소 지었다. "올리버 판스워스 씨, 맞으시죠?"

"네. 뭐 좀 마시겠습니까, 뉴턴 씨?"

"물 한 잔만 주세요."

판스워스는 마음속으로 어깨를 으쓱하며 비서에게 주문 사항을 전달했다. 그녀가 자리를 뜨자 판스워스는 손님을 쳐다보고 '자, 본론으로 들어가죠'라는 의미를 담은 보편적인 몸짓으로 상체를 앞으로 내밀었다.

한편 뉴턴은 기다랗고 가느다란 두 손을 무릎 위에 포개어놓은 채 여전히 허리를 꼿꼿이 세운 자세로 입을 뗐다. "당신은 특허 관련 전문가이시죠?" 그의 말투에는 어떤 억양이 미세하게 녹아 있었고, 발음 역시 지나치게 정확하고 딱딱했다. 출신지를 파악하기 어려웠다.

"네." 판스워스는 그렇게 답하고 다소 간결하게 덧붙였다. "제 근무 시간은 정해져 있습니다만, 뉴턴 씨."

뉴턴은 그의 말을 이해하지 못했는지 부드럽고 따뜻한 말투로 말했다. "압니다. 솔직히 말해서 당신은 미국 최고의 특허 관련 전문가입니다. 그러니까 당신의 시간도 아주 비싸겠죠."

"네, 뭐 꽤 괜찮긴 합니다."

"좋습니다." 그가 의자 옆으로 손을 뻗더니 서류 가방을 들어 올렸다.

"뭘 원하시는 거죠?" 판스워스는 다시 시계를 확인했다.

"당신과 어떤 일을 계획하고자 합니다." 키 큰 남자, 뉴턴이 서류 가방에서 봉투 하나를 꺼내고 있었다.

"지금은 시간이 너무 늦은 것 같은데요?"

뉴턴은 봉투를 열고 고무줄로 묶인 돈다발을 꺼냈다. 그러고는 고개를 들어 상냥하게 웃었다. "여기로 와서 이거 좀 받아 주시겠어요? 제가 걷기가 많이 힘들어서 말입니다. 다리 때문에요."

언짢아진 판스워스는 의자에서 몸을 일으켜 키 큰 남자에게 다가가 돈다발을 들고 돌아와서 다시 자리에 앉았다. 천 달러짜리 지폐였다.

"열 장입니다." 뉴턴이 말했다.

"당신, 멜로드라마 같은 구석이 있군요." 그가 재킷 주머니에 돈을 집어넣었다. "원하는 게 뭡니까?"

"오늘 밤이요." 뉴턴이 말했다. "3시간 동안의 세심한 집중을 원합니다."

"오, 맙소사. 하필이면 왜 밤이죠?"

뉴턴이 무심한 얼굴로 어깨를 으쓱했다. "아, 몇 가지 이유가 있지만 일단은 프라이버시 때문입니다."

"만 달러보다 적은 돈으로도 저의 세심한 집중을 얻을 수 있었을 텐데요."

"네. 하지만 저는 당신에게 우리 대화의…… 중요성을 강하게 어필하고 싶었습니다."

"음." 판스워스는 의자에 등을 기댔다. "그럼 이야기를 나눠 보죠."

깡마른 남자, 뉴턴은 편안해 보였다. 그러나 등을 기대지는 않았다. "먼저," 그가 말을 시작했다. "1년에 돈을 얼마나 벌죠, 판스워스 씨?"

"저는 월급쟁이가 아닙니다."

"좋습니다. 지난해에 얼마나 버셨습니까?"

"알겠어요. 이미 돈을 지불하셨으니 말씀드리죠. 한 14만 달러 정도 벌었습니다."

"알겠습니다. 그러면, 그만큼이면, 부유한 겁니까?"

"네."

"그런데도 돈을 더 벌고 싶은 거죠?"

대화가 점점 우스워지고 있었다. 마치 B급 텔레비전 프로그램 같았다. 하지만 돈을 받았으니 그의 말에 답하는 것이 최선이었다. 판스워스가 가죽 케이스에서 담배를 꺼내며 말했다. "그럼요. 더 있으면 좋죠."

이제 뉴턴이 상체를 앞으로 살짝 내밀었다. "훨씬 더 많이 말입니까, 판스워스 씨?" 그는 이 상황을 즐기기 시작하며 얼굴에 살며시 미소를 지었다.

이것 역시 형편없는 B급 텔레비전 프로그램 같았지만 판스워스는 그냥 받아들였다. "네." 그러고는 덧붙여 물었다. "한 대 피우실래요?" 그렇게 말하며 손님에게 케이스를 내밀었다.

하얀색 곱슬머리 남자, 뉴턴은 담배 제안을 거들떠보지도 않고 말을 이어 나갔다. "나는 당신을 큰 부자로 만들 수 있습니다, 판스워스 씨. 앞으로 5년을 내게 온전히 바친다면요."

판스워스는 무표정으로 일관했다. 이 이상한 대화 전체를 가만히 되짚어 보니 이것이 상당히 당황스러운 상황이라는 사실이 느껴졌다. 담배에 불을 붙였다. 뉴턴의 제안이 온당할 리 없다는 생각이 들었고, 재빨리 머리를 굴리기 시작했다. 한편 괴짜일지도 모르는 저 남자에게 돈이 좀 있는 건 틀림없는 사실 같았다. 그러니 한동안 같이 놀아 주는 편이 현명할 터였다. 비서가 은쟁반에 얼음물 잔을 올리고 들어왔다.

뉴턴은 쟁반에서 물잔을 조심스레 들어 올린 다음 한 손에 잔을 들고서, 주머니에서 아스피린 케이스를 꺼내 반대 손 엄지손가락으로 케이스 뚜껑을 열어젖히고 한 알을 물속으로 톡 떨어뜨렸다. 알약이 녹으면서 물이 허옇게 탁해졌다. 그는 손에 잔을 든 채 잠시 그 모습을 바라보다가 아주 느린 속도로 홀짝이기 시작했다.

판스워스는 변호사였다. 관찰력이 뛰어난 그는 즉시 아스피린 케이스에서 이상한 점을 발견했다. 그건 분명 바이어사의 아스피린 케이스 같은 평범한 물건이었지만, 어딘가 특이

한 부분이 있었다. 뉴턴이 물이 귀중하기라도 하듯 단 한 방울도 흘리지 않으려 천천히 마시는 모습도 어딘가 수상했다. 게다가 아스피린 한 알로 물이 탁해진 것 역시 말이 되지 않았다. 이따가 뉴턴이 떠나고 난 뒤 아스피린을 물에 넣으면 어떤 일이 생기는지 한번 시험해 봐야 할 것 같았다.

비서가 사무실을 나가기 전에 뉴턴은 그녀에게 자기의 서류 가방을 판스워스에게 건네 달라고 부탁했다. 그녀가 떠나자 그는 마지막으로 물을 정성스레 홀짝이고 거의 가득 찬 물잔을 옆 테이블에 내려놓았다. "가방 안에 당신이 읽었으면 하는 것들이 있습니다."

판스워스가 가방을 열자 두툼한 서류 뭉치가 보였고 그걸 꺼내 무릎 위에 올리자 종이의 촉감이 색다르다는 것이 곧바로 느껴졌다. 굉장히 얇고 단단하면서도 유연했다. 맨 위 종이에는 푸르스름한 잉크로 출력된 수많은 화학 공식들이 깔끔하게 정리되어 있었다. 나머지 서류들도 뒤적였다. 회로도와 도표, 각종 공구들과 주형 등 공장 시설로 보이는 도면들이었다. 슬쩍 보니 몇몇 공식들은 눈에 익었다. 그가 고개를 들었다. "전자 공학 분야입니까?"

"네. 부분적으로는요. 이 분야에 익숙하시죠?"

판스워스는 대답하지 않았다. 뉴턴이 판스워스에 대해 조금이라도 알아봤다면, 그가 약 마흔 명으로 구성된 변호사 그

룹의 리더이며, 세계에서 가장 규모가 큰 전자 부품 제조 연합에 소속된 한 기업을 위해 여섯 번의 피 튀기는 소송을 치렀다는 걸 인지하고 있을 것이다. 판스워스는 서류들을 읽기 시작했다.

*

뉴턴은 허리를 세우고 앉아 판스워스를 바라보았다. 뉴턴의 백발이 샹들리에의 빛을 받아 반짝였다. 그는 겉으로는 웃고 있었지만, 사실은 온몸이 욱신거렸다. 잠시 뒤 그는 물잔을 들고 그의 고향에서의 오랜 삶 동안 무엇보다 소중했던 물을 홀짝이기 시작했다. 천천히 물을 마시며 판스워스가 서류를 읽고 있는 모습을 지켜보자, 여전히 이상한 이 세계 속 완전히 낯선 사무실이 그에게 들이밀었던 불안감을 신중히 감출 때 느꼈던 긴장과, 축 늘어진 턱살과 반들반들한 머리, 돼지처럼 작은 눈을 한 이 뚱뚱한 인간에게서 느꼈던 두려움이 서서히 사라져 갔다. 뉴턴은 알았다. 이 남자가 이제 자기 손에 들어왔다는 걸. 그는 잘 찾아온 셈이었다.

*

판스워스가 서류에서 눈을 떼고 고개를 들기까지 2시간이 걸렸다. 그사이 판스워스는 위스키를 세 잔 마셨다. 눈가가 불그스름하게 충혈되었다. 그는 뉴턴을 보고 눈을 끔뻑거렸다. 처음에는 그의 모습이 잘 보이지 않았다가 작은 눈이 커지면서 서서히 초점이 맞춰졌다.

"어떻습니까?" 뉴턴이 여전히 미소를 띤 채 물었다.

뚱뚱한 남자, 판스워스는 숨을 내쉬더니 정신을 맑게 하려는 듯 머리를 흔들었다. 그의 목소리는 유약했고 조심스러운 듯 주저하는 눈치였다. "전부 이해하지는 못했습니다." 그가 말했다. "몇 부분만요. 아주 약간이요. 광학 또는 사진 필름 부분이 이해가 가지 않아요." 그는 손에 들린 종이로 다시 시선을 돌렸다. 종이가 아직 손에 있는지 확인하려는 것 같았다. "저는 변호사입니다, 뉴턴 씨." 그가 계속 말했다. "변호사라고요." 갑자기 그의 육중한 몸과 단추 구멍 같은 눈이 강하게 요동쳤고, 그가 목소리에 힘을 실어 재빠르게 덧붙였다. "그렇지만 저는 전자 기술을 잘 알죠. 염료도 잘 알고요. 당신의…… 증폭기가 이해 가는 것 같기도 합니다. 텔레비전 수상기 부분 역시 이해한 것 같고요. 그리고……." 그는 말을 중단하고 잠시 눈을 깜빡였다. "오 세상에, 당신이 주장한 대로 만들어 낼 수 있을 것 같습니다." 그러더니 숨을 천천히 내쉬었다. "설득력이 있어 보여요, 뉴턴 씨. 잘될 것 같습니다."

뉴턴은 여전히 미소 짓고 있었다. "잘될 겁니다. 전부 다요."

판스워스는 담배를 꺼내 불을 붙이고 흥분을 가라앉혔다. "확인해 봐야겠군요. 그 금속과 회로가⋯⋯." 그러더니 말을 뚝 멈추고 두툼한 손가락 사이로 담배를 꽉 잡았다. "맙소사. 이게 무슨 의미인지 알아요? 당신이 그 기본을, 그러니까 그걸 아홉 개나 갖고 있다는 거라고요. 기본 특허 말입니다." 살찐 손으로 종이 한 장을 들어 올리고는 말했다. "영상 전송과 작은 정류기에 관한 특허라고요. 그러니까⋯⋯ 이게 무슨 의미인지 당신 알고 있어요?"

뉴턴의 표정은 변하지 않았다. "네, 무슨 의미인지 압니다." 그가 말했다.

판스워스는 담배를 천천히 빨았다. "당신 말이 맞다면요, 뉴턴 씨." 그의 목소리는 이제 누그러져 있었다. "당신이 RCA*와 이스트만 코닥을 소유한다면, 오 세상에, 그러면 듀폰까지 손에 넣게 될 겁니다. 이게 무슨 뜻인지 알아요?"

뉴턴이 그를 뚫어지게 응시했다. "무슨 뜻인지 저도 잘 압니다." 그가 답했다.

*

---

* Radio Cooperation of America, 미국의 전자 회사

판스워스의 시골집까지는 차로 6시간이 걸렸다. 뉴턴은 리무진 뒷자리 구석에서 몸에 단단히 힘을 주며 그와 대화를 계속해 나가려고 노력했지만, 쉽지 않았다. 아래로 강하게 끌어내리는 중력의 힘으로 인한 과부하 상태에서 차량의 묵직한 가속도까지 중첩되어 몸이 극도로 고통스러웠다. 결국에는 변호사에게 너무 피곤하다며 좀 쉬어야겠다고 말할 수밖에 없었다. 중력의 힘에 익숙해지려면 앞으로 수년은 더 걸린다는 걸 그도 알고 있었다. 눈을 감고 푹신한 등받이에 체중을 최대한 강하게 밀어 넣으며 할 수 있는 한 통증을 견뎌 냈다. 차 안 공기가 너무 더웠다. 이 정도면 고향의 가장 뜨거운 날의 기온이었다.

도시 외곽을 지나갈 때쯤 마침내 기사의 운전이 한결 안정적으로 느껴지며, 정지하고 출발할 때의 울렁거림도 가라앉기 시작했다. 뉴턴은 판스워스를 몇 번 흘긋했다. 변호사는 단 한순간도 눈을 붙이지 않았다. 아직도 무릎 위에 팔꿈치를 대고 앉아 작은 두 눈을 반짝이며 뉴턴에게 받은 서류들을 열심히 뒤적이고 있었다.

그의 시골집은 숲이 우거진 곳에 고립된 저택이었다. 건물과 나무들은 축축했고, 안테아의 한낮 햇살과 상당히 비슷한 잿빛 아침 햇살이 희미하게 일렁였다. 뉴턴의 극도로 예민한 눈에 생기가 돌았다. 그는 숲과 숲속의 고요한 감각, 습기의 반짝임이 좋았다. 이 지구의 넘쳐 나는 물과 비옥한 느낌, 심지어 곤충들의 거듭되는 지저귐과 떨림도 좋았다. 그의 세계, 안테아에 비하면 끝없는 기쁨의 원천이었다. 건조함과 공허함, 들리는 소리라고는 추위로 인해 끼익끼익거리는 소리뿐인 인적 드문 도시와 텅 빈 드넓은 사막 사이의 적막, 자신의 고통과 죽어 가는 이들의 신음이 바람을 타고 하염없이 돌아다니는 그의 세계 안테아…….

욕실 가운을 입은 졸린 눈의 하인이 문에서 그들을 맞이했다. 판스워스는 하인에게 커피를 주문하면서 그 자리에서 바로 그를 해고했다. 하인 등 뒤에 대고 손님방을 진즉 준비해 놨어야 했다며, 앞으로 최소 사흘 동안 전화 한 통도 받지 못할 거라고 고함을 질렀다. 그런 다음 뉴턴을 서재로 안내했다.

서재는 매우 넓었고, 한때 그가 공부하며 머물렀던 뉴욕 아파트보다 훨씬 더 고급스럽게 꾸며져 있었다. 판스워스는 분명 세계 최고의 부자들이 나오는 잡지를 읽었을 것이다. 바닥 한가운데에는 벌거벗은 여자가 멋진 수금을 들고 있는 하얀 조각상이 있었다. 벽면 두 개는 책장으로 채워져 있고, 세 번째 벽에는 종교와 관련된 커다란 그림이 걸려 있었다. 뉴턴이 보기엔 십자가에 못 박힌 예수인 듯했다. 그림 속 얼굴에 그는 순간적으로 깜짝 놀랐다. 가늘고 날카로우며 커다란 눈을 한 그 얼굴은 구별이 어려울 만큼 안테아인과 흡사했다.

뉴턴이 판스워스를 바라보았다. 눈은 게슴츠레하지만 한결 침착해진 판스워스는 안락의자에 등을 기대고 배 위에 오동통한 손을 포갠 채 자기를 찾아온 손님, 뉴턴을 보고 있었다. 둘의 눈이 마주쳐 어색한 분위기가 감돌자 변호사가 먼저 시선을 돌렸다.

그러더니 곧바로 다시 눈을 마주치고 나지막이 말을 꺼냈다. "음, 뉴턴 씨, 그래서 당신의 계획이 뭐죠?"

뉴턴이 미소 지었다. "아주 간단합니다. 가능한 한 돈을 많이 벌고 싶어요. 최대한 빨리요."

변호사의 얼굴에는 아무런 표정도 그려지지 않았지만 그는 어딘가 비꼬는 듯한 말투로 답했다. "당신의 단순함은 참 우아하군요, 뉴턴 씨." 그가 계속했다. "목표 금액은 얼마 정도로 생각하고 있죠?"

뉴턴은 심란한 마음으로 방 안의 고급 예술품들을 응시했다. "우리가 5년 안에 얼마나 벌 수 있을까요?"

판스워스는 그를 바라보고 자리에서 벌떡 일어서더니 피곤한 몸을 이끌고 책장으로 뒤뚱뒤뚱 걸어가 방 안 어딘가에 숨어 있는 스피커에서 바이올린 연주곡이 흘러나오기 시작할 때까지 자그마한 다이얼을 돌렸다. 뉴턴은 알지 못하는, 차분하면서도 어딘가 복잡한 음악이었다. 판스워스가 다이얼을 조정하며 말했다. "그건 두 가지 조건에 달려 있어요."

"네?"

"먼저, 이 일에 얼마나 공정하게 임할 생각이죠, 뉴턴 씨?"

뉴턴은 판스워스에게 다시 초점을 맞췄다. "완전히 공정하게요." 그가 계속했다. "합법적으로요."

"알겠습니다." 판스워스는 트레블 컨트롤*을 원하는 대로 조절하지 못하는 듯했다. "좋습니다. 그럼 두 번째, 제 몫은 얼마나 될까요?"

"순이익의 10퍼센트입니다. 진체 회사 지분의 5피센트요."

돌연 판스워스가 앰프의 컨트롤에서 손을 뗐다. 그러고는 의자로 천천히 돌아갔다. 그가 옅은 웃음을 지었다. "좋습니다, 뉴턴 씨. 제가 당신에게 순자산…… 3억 달러를 마련해 드릴 수 있을 것 같군요. 5년 안에요."

뉴턴은 그의 말을 잠시 생각했다. 그리고 이렇게 말했다. "그걸로는 충분하지 않을 겁니다."

판스워스는 "왜 충분하지 않죠, 뉴턴 씨?"라고 묻기 전 눈썹을 올린 채 잠시 그를 뚫어지게 쳐다보았다.

뉴턴의 눈빛이 경직되었다. "그…… 연구 프로젝트 때문입니다. 돈이 아주 많이 들거든요."

"제가 보증하죠."

---

* 앰프에서 고음을 높이거나 내리는 조절 손잡이

"만약에," 키 큰 남자, 뉴턴이 입을 뗐다. "석유 처리 공정을 지금 사용 중인 그 어떤 공정보다 성능 측면에서 15퍼센트 더 높인다면요? 5억 달러까지 가능하겠습니까?"

"음…… 공정이 1년 안에 준비될까요?"

뉴턴이 고개를 끄덕였다. "1년 안에 스탠더드 오일*을 능가할 겁니다. 우리가 그 회사를 손에 넣을 수 있을 거라는 생각이고요."

판스워스는 다시 시선을 고정했다. 마침내 그가 입을 열었다. "내일 서류 작성을 시작합시다."

"좋습니다." 뉴턴이 의자에서 뻣뻣하게 일어섰다. "그러고 나서 협의할 부분에 대해 더 자세히 이야기 나누도록 하죠. 반드시 고려되어야 할 사항이 딱 두 가지 있습니다. 당신이 정직하게 돈을 받는 것, 그리고 제가 당신을 제외한 누구와도 가급적이면 연락을 취하지 않는 것입니다."

뉴턴의 침실은 위층에 있었다. 왠지 계단을 오를 수 없을 것 같다는 생각이 스쳤다. 그러나 뉴턴은 판스워스가 아무 말 없이 옆에서 계단을 오르는 동안 한 걸음씩 천천히 발걸음을 옮겼다. 판스워스는 그에게 침실을 보여 준 뒤 얼굴을 마주하

---

* Standard Oil. 1870년에 설립된 석유 화학 산업을 기반으로 하는 업체로, 석유의 생산, 운송, 정제, 마케팅 분야에서 다른 회사들에 비해 월등한 영향력을 가진 회사였다. 1911년에 해산했다.

며 이렇게 말했다. "뉴턴 씨, 당신은 뭔가 특이한 것 같은데……
출신지가 어디인지 묻는다면 혹시 실례가 될까요?"

그 질문에 뉴턴은 몹시 당황했지만, 평정심을 유지했다.
"전혀요." 그가 답했다. "저는 켄터키 출신입니다, 판스워스 씨."

변호사의 눈썹이 살짝 올라갔다. "그렇군요." 그러고는 뒤
로 돌아 복도를 따라 느릿느릿 내려갔다. 복도 바닥이 대리석
이라 그의 발걸음 소리가 복도 전체에 메아리쳤다.

뉴턴의 침실은 친장이 높고 화려한 가구들로 장식되어 있
었다. 그는 침대에서도 텔레비전을 볼 수 있게끔 텔레비전 세
트가 벽 안에 설치되어 있는 걸 확인하고는 피곤함에 찌든 미
소를 지었다. 인간 세계의 수신 상태가 안테아와 어떻게 다른
지 보기 위해 언젠가는 반드시 텔레비전을 시청해야 했다. 몇
가지 TV쇼를 시청하는 일은 그에게 또다시 즐거움을 선사할
터였다. 퀴즈 프로그램이나 일요일에 하는 '교육적인' 프로그
램들이 고향에 있는 사람들에게 반드시 기억해야 할 정보 대
부분을 제공하는데도 불구하고, 그가 좋아하는 것은 서부 영
화였다. TV쇼를 안 본 지 벌써…… 고향을 떠난 지 얼마나 됐
지? 넉 달이나 되었다. 지구에 도착한 건 두 달 전이었다. 그
동안 돈을 벌고, 병원균을 연구하고, 음식과 물도 연구하고,
영어 발음을 완벽하게 구사하는 연습을 하고, 신문을 읽고,
판스워스와 하게 될 아주 중요한 면담을 준비하며 지냈었다.

뉴턴은 창밖의 더 환해진 아침 햇살을, 연한 파란 하늘을 바라보았다. 하늘 어딘가 그가 보고 있는 그곳이 어쩌면 안테아일 수도 있다. 생명체가 죽어 가고 춥디추운 곳. 그럼에도 향수병을 불러일으키는 곳. 아주 오랜 시간 동안 다시 만날 수 없는, 그가 사랑하는 사람들이 사는 곳⋯⋯. 언젠가는 그들을 다시 볼 수 있을 것이다.

창문에 커튼을 친 뒤 피곤에 절고 아픈 몸을 침대에 부드럽게 눕혔다. 모든 흥분이 사라진 듯했고, 마음이 한결 침착하고 차분해졌다. 몇 분이 지나기도 전에 그는 잠이 들었다.

오후 햇살이 그를 깨웠다. 커튼이 반투명해서 쏟아지는 눈부신 햇빛에 눈이 아렸지만 기분 좋게 깨어났다. 그동안 머물렀던 애매한 호텔들의 침대에 비해 이 방의 침대가 훨씬 푹신해서 그랬을 수도 있고, 지난밤 성공에 대한 안도감에 그랬을 수도 있다. 침대에 누워 몇 분간 생각에 잠겼다가 몸을 일으켜 욕실로 갔다. 전기면도기와 비누와 얼굴 수건, 목욕 수건이 준비되어 있었다. 그는 면도기를 보고 싱긋 웃었다. 안테아인들은 수염이 나지 않았다. 변기 뚜껑을 올리고 변기에 든 물에 매료되어 잠시 가만히 바라본 뒤 세수를 했다. 피부에 자극이 가서 비누는 쓰지 않았지만, 크림만큼은 서류 가방에서 꺼내 발랐다. 늘 먹던 약을 먹고 옷을 갈아입은 후 5억 달러를 벌기 위해 아래층으로 내려갔다.

*

그날 저녁, 뉴턴은 판스워스와 6시간 동안 이야기를 나누며 계획을 세운 후, 방 밖 발코니에서 시원한 공기를 마시면서 검은 하늘을 올려다보고 오랜 시간 서 있었다. 무거운 대기 속에서 반짝이는 별과 행성들이 낯설어 보였다. 그는 모르는 위치에 있는 별과 행성을 바라보는 걸 좋아했다. 그러나 천문학을 잘 알지 못했기에, 북두칠성과 몇몇 작은 별자리들을 제외한 다른 패턴들은 생소하게 느껴졌다. 다시 방으로 들어갔다. 어떤 별이 안테아인지 알면 기쁠 것 같았다. 그러나 알 수 없었다.

3

이상하리만큼 따뜻한 어느 봄날의 오후, 네이선 브라이스 교수는 4층에 위치한 그의 집까지 계단으로 올라가던 중, 3층 계단에 장난감 총에 들어가는 종이 화약 하나가 떨어져 있는 걸 발견했다. 지난 오후 복도에서 들렸던 소리를 떠올리며 집 변기에 내려 버릴 생각으로 종이 화약을 집어 들었다. 화약은 밝은 노란 빛깔을 띠고 있었는데, 생각과 다른 색 때문에 그 자그마한 물체가 정말 화약인지 인식하는 데 시간이 조금 걸렸다. 어린 시절에 본 화약은 전부 녹이 슨 듯한 독특한 빨간색이었으며 그 색은 화약이나 폭죽이라고 하면 늘 떠오르는 색이었다. 그런데 이젠 노란색으로도 제조하는 모양이었다. 분홍색 냉장고나 노란색 알루미늄 컵, 그 외 뭔가 생각지도 못한 놀라운 물건들이 만들어진 것처럼. 그는 땀을 흘리며 계단을 올라가면서 가공된 노란색 알루미늄 컵을 만드는 데 필요한 주요 화학 요소들을 생각해 보았다. 군은살이 박인 손을 동그랗게 모아서 물을 마셨던 원시 시대 사람들은 화학 공학에 관한 복잡한 지식—상용 프로세스의 분자 간 작용에 관한 지독히도 세밀한 지식—없이도 그런 컵을 완벽하게 만들어 냈으리라 추측했다. 네이선 브라이스 교수는 그와 관련된 연구 논문을 발표하고 알리며 돈을 벌었다.

집에 도착할 때쯤 그는 화약을 까맣게 잊고 있었다. 생각할 거리가 많아도 너무 많았다. 군데군데 흠집이 난 커다란 떡갈나무 책상 한 켠에 가져온 지 6주가 지난 지금까지도 어수선하게 널브러져 떡하니 자리 잡고 있는 것은 학생들의 리포트였다. 생각만 해도 끔찍했다. 책상 옆에는 전기 난방 시대에 뒤떨어진, 골동품이라 해도 될 정도로 아주 낡아 빠진, 회색의 증기 라디에이터가 있고, 그 유서 깊은 철제 덩어리의 덮개 위에는 학생들의 연구 노트 더미가 무질서하고 위협적으로 쌓여 있었다. 노트들이 너무 높이 쌓여 있어서 라디에이터에 걸려 있는 라산스키*의 작은 그림이 노트들 사이에 완전히 파묻혀 있었다. 그림 속 눈꺼풀이 반쯤 감겨 있는 눈은 실

---

* 아르헨티나 출신의 화가 마우리시오 라산스키Mauricio Lasansky

험실 리포트로 인한 괴로움에 아무 말 없이 허공을 응시하는 어느 지친 과학자의 눈을 나타내는 듯했다. 브라이스 교수는 타고나기를 엉뚱해서 이런 생각을 종종 하곤 했다. 그리고 지난 3년간 이 중서부 마을에서 마주했던 몇 안 되는 가치 있는 것들 중 하나인 이 작은 그림을 학생들의 리포트 때문에 지금 당장 감상할 수 없다는 사실에 진저리가 났다.

책상 한쪽 깔끔하게 정돈된 곳에는 타자기가 천박하고 하찮으며 과도하게 부담스럽고 따분한 물건처럼, 아직도 17쪽에 그대로 머물러 있는 폴리에스테르 수지에 대한 전리 방사선 효과를 다룬 논문처럼, 누구도 필요로 하지 않고 누구에게도 존경받지도 않고 어쩌면 이 세상에 영원히 미완으로 남게 될지 모르는 어느 논문처럼 놓여 있었다. 브라이스의 시선이 우중충한 난장판에 닿았다. 폭탄이 떨어진 종이 카드 하우스의 도시처럼 사방에 흩날린 종이들, 그리고 산화 환원 방정식과 불순한 산의 산업용 물질 조제에 관한 무서울 정도로 꼼꼼한 학생들의 끝없는 솔루션 자료들. 전부 다 따분한, 폴리에스테르 수지 논문처럼 똑같이 따분한 것들이었다. 그는 코트 주머니에 손을 넣고서 낙담한 표정으로 그것들을 가만히 응시했다. 그러다 방 안이 덥게 느껴지자 코트를 벗어 금색 양단 소파에 툭 던진 다음 셔츠 안으로 손을 넣고 배를 긁적이며 주방으로 가 커피를 내리기 시작했다. 싱크대에는 지저분한 증류기와 비커, 작은 유리병들이 아침 식사 그릇들, 그중에서도 노른자 얼룩이 묻은 그릇과 함께 어질러져 있었다. 이런 답도 없는 혼란을 보고 있으니 절망감이 몰아쳐 순간 소리를 지르고 싶었지만, 그렇게까지 하지는 않았다. 잠시 우두커니 서 있다가 큰 소리로 부드럽게 말했다.

"브라이스, 이런 돼지우리가 어디 있냐." 꽤 깨끗한 비커가 눈에 들어왔다. 비커를 헹궈 가루형 커피를 넣고 뜨거운 수돗물을 받은 다음 연구용 온도계로 커피를 젓고 한 번에 들이켜며 비커 너머로 하얀 스토브 위 벽에 걸린 비싸고 큼직한 그림을, 브뤼헐의 〈이카로스의 추락〉*을 주시했다. 좋은 그림이었다. 한때는 사랑했던 그림이지만 지금은 익숙해져서 이 그림이 이제 그에게 주는 즐거움은 예술적 지식이 전부였다. 그는 그림의 색채와 기법, 그 외에도 예술 애호가들이 좋아하는 것들을 좋아했다. 그가 예술적 지식에만 반응한다는 것이 좋지 않은 징조임을 알고 있었고, 더군다나 그 느낌이 옆 방 책

---

* 네덜란드의 화가 피테르 브뤼헐Pieter Brueghel de Oude이 유일하게 신화를 소재로 그린 작품이다. 이카로스는 하늘을 난다는 즐거움에 취해 태양 가까이로 올라가면 밀랍으로 만든 날개가 녹아 추락할 수 있다는 다이달로스의 경고를 무시하고 욕망에 타올라 태양으로 가다가 결국 물에 빠져 죽음을 맞이한다. 브뤼헐은 그림의 구석에 막 물에 빠진 이카로스를 그려 넣었고, 주변의 농부와 어부, 선원들 모두 고성을 지르며 떨어지는 이카로스를 애써 외면하는 장면을 연출했다. 이 그림은 당시의 시대 모습을 풍자한 것이며, 욕망과 교만의 끝이 어떠한지 보여 주고 있다.

상 주변에 뒤죽박죽 쌓인 불쾌한 서류 더미들과 관련이 있다
는 것 또한 잘 알고 있었다. 커피를 다 마신 후 어떤 특별한 감
정이나 표정 없이 부드러운 목소리로 형식적으로 시를 읊었
다. 〈이카로스의 추락〉에 대한 오든의 시였다.

　　……무언가 놀라운 것을,
　　한 소년이 하늘에서 떨어지는 모습을
　　틀림없이 보았을 값비싼 호화선은,
　　도착해야 할 곳이 있었기에 차분히 항해를 계속했다.

　그는 비커를 헹구지 않고 그대로 스토브 위에 올려놓았다.
소매를 걷고 넥타이를 푼 다음 싱크대에 뜨거운 물을 채우기
시작했다. 그러면서 세제 거품이 수도꼭지 물의 압력에 의해
다세포 생물인 커다란 알비노 계열 곤충의 겹눈처럼 솟아오
르는 모습을 지켜보았다. 그러고는 뜨거운 물 위로 솟아난 거
품 속으로 그릇들을 집어넣고 설거지용 스펀지를 찾아 설거
지를 시작했다. 저 안쪽 어딘가부터 시작해야 했다…….
　4시간 후, 그는 등급이 나뉜 학기말 리포트들을 한데 모은
다음 종이를 묶을 고무줄을 찾으러 주머니 속을 더듬거렸다.
그러던 중 아까 그 종이 화약을 발견했다. 화약을 주머니 밖
으로 꺼내 손바닥 위에 잠시 올려놓고서 얼빠진 것처럼 싱긋

웃었다. 장난감 총을 쏴 본 지 30년이 훌쩍 넘었다. 아주 오래 전 언젠가 여드름이 나던 순수한 시절, 그는 장난감 총과 책 〈시가 있는 뜰의 아이들〉에서 벗어나 '쳄 크래프트'라는 어린이용 화학실험 세트로 넘어갔다. 진짜 실험 도구처럼 보였던 그 커다란 세트는 그의 할아버지가 주신 거였는데, 그때 할아버지는 손자를 화학의 운명으로 직접 등 떠민 셈이었다. 불쑥, 지금 당장 장난감 총을 갖고 싶다는 생각이 들었다. 바로 여기, 텅 빈 그의 아파트에서 화약을 한 발씩 쏘고 싶었다. 그리고 그는 생각해 냈다. 집에서 화약을 전부 발사하면—아주 재미있고 파격적인 이런 생각을 여태 한 번도 시도해 보지는 않았지만—무슨 일이 일어날지 궁금했다. 이보다 더 재밌는 시간은 앞으로 없을 것 같았다. 그는 피곤했지만 미소를 지으며 자리에서 일어나 주방으로 향했다. 구리 망 시트 위에 장난감 총 화약을 놓고 삼각대 위에 구리 망 시트를 올린 다음, 그 위에 알코올램프 속 알코올 용액을 조금 부으며 현학적으로 "점화"라고 중얼거리면서, 주머니에서 나무 가시를 꺼내 담배 라이터로 불을 붙이고 조심스럽게 화약에 가져갔다. 결과는 놀랍고 만족스러웠다. 불규칙한 타닥타닥 소리가 조금씩 나거나 잿빛 연기가 살짝 피어오르지 않을까 예상했지만, 화약은 철사 망 위에서 미친 듯이 춤을 추더니 우렁찬 탕 소리를 내며 터졌다. 그는 그 광경에 기분 좋은 당혹감을 느꼈다. 그런데 이상하게도 화약 잔해에서 연기가 피어오르지 않았다. 허리를 숙이고 조금 남은 시커먼 잔해에 코를 갖다 댔다. 아무런 냄새도 나지 않았다. 희한했다. 오, 맙소사. 기술이 이렇게나 빨리 발전하다니! 그가 생각했다. 어떤 가엾고 바보 같은 화학자가 화약 대체품을 발견한 게 분명했다. 그는 그게 무얼지 궁금해서 어깨를 들썩였다. 나중에 언젠가 조사할 날이 올 터였다. 그러나 그는 예전의 화약 냄새가, 날카롭게 톡 쏘지만 꽤 괜찮았던 그 냄새가 그리웠다. 손목시계를 확인하자 일곱 시 반이었다. 창밖에는 봄의 황혼이 찾아와 있었다. 벌써 저녁 시간이 지났다. 그는 욕실로 들어가 거울에 비친 초췌한 잿빛 얼굴을 보고 고개를 저으며 손과 얼굴을 씻었다. 그러고는 소파에 있는 코트를 들어 몸에 걸치고 밖으로 나갔다. 종이 화약이 또 있나 확인하느라 어기적어기적 계단을 내려가며 발을 내디뎠으나 눈 씻고 찾아봐도 없었다.

햄버거와 커피 한 잔을 마신 뒤 영화를 보러 가기로 했다. 힘든 하루였다. 연구 4시간, 강의 3시간, 형편없는 논문 읽기 4시간. 사이언스 픽션 영화를—새의 두뇌를 지닌 부활한 공룡들이 맨해튼 주변을 돌아다니는 놀라운 내용이나, 곤충을 먹는 화성인들이 지구를 침략해 쓰레기 같은 세계를 완전히 파괴해서(혹은 제거해서) 곤충을 먹게 된다는 내용의 영화를— 기대하며 시내로 걸어갔다. 하지만 그런 영화는 없었고 뮤지

컬 영화에 만족해야 했다. 팝콘과 초코바를 산 뒤 작고 어두컴컴한 객석으로 들어가서 통로 쪽 구석 자리를 찾아다녔다. 입에서 햄버거의 싸구려 머스터드 맛을 지우려고 일부러 팝콘을 먹기 시작했다. 화면에 뉴스 영화*가 나오고 있었고, 그는 화면에 나오는 사건이 그에게도 닥칠 수 있겠다는 가벼운 두려움을 갖고서 심드렁히 영화를 보았다. 아프리카의 폭동 장면이 나왔다. 아프리카에서는 1960년대 초부터 지금까지 벌써 몇 년째 폭동이 일어나고 있을까요? 호주의 골드 코스트 정치인이 불운한 '선동자들'에게 수소 폭탄을 사용할 것이라고 위협하며 연설 중이었다. 브라이스는 자신의 직업이 부끄러워 몸 둘 바를 몰랐다. 사실 수년 전 그는 촉망받는 대학원생으로서 한동안 수소 폭탄 프로젝트에서 참여했었다. 불쌍한 오펜하이머**처럼 그 역시 당시에 수소 폭탄에 대해 굉장한 의심을 품고 있었다. 뉴스 영화가 콩고강을 따라 배치된 미사일 사진으로 바뀌더니, 아르헨티나의 유인 로켓 경주 사진에서 뉴욕의 최신 유행 패션 사진—가슴 부분이 훤히 드러난 여성 원피스와 주름이 많은 남성 정장 바지 사진—으로 넘

---

* 시사적인 사건을 보도하기 위해 정기적으로 제작하여 상영하는 영화. 텔레비전이 보급되면서 점차 사라졌다.
** Julius Robert Oppenheimer. 미국의 이론물리학자로, 세계 최초의 원자폭탄 제조를 감독한 지도자다. 그러나 1949년 수소 폭탄 제조 계획에 반대해 모든 공직에서 쫓겨났다.

어갔다. 그러나 브라이스는 머릿속에서 그 아프리카인들을 지울 수가 없었다. 화면 속 진지한 청년 흑인들은, 셀 수 없이 많은 병원 진료실과 존경할 만한 친인척들의 응접실에서 휙 휙 넘기며 보곤 했던 내셔널 지오그래픽 잡지에 나온 먼지투 성이의, 음울한 대가족의 자손들이었다. 잡지에 나왔던 아프 리카 여자들의 축 늘어진 가슴과 모든 컬러 사진에 반드시 있 어야만 하는 빨간색 손수건이 떠올랐다. 이제 그들의 자손은 유니폼을 입고, 대학에 가고, 마티니를 마시고, 그들만의 수 소 폭탄을 만들고 있었다.

뮤지컬 영화는 상당히 천박한 색채의 향연으로 시작되었 다. 그 때문에 뉴스 영화의 기억이 사라지는 것 같았다. 제목 은 〈샤리 레슬리 이야기〉. 따분하고 정신 사나운 영화였다. 브라이스는 영화 속 배우들의 목적 없는 몸짓과 색채에 몰두 하려 노력했지만 그럴 수 없다는 걸 깨달았고, 일단 영상에 나오는 젊은 여자의 꽉 조이는 가슴과 긴 다리에라도 만족해 야 했다. 영상 자체만으로도 과도하게 산만한 상황에서, 그런 장면은 중년의 홀아비인 그에게 고통스러울 뿐만 아니라 집 중력 또한 말도 안 되게 흩어 놓았다. 노골적인 관능미를 마 주하며 몹시 당황한 그는 애써 촬영 기법에 집중했고, 그제 야 이미지의 기술적 품질이 그에게 큰 타격을 주고 있다는 사 실을 처음으로 인정했다. 영화 장면은 거대한 이중 망원 스크린에 확대되어 나오고 있는데도 영상의 개별적인 라인과 디테일이 밀착 인화 사진*만큼 선명하게 표현되어 있었다. 그는 눈을 깜빡이며 화면을 응시하고 손수건으로 안경을 닦았다. 의심의 여지없이 완벽한 영상이었다. 그는 광화학에 대해 수박 겉핥기식으로 알고 있긴 했지만, 다이-트랜스퍼 기법**과 3색 컬러 필름 기술로는 이런 품질이 가능하지 않을 것 같았다. 그는 자기도 모르게 경이로움에 휘파람을 휘익 불었고, 어떤 영상에서 배우의 브래지어가 벗겨질 때만 가끔 집중이 안 되었을 뿐—영화에서의 그런 장면은 영 익숙하지 않았다—영화의 나머지는 매우 관심 있게 지켜보았다.

그 이후 극장을 나가는 길에 잠시 멈춰서 컬러 영상에 대해 언급한 내용이 있을까 싶어 영화 제작에 관한 상세 내용을 확인했다. 금세 찾아낼 수 있었다. 잘 정리된 글씨들을 지나 선명한 배너가 나타났다. 새롭고 또 새로운 색감. WORLDCOLOR(월드 컬러). 상표 옆에 등록 상표를 의미하는 작은 원에 R이 든 마크가 있고, 그 아래 아주 작은 글씨로 '월드 엔터프라이즈(W. E. Corp.)에 의해 등록됨'이라 적혀 있었다.

---

* 현상된 필름과 같은 크기로 인화하는 것을 일컫는다. 밀착 인화는 필름 유제면과 인화지 유제면을 마주 대고 밀착 인화용 유리로 눌러 노광을 주어 인화한다.
** 통상적으로 컬러 사진을 3색으로 분해한다. 젤라틴 판에 용액을 바르면 염료를 흡수해 컬러 이미지를 형성하여 인화된다. 색상이 영구적으로 보존될 정도로 보존력이 좋고, 색감을 풍부하게 하는 데도 유용하다.

그게 다였다. 그는 이니셜 조합을 찾아내기 위해 머리를 바삐 굴렸지만, 머리를 겨우 짜내 나온 것들은 정말이지 말도 안 되는 소리들뿐이었다. Wan Eagles(힘없는 독수리), Wamsutta Enchiladas(웜수타 엔칠라다), Wealthy Engineers(돈 많은 엔지니어), Worldly Eros(속세의 에로스). 그는 어깨를 으쓱하고는 바지 주머니에 손을 찔러 넣은 채 대학가의 자그마한 중심부로 이어지는 거리를 걷기 시작했다.

약간 배알이 꼴리기도 하고 싱숭생숭했으나 곧장 집으로 가 논문들을 다시 들여다보고 싶지는 않았다. 그는 자기도 모르게 학생들이 시간을 보내고 있는 적당한 맥줏집을 찾고 있었다. 그러던 중 '헨리스'라는 작은 바를 발견했다. 그 작은 가게의 전면 유리에는 독일식 맥주잔이 진열되어 있고, 예술가들이 많이 올 것 같은 분위기였다. 이전에도 방문한 적이 있는 가게였다. 주로 아침에만 왔었다. 아침에 술집에 가기는 그의 몇 안 되는 능동적 비행 중 하나였다. 8년 전 아내가 죽고 난 후,—아내는 위에 1.3킬로그램에 달하는 종양이 생긴 지 얼마 지나지 않아 어느 고급스러운 병원에서 죽음을 맞이했다—아침에 마시는 술이 퍽 괜찮다는 확고한 생각을 갖게되었다. 그리고 음울한 회색 아침에, 날씨가 축 늘어지고 하늘이 굴 색깔을 띠는 날 아침에, 술에 취한 채로 점잖은 우울감 속에서 즐거움을 만드는 이 행동이 나름 괜찮을 수도 있겠다는 사실을 우연히 알게 되었다. 그러나 화학자 특유의 정밀함이 항상 탑재되어 있어야 했다. 잘못했다가는 안 좋은 일이 발생할 수 있으니까. 회색 아침이면 그는 무너질 수도 있는 이름 모를 절벽 앞에 서서 아침의 취기 귀퉁이에 처박힌 채 자기 연민에 빠진 성실한 생쥐처럼 매번 음울하게 술을 홀짝였다. 하지만 그는 현명한 사람이었기에 그런 문제들을 잘 알고 있었다. 모든 것들이 모르핀처럼 적정 수준에 맞춰져 있었다.

헨리스의 문을 열고 들어갔더니 주크박스의 짓눌린 고달픔이 그를 맞이했다. 주크박스는 병적으로 열광하는 강렬한 베이스 사운드와 빨간 조명을 번쩍이며 가게 한가운데를 차지하고 있었다. 그는 약간 비칠비칠대며 플라스틱 재질의 부스들 사이를 지나갔다. 보통 아침 시간에는 텅 비어 있고 활기가 없었는데 지금은 학생들로 빽빽했다. 몇몇 학생들이 웅얼대며 진지하게 이야기를 나누고 있었고, 대부분은 과장된 연극 말투를 쓰는 무정부주의자나 30년대 영화에나 나올 법한 '외국 요원'처럼 턱수염을 기르고는 유행에 뒤떨어지는 추레한 옷을 입고 있었다. 저 턱수염 뒤에는 어떤 모습이 있을까? 시인? 혁명가? 학생 무리 중 한 명은 브라이스의 유기 화학 수업 수강생이었다. 그는 신문에 자유로운 사랑과 생명의 원천을 오염시키는 기독교 윤리의 부패한 시체를 주제로 한 기사를 썼다. 브라이스는 그 학생에게 고개를 끄덕였지만, 학생은 당황스러운 듯 덥수룩한 수염 너머로 그를 쏘아보았다. 네브래스카와 아이오와 농장 출신의 소년들은 대부분 군비 축소 진정서에 서명을 하고 사회주의에 대해 토론하곤 했다. 순간 브라이스는 자신이 새로운 강의실 한가운데에 트위드 재킷을 입고 서 있는 지치고 늙은 볼셰비키*가 된 듯한 찜찜한 기분이 들었다.

그는 바에 남은 좁은 공간을 발견하고 검은 테 안경을 쓴 회색 앞머리의 여자 종업원에게 맥주 한 잔을 주문했다. 처음 보는 여자였다. 아침에는 이름이 아서인 뚱하고 성질 더러운 늙은 남자가 주로 주문을 받았다. 저 여자의 남편인가? 브라이스는 그녀에게 애매한 미소를 지어 보이며 맥주를 받았다. 서둘러 한 모금 벌컥 마셨는데, 갑자기 나가고 싶을 만큼 불편한 느낌이 들었다. 뒤에 있는 주크박스에서 치터 계열 악기**가 메탈 느낌으로 두둥두둥 연주하는 포크 송이 흘러나오기 시작했다. 오 로디, 솜 한 뭉치를 골라 봐! 오 로디…… 바에서 그의 옆에 있는 백인 여자가 눈이 슬픈 옆 여자에게 시의 '구조'에 대해 이야기하며 그것이 시에 '어떤 영향을 미치는지' 묻

---

* Bolsheviks. 1903년 러시아 사회민주노동당이 두 파로 분열될 때, 블라디미르 레닌이 이끈 좌익의 다수파를 일컫는 말이다. 러시아어로 '다수파'라는 뜻이다.
** 간단히 현악기라고 생각하면 되지만, 기타나 바이올린과 달리 목이 없는 상자 형태의 울림통에 현이 걸려 있는 악기들을 포괄한다. 예를 들어 가야금, 고금 등이 치터족에 속하는 악기이다.

고 있었다. 그런 종류의 대화는 브라이스를 몸서리치게 했다. 이 어린애들이 그런 망할 내용들을 대체 어떻게 알지? 20대였던 시절 영어 전공을 하던 해에 그가 떠들고 다녔던 헛소리들이 문득 떠올랐다. "정의의 단계", "의미론적 문제", "상징적인 수준". 그는 그런 이야기를 하고 다녔었다. 지식과 통찰력을 대체할 것들이, 다시 말해 거짓된 은유들이 천지에 널려 있었다. 그는 맥주를 다 마시고 난 후 왜인지는 모르겠지만 한 잔 더 시켰다. 시끄럽고 가식적인 이웃에서 벗어나고 싶었음에도. 이 아이들에게 공정하지 못한 잣대를 들이밀고 있는 걸까? 그가 거만한 꼰대가 된 걸까? 젊은 사람들은 언제나 어리석고, 겉모습에 잘 속아 넘어갔다. 모두들 그랬다. 교내 사교 클럽에 가입하거나 변론가가 되는 것보다 턱수염을 기르는 편이 더 나을 것이다. 학교를 졸업할 때가 되면, 면도를 말끔하게 하고 직장을 찾을 때가 되면, 어차피 일종의 단조로운 백치미 같은 걸 배우고도 남을 테니. 아니면 그가 또 잘못 생각하고 있는 걸까? 적어도 그들 중 일부가 정직의 신이라 불렸던 시인 에즈라 파운드처럼 절대로 턱수염을 면도하지 않거나, 똑똑하고 날카로운 파시스트, 무정부주의자 또는 사회주의자가 되거나, 좋은 시를 쓰는 작가와 그림에 의미를 담아 그리는 화가, 아니면 지금은 운이 없지만 장차 이름을 날리는 사람이 되어 들어 본 적도 없는 유럽의 도시에서 죽음을 맞이할 가능성 역시 언제나 존재했다. 그는 맥주를 다 마시고 한 잔 더 시켰다. 맥주를 마시던 중 머릿속에 극장 포스터와 월 드 컬러(WORLDCOLOR)라는 커다란 문구가 문득 떠올랐다. 그 는 W. E. Corp.의 W는 WORLDCOLOR에서 따 왔을 거라 생각 했다. 아니면 World(세계)이거나. 그렇다면 E는? Elimination(제거)? Exhibitionism(과시행위)? Eroticism(에로티시즘)? 또는 그냥 Exit(출 구)? 그는 단호하게 웃어넘기고 언어의 '조화'에 대해 이야기 중인 남자 옆의 빨간 재킷의 여자에게 마음을 담아 미소를 보 냈다. 아무리 많아 봐야 열여덟 정도밖에 안 되어 보이는 그 녀는 짙은 눈으로 미심쩍은 눈빛을 보냈고, 브라이스는 이에 마음이 조금 아팠다. 그는 미소를 거두고 남은 맥주를 서둘 러 마신 후 자리를 떠났다. 부스 앞을 지나갈 때 유기 화학 수 업을 듣는 턱수염이 덥수룩한 학생이 말을 걸었다. "브라이스 교수님, 안녕하세요." 아주 듣기 좋은 목소리였다. 브라이스 는 고개를 끄덕이며 뭐라고 중얼대고는 길을 헤치고 나갔다. 가게 문을 열어 따뜻한 밤 속으로 발을 내디뎠다.

밤 11시였다. 그러나 집에 가고 싶지 않았다. 순간 학부 교 수들 중 가장 가까운 친구인 겔버를 부를까 하는 생각이 들었 지만 그러지 않기로 했다. 겔버는 호감 가는 사람이었으나, 지금 당장 그와 할 이야기는 없는 것 같았다. 그는 자기 자신 에 대해, 두려움에 대해, 싸구려 욕망과 끔찍하고 어리석은 자신의 삶에 대해 대화를 나누고 싶지 않았다. 그래서 그냥 계속 걸었다.

자정이 되기 직전 그는 동네의 24시간 드러그스토어로 들어갔다. 가게 안에는 환한 카운터 뒤에 있는 나이 든 점원을 제외하고는 아무도 없었다. 그는 자리에 앉아 커피를 주문하고 화사한 형광등 조명에 눈을 적응시킨 뒤 하릴없이 카운터를 둘러보기 시작했다. 아스피린 케이스에 있는 상표와 카메라 장비, 면도날 쌔키지를 읽으면서……. 눈을 가늘게 뜨고 있자니 머리가 슬슬 아파 왔다. 맥주와 조명 때문이었다. 선탠로션과 포켓용 빗. 그때 무언가 그의 시선을 붙들었다. 손톱깎이 아래, 포켓용 빗 옆에 줄지어 있는 네모난 파란색 상자들에 'WORLDCOLOR: 35mm 카메라 필름'이라고 인쇄되어 있었다. 왜인지는 모르겠지만 그는 화들짝 놀랐다. 점원이 근처에 서 있길래 브라이스는 불쑥 말을 내뱉었다. "저 필름 좀 보여 주시겠어요?"

점원이 눈을 가늘게 뜨고 그를 바라보았다. 저 사람도 조명 때문에 눈이 부신가? 그러더니 이렇게 물었다. "어떤 필름이요?"

"저거요. 월드 컬러."

"오. 난—"

"네, 그러니까 저거요." 그는 짜증스러운 자신의 목소리에 흠칫했다. 원래 그는 상대의 말을 자르는 사람이 아니었다.

나이 든 남자가 이마를 살짝 찌푸리더니 느릿느릿 걸어가 필름 한 상자를 꺼냈다. 그러고는 카운터 위에 필름을 툭 올리고 지나치게 퉁명스럽게 브라이스 앞으로 내밀었다.

브라이스는 필름을 들고 라벨을 살폈다. 큰 글자 아래 작은 글씨로 이렇게 적혀 있었다. *티끌 하나 없이 완벽하게 조화로운 컬러 필름.* 그 아래에는 이런 문구도 있었다. *필름 감도: 200~3000. 현상 방법에 따라 다름.* 세상에 이럴 수가! 그가 생각했다. 감도가 저렇게 나올 수는 없어. 저렇게 가변적이라고?

그는 점원을 올려다봤다. "얼마입니까?"

"6달러요. 36컷이고요. 20컷은 2달러 75센트."

필름 상자가 그의 손에서 빛나고 있는 것 같았다. "꽤 비싸군요, 안 그래요?"

점원이 얼굴을 찡그렸다. 노인 특유의 불쾌함이 깃든 표정이었다. "이 필름 현상에 돈을 지불할 생각이 없다면 그렇겠죠."

"오, 그렇군요. 업체에서 필름을 현상해 주겠네요. 그러면 인화된 사진이 우편으로 오고……." 그가 말을 멈췄다. 멍청한 대화였다. 이제 새로운 필름이 개발되었다. 가장 마음에 걸리는 부분은, 그가 사진작가가 아니라는 것이었다.

잠시 후 점원이 말했다. "아니요." 그러더니 돌아서서 문 쪽으로 가서는 말했다. "이건 직접 현상하는 겁니다."

"네?"

"직접 현상한다고요. 이봐요, 이 필름 살 거요?"

그는 대답하지 않고 손안에서 상자를 이리저리 돌렸다. 각 면의 끝부분에 '셀프 현상'이라는 글씨가 진하게 새겨져 있었다. 머리를 한 대 맞은 것 같았다. 화학 관련 기사들 중에 이런 내용을 본 적이 없는데? 이렇게 새로운 방식을……

"네." 그가 라벨을 보며 얼빠진 사람처럼 답했다. 상자 바닥에 정교한 글씨체의 W. E. Corp.가 쓰여 있었다. "네, 사겠습니다." 그는 손을 더듬어 지갑을 꺼내고 점원에게 꼬깃꼬깃한 지폐 여섯 장을 내밀었다. "어떻게 하는 겁니까?"

"다시 필름통에 집어넣으쇼." 점원이 돈을 집어 들었다. 돈을 받고 화가 좀 누그러졌는지 공격성이 사라졌다.

"필름통에 다시 넣으라고요?"

"작은 필름통 말이요. 사진을 다 찍으면 그 필름통에 넣으면 돼요. 그런 다음 필름통 위에 있는 작은 버튼을 눌러요. 안에 설명서 있소. 버튼을 한 번만 누르거나 여러 번 누르면 될 거요. 업체 말대로 필름 감도에 따라 다를 거고. 그게 다요."

"아." 그는 커피를 다 마시지 않고 자리에서 일어나 필름을 코트 주머니 안에 조심조심 넣었다. 그는 점원에게 "이거 나온 지 얼마나 됐습니까?"라고 묻고 난 뒤 점원의 답을 듣고 가게를 나섰다.

"필름이요? 한 2, 3주 됐소. 잘 팔린다오."

그는 필름에 대한 궁금증을 품고서 곧바로 집으로 걸어갔다. 어떻게 간단하기까지 할까? 무심코 주머니 밖으로 필름을 꺼내 엄지손톱으로 상자를 뜯었다. 파란색 금속 캔에 돌려서 닫는 뚜껑이 있고 그 위로 빨간 버튼이 튀어나와 있었다. 필름통을 열었다. 설명서에 싸여 있는 그것은 평범해 보이는 35밀리미터 필름 같았다. 필름통 맨 위의 아래쪽 버튼에 작은 격자무늬가 있었다. 엄지손톱으로 그걸 만져 보았다. 자기로 만들어진 것 같았다.

집에 돌아온 그는 서랍에서 아주 오래된 아르구스 카메라를 꺼냈다. 카메라를 켜기 전 카트리지에서 필름을 30센티미터 정도 빼내 노출시킨 다음 찢어 냈다. 젤리 같은 감광 유제의 매끄러움이 없는 뻑뻑한 느낌이 만져졌다. 그러고 나서 나머지를 카메라에 넣고 재빠르게 사진을 찍었다. 희미한 조명 아래에서 벽, 라디에이터, 책상 위의 서류 더미 등을 감도 800으로 무작위로 찍어 댔다. 촬영을 마치고 버튼을 여덟 번 눌러 필름통 안에 있는 필름을 현상했다. 그러자 필름통에서 매캐하고 낯선 냄새가 나면서 희미하고 푸르스름한 연기가 피어올랐다. 필름통 안에는 습기가 없었다. 가스로 현상되는 건가? 그는 필름을 꺼내 카트리지에서 스트립을 다급하게 빼내 위로 올려 불빛 아래에 두었다. 완벽한 슬라이드 한 세트가, 생동감 넘치는 컬러와 디테일이 담긴 슬라이드가 보였다. 그는 빠르게 분석하기 위해 비커들을 줄 맞춰 세우고 적절한 장비들을 꺼내 재료들을 준비하기 시작했다. 몹시 흥분되었지만, 대체 무엇이 그를 이토록 열광하게 만들었는지 고민하는 데는 조금의 시간도 쓰지 않았다. 무언가 계속 그의 마음을 긁어 대고 있었다. 그러나 전부 무시했다. 신경 쓰기엔 너무나도 바빴다.

*

5시간 후 아침 6시, 창밖 하늘은 잿빛이었고 새들이 시끄럽게 우짖었다. 그는 녹초가 되어 작은 필름 조각을 손에 든 채 식탁 의자에 등을 대고 앉아 있었다. 필름 관련 분석 자체는 전혀 피곤하지 않았지만, 필름통 안에 보통 사진 기법에 쓰이는 평범한 화학 물질도, 실버 솔트*도 들어 있지 않다는 걸 알아내는 데 굉장한 노력을 기울여야만 했다. 그는 충혈된 눈으로 잠시 허공을 응시했다. 그러다가 자리에서 일어나 몹시 지친 몸을 이끌고 침실로 가서 어지럽혀져 있는 침대에 풀썩 누웠다. 옷도 갈아입지 않은 채 그대로 누워 있자, 창밖의 새들이 잠에 들기 직전까지 고래고래 소리를 질러 댔다. 해가 떠

---

*은이 포함되어 결정을 이루고 있는 화합물. 염료를 만드는 데 쓰인다.

올랐다. 그는 지칠 대로 지쳐서 걸걸한 목소리로 크게 외쳤다. "완전히 새로운 기술이야. 누군가 마야의 유적에서 과학을 파헤치고 있다고……. 아니면 다른 행성에서 왔거나……."

4

　봄옷을 입은 사람들이 바쁘게 움직이는 군중 속에서 인도를 오고 갔다. 여기저기에 젊은 여자들이 돌아다니고 있었다. 여자들은 쨍하게 내리쬐는 아침 햇살 아래에서 기이할 정도로 빛나는 옷을 멋지게 차려입고 하이힐을 차 안에서도 들릴 만큼 또각거리며 걸어 다녔다. 그는 사람들의 모습과 주위의 색감을 즐기며—다채로운 색의 향연은 여전히 그의 초민감한 눈을 아프게 하긴 했지만—운전기사에게 파크 애비뉴로 천천히 가 달라고 말했다. 날씨가 아주 맑았다. 지구에서의 두 번째 봄날 중 처음으로 마주하는 화창한 날이었다. 그는 특수 제작한 쿠션에 등을 기대어 미소 지었고, 차는 천천히 그리고 안정적으로 시내를 지나다녔다. 운전기사 아서는 아주 좋은 사람이었다. 아서는 부드러운 운전 실력과 갑작스러운 움직임을 최소화하기 위해 속도를 안정적으로 유지하는 능력이 있었고, 그 덕분에 고용되었다.

아서는 5번가의 중간 지대로 방향을 틀어 판스워스의 예전 사무실 건물 앞에 차를 세웠다. 건물의 입구 한쪽 황동 명판에 이런 문구가 눈에 잘 띄게 새겨져 있었다. 법인 월드 엔터프라이즈(World Enterprises Corporation). 뉴턴은 선글라스의 더 어두운 면이 눈에 오도록 조절해서 밖의 햇빛으로부터 눈을 보호한 뒤 리무진에서 천천히 내렸다. 포장도로 위에 서서 스트레칭하며 얼굴로 쏟아지는 태양의 빛을 느꼈다. 주변 사람들에게는 온화한 따스함이었고 그에게는 기분 좋게 뜨거운 열기였다.

아서가 창밖으로 머리를 내밀고 물었다. "여기서 기다릴까요, 뉴턴 씨?"

그는 햇살과 공기를 즐기며 스트레칭을 한 번 더 했다. 한 달이 넘도록 아파트 밖을 나오지 않았었다. "아닙니다." 그가 말했다. "제가 전화하죠, 아서. 그래도 저녁 전에는 오서야 할 겁니다. 괜찮다면 영화를 보러 가서도 좋겠군요."

그는 건물 안으로 들어가 메인 홀을 지나고 나란히 서 있는 엘리베이터들도 지나친 다음 복도 끝에 있는 특별 엘리베이터로 향했다. 그곳에는 흠잡을 데 없이 완벽한 유니폼을 입은 안내원이 꼿꼿하게 서서 그를 기다리고 있었다. 어제 그가 전화해서 내일 아침에 가겠다고 한 뒤에 온갖 지시들이 오고 가며 한바탕 난리가 났을 상상을 하니 배시시 웃음이 지어졌다. 석 달 만의 사무실 방문이었다. 그동안 그가 아파트 밖을 나서는 일은 거의 없었다. 엘리베이터 안내원이 초조해하며 준비한 인사말을 건넸다. "좋은 아침입니다, 뉴턴 씨." 안내원은 뉴턴에게 미소를 짓고 안으로 들어갔다.

엘리베이터가 판스워스의 이전 사무실이 있던 7층으로 그를 천천히, 그리고 아주 부드럽게 데리고 갔다. 엘리베이터 밖으로 나오자 판스워스가 앞에 기다리고 있었다. 변호사 판스워스는 최고 임원들처럼 실크 재질의 회색 정장 차림이었고, 깔끔하게 손질된 통통한 네 번째 손가락에는 붉은색 보석이 끼워져 눈부시게 빛나고 있었다. "좋아 보이는군요, 뉴턴 씨." 올리버 판스워스가 뉴턴의 손을 조심스럽게 잡으며 말했다. 판스워스는 관찰력이 뛰어난 사람이라, 만약 자기가 뉴턴의 손을 조금이라도 세게 잡으면 뉴턴이 움찔하리란 걸 진즉에 알고 있을 터였다.

"고맙습니다, 올리버. 오늘은 특별히 더 기분이 좋군요."

판스워스는 그를 데리고 복도를 내려가 사무실들을 지나치고 월드 엔터프라이즈(W. E. Corp.) 명판이 달린 스위트룸으로 들어갔다. 두 사람은 그들이 다가오자 공손하게 침묵하고 있는 수많은 비서들을 지나 판스워스의 사무실 안으로 향했다. 사무실 문에 걸린 작은 황동판에 '사장 O. Y. 판스워스'라고 쓰여 있었다.

사무실 내부는 전과 같이 로코코 양식이 혼합된 가구들로 꾸며져 있으며, 기괴하지만 화려하고 거대한 카피리* 책상이 독보적인 존재감을 뽐내고 있었다. 그리고 언제나 그랬듯 음악이 흐르고 있었다. 이번엔 바이올린 연주곡이었다. 뉴턴의 귀엔 썩 듣기 좋지 않았지만 그는 아무 말 하지 않았다.

두 사람이 이야기를 나누는 사이 비서가 차를 들고 왔다. 뉴턴은 미적지근한 차만 마실 수 있었지만, 그래도 차를 즐기는 법을 배웠다. 둘은 사업 이야기를 시작했다. 현재의 법정 상황과 이사직을 구성하고 재구성하는 작업, 지주 회사들, 보조금과 라이선스 및 로열티, 새로운 공장에 대한 자금 조달, 오래된 공장 매입, 시장 상황, 가격, 그들이 제조한 73가지의 소비자 물품—텔레비전 안테나, 트랜지스터, 사진 필름, 방사선 측정기—에 관한 대중 인지도의 변화, 정유 공정부터 어린이 장난감에 들어가는 인체에 무해한 화약까지 다방면으로 출원되어 있는 300여 개의 특허들. 뉴턴은 자기가 회사 운영

---

* 책상의 상판이나 다리 등에 특별한 디자인이나 장식이 있는 책상을 칭하는 용어이며, 주로 가구나 인테리어 디자인에서 사용되고 고급스럽고 세련된 스타일을 나타낸다.

에 관한 부분을 잘 이해하고 있어서 판스워스가 평소보다 많이 놀랐다는 걸 눈치챘고, 그래서 수치와 세부 사항에 관한 기억을 입 밖으로 내뱉을 때 의도적으로 몇 번 정도는 실수를 하는 편이 현명하겠다고 생각했다. 이처럼 허영을 동반한 싸구려 자존심을 내세우는 행동은 그냥 재미로 하는 일이라는 걸 알면서도, 이런 복잡한 문제들에 안테아인의 지성을 활용하는 일 자체가 정말 재밌고 즐거웠다.

뉴턴은 인간들을 높이 존경하고 좋아하게 되었음에도 인간들을 언제나 '그들'이라고 생각했고, 마치 자신이 '그들' 중매우 기민하고 재주가 좋은 몇몇 침팬지 무리를 다루는 존재가 되었다고 느꼈다. 그는 그들에게 애정을 갖고 있었지만, 근본적인 허영심으로 인해 그들의 놀라워하는 얼굴 앞에서 자신의 정신적 우월감을 과시하여 얻게 되는 쉬운 쾌락을 거부할 수 없었다. 그러나 이런 즐거움과는 별개로 그 사람들이 실제 침팬지보다 더 위험하다는 걸 염두에 두고 있어야 했다. 그리고 인간들은 수천 년이 지나도록 변장하지 않은, 있는 그대로의 안테아인을 보지 못했다.

뉴턴과 판스워스는 비서가 점심을 가지고 올 때까지 대화를 이어 나갔다. 판스워스의 점심은 치킨 슬라이스 샌드위치와 라인산 와인 한 병, 뉴턴의 점심은 오트밀 쿠키와 물 한 잔이었다. 그는 오트밀이 그의 특이 체질에 가장 소화가 잘되는 음식이라는 걸 알아낸 이후 자주 먹곤 했다. 두 사람은 다양하고 광범위한 대규모 사업에 자금을 조달하는 방안에 관해 꽤 오랫동안 이야기를 나누었다. 뉴턴은 어느 순간 사업 자체에 즐거움을 느끼고 있었다. 그래서 사업의 가장 기본부터 배우는 것에 집중했고, 무엇보다 사업 분야에는 텔레비전 시청으로 배울 수 없는, 이 사회와 행성에 대해 배울 거리가 아주 많았다. 그리고 원시 안테아의 문화가 번영했던 시절, 즉 아주 오래전 강인했던 시대에 살던 고대 조상을 조사하는 일에 자신이 타고난 소질을 갖고 있다는 것 또한 알게 되었다. 당시 이 지구는 혹독한 자본주의와 전쟁으로 인해 제2의 빙하기를 겪고 있었고, 안테아는 모든 동력원과 물이 고갈되기 전이었다. 지구에서 벌이고 있는 사업의 힘에 그는 크게 흥분하지 않았지만, 단지 만여 년 동안 안테아인들이 전수할 수 있을 만큼 발전시켜 온 전자, 화학, 광학 기술을 가지고 사업에 뛰어들었을 뿐이었지만, 뉴턴은 재정 관련 숫자들과 패를 손에 쥐고서 하는 놀이가 재미있었다. 그러나 단 한 순간도 지구에 온 이유를 잊지 않았다. 그 생각은, 많이 강해졌지만 여전히 지쳐 있는 근육의 희미한 통증처럼, 아무리 익숙해져도 익숙해지기가 어려운 이 커다랗고 다채로운 행성의 기이함과 같이 늘 그와 함께였고 피할 수 없었다.

뉴턴은 판스워스와, 그리고 그가 알고 지내는 인간들과 즐거운 나날을 보내고 있었다. 여자들과는 가깝게 지내지 않았는데, 그 이유는 여자들이 무서워서, 그리고 자신도 그 이유를 알 수 없기 때문이었다. 또한 여자들과 더 가까워지면 보안이 자칫 위험해질 수 있기에 이따금 쓸쓸하기도 했다. 쾌락주의자인 판스워스는 기민한 사람이었고, 돈놀이에 매우 적극적인 선수였다. 위험해서 감시가 필요한 인간이면서도 한편으로는 꼼꼼하고 섬세한 면이 있는 인간이었다. 오로지 그의 평판만으로는 그렇게나 어마어마한 돈을—뉴턴이 그의 수입을 세 배나 올려 주었다—벌어들일 수 없었다.

뉴턴은 올리버 판스워스에게 자신이 무엇을 원하는지 충분하고 명확하게 설명한 뒤 의자에 등을 기대어 잠시 쉬었다가 다시 입을 뗐다. "올리버, 이제 돈은…… 더 모이기 시작할 겁니다. 새로 시작하고 싶은 일이 있거든요. 연구 프로젝트 시작 전에 내가 말한 적 있죠."

판스워스는 놀란 것 같지 않았다. 오히려 뉴턴이 그의 사무실을 방문한 진짜 목적이 될 만한 더 중요한 무언가를 예상하고 있었던 모양이다. "그렇습니다만, 뉴턴 씨."

뉴턴이 부드럽게 미소 지었다. "보통 일과는 다를 겁니다, 올리버. 그리고 돈이 많이 들 것 같아 우려스럽고요. 어쨌든 재정적인 부분으로는 당신이 준비 작업을 좀 해야 할 것 같군요." 그는 창밖에 가지런히 줄지어 있는 5번가의 칙칙한 상점들과 나무들을 잠시 내려다보았다. "비영리적인 사업일 겁니다. 그래도 가장 좋은 점은 연구 재단을 세울 수 있다는 것이지요."

"연구 재단이요?" 변호사가 입술을 오므렸다.

"네." 뉴턴이 판스워스를 돌아봤다. "그렇습니다. 켄터키에 설립할 생각이에요. 제 모든 자본을 투자해서요. 한 4천만 달러 정도 될 겁니다. 우리를 도와줄 은행을 구한다면 말이죠."

판스워스의 눈썹이 위로 치솟았다. "4천만 달러요? 그 절반도 없잖아요, 뉴턴 씨. 앞으로 여섯 달을 더 벌면 모르겠지만, 사업을 이제 막 시작했는데⋯⋯."

"저도 압니다. 하지만 저는 월드 컬러에 대한 제 권리를 이스턴 코닥에 팔 생각입니다. 전부 다요. 당신은 원한다면 당연히 당신 몫을 소유할 수 있어요. 이스턴 코닥은 그 권리를 현명하게 잘 사용할 겁니다. 그럴 거라 생각해요. 그리고 이스턴 코닥은 가격을 상당히 높게 쳐줄 준비가 되어 있죠. 앞으로 5년간은 경쟁력 있는 컬러 필름을 시장에 내놓지 않겠다는 조건을 달긴 했지만요."

판스워스의 얼굴이 벌게지고 있었다. "미국 재무부의 종신 재산 소유권을 매각하는 것과 같은 거 아닌가요?"

"맞을 겁니다. 그래도 나한테는 자본이 필요해요. 게다가 그 특허권들에 내재한 독점 금지에 관한 그 성가신 위험성에 대해 당신도 잘 알고 있잖아요. 그리고 코닥은 우리보다 세계 시장으로의 접근성이 더 좋아요. 우리가 골치 아플 일들이 상당 부분 제거될 겁니다. 정말로요."

판스워스는 조금 진정된 듯 고개를 저었다. "성경 저작권이 나한테 있었으면 랜덤하우스 출판사에 팔지 않았을 겁니다. 하지만 나는 앞으로 할 일을 당신이 잘 알고 있을 거라 생각해요. 늘 그랬듯이요."

5

아이오와에 있는 펜드레이 주립 대학에서 네이선 브라이스 교수는 학부장 사무실에 들렀다. 학부장은 카누티 교수였다. 판매원이라는 명칭을 전부 현장 대표자로, 수위라는 명칭을 모두 관리인으로 대폭 바꾼 뒤로 카누티의 직책은 최근 다른 학부장들처럼 학부 협력 고문이라고 불렸다. 이런 변화가 대학에까지 영향을 미치는 데는 시간이 조금 걸렸지만, 결국 어느새 대학에도 영향력을 끼쳤고, 그 일환으로 요즘엔 비서 대신 리셉션 담당자와 행정실 보좌관이, 학부장 대신 협력 고문이 있었다.

머리를 아주 짧게 자른 카누티 교수는 기운 없는 얼굴로 파이프 담배를 피우며 20달러짜리 미소를 띤 채 브라이스를 반겨 주었고, 그러고는 브라이스에게 비둘기 알 색깔 같은 청록색 카펫 너머 라벤더색 플라스틱 의자에 앉으라고 손짓했다. "얼굴 보니 좋군, 네이트."

브라이스는 "네이트"라는 호칭에 상대도 알아챌 만큼 몸을 부르르 떨고 마치 급한 일이 있는 듯 손목시계를 들여다보며 말을 시작했다. "궁금한 게 있어서 찾아왔습니다. 카누티 교수님." 사실 이 면담을 마치는 것 말고는 급한 일이 없었다. 이제 시험도 다 끝나서 앞으로 일주일간 할 일이 없었다.

카누티가 호의적인 미소를 내비쳤고, 그 순간 브라이스는 이 골프광 멍청이를 가장 먼저 찾아온 자신을 속으로 원망했다. 하지만 카누티는 꽤 유용한 무언가를 알고 있을 터였다. 적어도 화학자로서는 멍청이가 아니었으니까.

브라이스가 주머니에서 상자 하나를 꺼내 카누티의 책상에 올려놓았다. "이거, 새로 나온 필름인데 본 적 있으세요?" 그가 물었다.

카누티는 굳은살 하나 없는 고운 손으로 필름을 들어 가만히 들여다보며 어리둥절한 표정을 지었다. "월드 컬러? 그래, 써 본 적 있네, 네이트." 그는 다시는 그 필름을 들지 않을 것처럼 책상에 내려놓았다. "정말 좋은 필름이지. 셀프 현상도 되고."

"이게 어떻게 가능한지 아세요?"

카누티가 불이 붙지 않은 파이프 담배를 빨며 추측했다. "아니. 내가 알 리 없지. 다른 필름과 비슷할 것 같은데. 그냥 조금 더…… 복잡하다고 해야 할까." 그는 자신의 우스갯소리에 싱긋 웃었다.

"꼭 그렇지만은 않습니다." 브라이스가 팔을 뻗어 상자를 들고 손으로 무게를 어림하며 카누티의 밋밋한 얼굴을 보았다. "제가 실험을 좀 해 봤는데요, 결과가 굉장히 놀라웠습니다. 교수님도 아시다시피 최고의 컬러 필름은 감광 유제가 세 가지로 나뉘어 있잖아요. 그런데 이건 감광 유제가 전혀 없습니다."

카누티의 눈썹이 위로 쓱 올라갔다. 놀랍지? 이 멍청아. 브라이스가 생각했다. 카누티가 입에서 파이프 담배를 떼고 말했다. "그건 불가능할 것 같은데……. 그러면 감광성은?"

"가장 아래에 있는 것 같아요. 바륨염으로 구성되어 있는 듯하고요. 오직 신만이 제조 방법을 알겠죠. 임의로 분산시킨 바륨염의 결정체. 그리고," 그가 숨을 내쉬었다. "그리고 현상액도 액체가 아니라 가스예요. 캔 뚜껑 아래에 작은 공간에 있더라고요. 그 안에 뭐가 들었는지 찾아내려고 해 봤는데, 일단 확신할 수 있는 건 질산칼륨과 과산화물 약간, 그리고 청록색을 띠는 어떤 물질입니다. 그리고 모두 조금씩은 방사능에 노출된 상태라, 뭐 어떤 식으로든 설명이 가능할 수도 있어요. 그게 뭔지는 저도 확신이 서지 않지만요."

카누티는 브라이스의 공손하고 짧은 강의 덕분에 꽤 긴 시간 동안 쉴 수 있었다. 그가 입을 열었다. "음, 파격적이군. 네이트. 어디서 그걸 만들었다지?"

"켄터키에 공장이 있습니다. 제가 알아본 바로는 뉴욕에도 법인이 있다고 합니다. 거래소에 상장된 주식은 없고요."

카누티가 가만히 듣고 있다가 진지한 표정을 지었다. 브라이스는 그가 새로운 컨트리클럽에 입장할 때처럼 무게를 잡아야 하는 상황이라고 여겼겠거니 추측했다. "알겠네. 그런데 굉장히 애매하군, 안 그런가?"

애매하다고? 대체 뭔 뚱딴지 같은 소리야? 물론 애매하다고 할 수 있었다. 불가능한 일이긴 하니까. "네, 애매하죠. 그래서 교수님께 여쭤보려고 한 겁니다." 그는 이 거만하고 난쟁이 똥자루 같은 인간에게 물어보기가 꺼려져서 잠시 망설였다. "저는 더 알아보고 싶어요. 그자가 이걸 어떻게 가능하게 했는지 찾아내고 싶습니다. 지하에 있는 넓은 연구실들 중 제가 쓸 수 있는 연구실이 있을까요? 학기 중 수업 시간에 말입니다. 그리고 절 도와줄 학생도 있으면 좋고요."

카누티는 브라이스가 말하는 중에 인조 가죽 커버가 씌워진 의자에 몸을 깊숙이 기대었는데, 그 모습은 마치 물결처럼 울룩불룩한 모양의 부드러운 쿠션에 브라이스가 그를 힘으로 때려 박은 것 같아 보였다. "연구실은 다 차 있네, 네이트."
카누티가 말했다. "자네도 알다시피 지금 우리가 진행해야 할
산업 분야와 군사 분야 프로젝트가 산재해 있어. 그 필름을
제조한 회사에 편지를 써서 문의해 보면 어떻겠나?"

브라이스는 목소리 톤을 일정하게 유지하려 노력했다. "이
미 써서 보냈습니다. 답장은 안 왔고요. 그들에 대해 아는 사
람이 아무도 없어요. 기사도 없고요. 심지어 아메리칸 광화학
잡지에도 안 나옵니다." 그가 잠시 말을 멈추었다. "교수님,
제가 필요한 건 연구실뿐입니다. 보조 학생도 필요 없어요."

"내 이름은 왈트네. 왈트 카누티. 그러나 연구실은 다 찼어,
네이트. 내가 연구실을 빼돌리면…… 존슨 교수가 내 귀를 시
뻘겋게 만들어 놓을 거야."

"저기…… 왈트 교수님……. 이건 기초 연구입니다. 존슨
교수님은 늘 기초 연구의 중요성을 강조하셨어요, 안 그렇습
니까? 그게 과학의 근간이라고 하셨죠. 우리가 여기서 하고
있는 프로젝트들은 전부 살충제 제조를 더 저렴한 방법으로
발전시키고, 가스 폭탄을 완벽하게 끝마치기 위함일 뿐이라
고요."

카누티는 투실투실한 몸을 여전히 푹신한 의자에 맡겨 놓
은 채 눈을 치떴다. "일반적으로 군사 프로젝트를 그렇게 말
하지는 않지, 네이트. 우리의 응용 전술 연구는—"

"알겠습니다. 알겠어요." 그는 아무렇지도 않은 척하려고 애써 목소리를 낮췄다. "그 프로젝트의 근간은 사람을 죽이는 것이지요. 국가의 생명의 일부이기도 하고요. 하지만 이 필름은……."

그의 빈정거림에 카누티의 얼굴이 붉어졌다. "이봐, 네이트." 그가 입을 열었다. "자네는 상업적인 일을 하고 싶을 뿐이야. 더군다나 이미 잘나가는 제품도 있고. 근데 왜 이렇게 난리야? 그 필름이 조금 독특하긴 해도 말이야."

"이럴 수가." 브라이스기 내뱉었다. "이 필름은 독특한 것 그 이상입니다. 직접 보셨잖아요. 교수님은 화학자예요. 저보다 더 훌륭한 화학자이시라고요. 이 안에 함축된 기술이 안 보이세요? 교수님, 바륨염과 가스로 현상을 한다니까요!" 문득 아직 손에 들린 필름 한 통이 떠올랐다. 그는 필름이 뱀 또는 신성한 유물이라도 된다는 듯 앞으로 슬며시 내밀었다. "이건 마치…… 마치 우리가 동굴에 사는 사람들처럼 겨드랑이에서 벼룩을 긁어내고 있는데, 누군가 장난감 총에 들어가는…… 화약을…… 발견해서……." 바로 그때 무언가 그의 가슴에 일격을 가했고 그는 말을 멈추고 잠시 생각에 잠겼다. 맙소사 이럴 수가, 장난감 총 화약이라니! "……그리고 그걸 불 속에 던졌다고 가정해 봐요. 전통을 생각해 보세요. 기술의 전통이요. 가느다란 종이에 작은 화약들을 줄 맞춰서 가지런히 넣었기 때문에 탕, 탕, 탕, 소리가 날 수 있었던 거죠! 또는 고대 로마인에게 손목시계를 줬는데 그 로마인이 해시계가 뭔지 알았다면……." 그는 장난감 총의 종이 화약을 떠올리며 필름이 어떻게 그런 큰 소리를 낼 수 있는지, 어떻게 화약 냄새가 전혀 나지 않았는지에 대해 거듭 생각하면서 비교를 멈추지 않았다.

카누티가 냉담하게 웃었다. "좋네, 네이트. 자네 말 하나는 기가 막히게 하는군. 하지만 나는 아주 끝내주는 어느 연구팀이 생각해 낸 이 결과에 아주 끝내주게 열중할 생각이 없어." 그는 브라이스의 생각에 대한 반대 의견을 농담처럼 무마시키려 했다. "미래의 사람이 우리 세계를 방문했다? 그것도 카메라 필름을 팔려고? 글쎄, 나는 의문이 드는군."

브라이스가 필름 상자를 꽉 움켜쥐며 자리에서 일어났다. 그리고 부드럽게 말했다. "아주 끝내주는 연구팀, 그자들 말입니다! 제가 아는 바에 따르면 이 필름 방식은 사진술 분야에서 100년이 넘도록 개발된 단일 화학 기술을 사용하지 않았어요. 외계인에 의해 만들어졌을 수도 있습니다. 아니면 켄터키 어딘가에 천재가 숨어 지내면서 당장 다음 주에 우리에게 영구 동력 기계를 팔지도 모른다고요." 그는 카누티 교수와의 대화에 진절머리가 나서 갑자기 휙 돌아 문 쪽으로 성큼성큼 걸어갔다.

성질부리며 떠나는 아이를 부르는 엄마처럼 카누티가 말

했다. "나는 외계인에 관해서는 깊게 대화를 나누지 않을 거야, 네이트. 물론 자네를 이해하긴 하지만……."

"당연히 그러시겠죠." 브라이스는 그렇게 말하고 방을 나섰다.

그는 오후에 운행되는 모노레일을 타고 곧바로 집으로 가면서 장난감 총을 든 남자아이들을 찾기 시작했다. 아니, 그 아이들이 내는 소리에 귀를 기울였다.

6

공항에서 나오고 5분이 지난 후 뉴턴은 심각한 실수를 저질렀다는 걸 깨달았다. 일의 중요도와 상관없이 여름에 이 먼 남쪽까지 오지 말았어야 했다. 판스워스나 다른 사람을 보내서 부동산을 매입하고 일 처리를 하게 했어야 했다. 기온이 33도가 넘었다. 그의 몸은 기온 5도에 적합하게 설계되어 있어서 태생적으로 땀을 흘릴 수가 없었다. 그는 공항 리무진의 맨 뒷자리에 거의 의식 불명 상태로 몸져누워 있었다. 중력에 민감한 육체를 딱딱한 좌석에 눕혀 늘어져 있는 그를 공항 리무진이 루이빌 시내로 데리고 갔다.

하지만 지구에 온 지도 어언 2년이 넘었고 안테아를 떠나기 전에도 10년간 지구인에 맞는 신체적 조건을 갖추려 애썼기 때문에, 비록 혼란스럽고 의도적인 면이 있긴 했지만 오로지 의지력만으로 음울하게나마 고통을 견디고 스스로를 지켜낼 수 있게 되었다. 다행히 리무진에서 내려 호텔 로비로 들어갈 정도는 되어서 로비에서 엘리베이터를—부드럽고 천천히 운행되는 엘리베이터라 안심이었다—타고 올라가 3층에 위치한 호텔방으로 들어갈 수 있었다. 벨보이가 방을 나가자마자 그는 침대 위로 풀썩 누워 버렸다가, 잠시 뒤 에어컨에 겨우 다가가서 온도를 아주 낮게 설정했다. 그러고는 다시 침대에 누웠다. 좋은 에어컨이었다. 그가 임대해 준, 자신의 특허를 기반으로 만들어진 제품이었다. 얼마 지나지 않아 방 온도가 아주 편안해졌는데도 그는 에어컨을 계속 켜 놓았다. 냉방 과학에 대한 그의 공헌 덕분에 그에게 반드시 필요한 저 못생긴 작은 상자가 소리 소문 없이 만들어졌다는 사실에 내심 뿌듯했다.

정오였다. 잠시 뒤 룸서비스에 전화해 샤블리 한 병과 치즈를 올려 달라고 했다. 최근에 들어서야 와인을 마시기 시작했는데, 와인을 마시면 지구인과 똑같은 반응이 나타난다는 걸 경험한 후 그는 무척 기분이 좋았다. 치즈는 약간 고무 같은 느낌이었지만 와인은 맛이 참 좋았다. 텔레비전을 켰다. 텔레비전 역시 월드 엔터프라이즈의 특허를 기반으로 개발된 물건이었다. 이렇게 더운 오후에는 딱히 할 수 있는 일이 없을 테니 안락의자에 등을 기대고 앉아 그냥 이대로 즐기기로 마음먹었다.

시청 시간에 관계 없이 텔레비전 자체를 안 본 지 벌써 1년이 넘었다. 여기 이 고급스럽고 화려하며 현대적인 호텔의 스위트룸에서—편안한 안락의자와 새것 같은 책장, 추상화, 인조 상판이 깔린 개인용 바가 있는, 텔레비전 속 사설탐정들의 아파트와 상당히 비슷한 이 방에서—그것도 여기 켄터키의 루이빌에서, 이렇게 또다시 텔레비전을 보게 되었다는 것이 그에게는 몹시 특별하게 느껴졌다. 안테아에 있는 집에서 오랜 시간 그랬던 것처럼, 텔레비전 화면 속 움직이는 작은 인간 남자와 여자를 바라봤다. 낯설고 이국적인 음식인 차가운 와인을 홀짝이고 치즈를 야금야금 먹으며, 안테아에 있던 때를 떠올렸다. 서늘한 방에는 사랑의 노래가 가득차 있고, 자그마한 스피커에서 흘러나오는 희미한 목소리는 다른 세계의 청력을 소유한 예민한 그의 귀에 외계인의 목 뒷부분에서 나는 끼끽 소리와 유사한, 완전한 안테아인의 말소리처럼 들렸다. 웅얼대는 것처럼 들리는 그의 모국어는, 사실 아주 오래전 다른 언어에서 하나의 언어로 발전되었음에도 지구인의 말소리와 상당히 달랐다. 그는 몇 달 만에 처음으로 오래 알고 지낸 안테아인 친구들과 편안한 대화를 나누는 생각, 고향에서 맨날 먹던 부드럽고 잘 부서지는 음식, 그리고 아내와 아이들 생각을 마음껏 떠올렸다. 방의 서늘한 기운과, 그의 정맥에 아직 익숙지 않은 술이 몹시 고달팠던 어느 여름날의 비행 후 그의 마음을 차분하게 진정시킨 듯했다. 술은 그의 마음을 인간이 느끼는 향수와 매우 비슷한 감정으로—감상적이고 자기중심적이며 쓸쓸한 감정으로—빠지게 했다. 문득 그의 나라 말을 듣고 싶었다. 엷은 색의 안테아 흙을 보고 싶고, 매캐한 사막 냄새를 맡고 싶고, 안테아의 둔탁한 음악을 듣고 싶고, 거즈처럼 얇은 건물의 벽과 도시의 먼지를 보고 싶었다. 그리고 안테아인 특유의 창백한 몸을 한 아내와 사랑을 나누고 싶었다. 고요하게, 그리고 지속적으로 가슴이 아렸다. 그러다 불현듯 호텔방을 다시 둘러보았다. 회색 벽과 천박한 가구들. 혐오스러웠다. 지구인이라는 외계 생명체의 이런 싸구려 공간, 정처 없이 소란스레 돌아다니며 쾌락만 좇는 그들의 문화, 자기들의 조잡한 문명이 런던 브리지를 비롯한 다른 모든 다리들처럼 무너지고 또 무너지는 동안 남의 것에 탐을 내느라 안달하고 자기 자신에만 몰두하는 이 영리한 유인원들에 진절머리가 났다.

예전에 이따금씩 느껴졌던 기분이 들기 시작했다. 무거운 노곤함과 염세적 세계관, 바쁘디바쁜 파괴적인 세상과 넌더리가 나는 소음으로 인한 지독한 피로감. 전부 다 포기할 수 있을 것만 같았다. 20년도 더 전부터 시작한 이 어리석은, 믿을 수 없을 정도로 어리석은 일을 다 던져 버릴 수 있을 듯한 기분이었다. 다시 주위를 돌아보았다. 지긋지긋했다. 지금 여기 다른 세계에서, 태양의 세 번째 행성에서, 고향에서 수백만 킬로미터나 떨어진 이곳에서 무얼 하고 있는가? 자리에서 일어나 텔레비전을 끄고 다시 의자에 몸을 깊숙이 넣고서 와인을 계속 마셨으나 그 순간만큼은 술이 하찮게 느껴졌다.

15년 동안 텔레비전에서 미국인과 영국인, 러시아인들을 봐 왔다. 40년 전 미국이 텔레비전 방송을 쉬지 않고 계속할 때, 안테아에 있는 동료들은 여러 번에 걸쳐 모니터링된 텔레비전 프로그램을 아주 방대하게 수집했으며, 미국의 라디오 방송을 통해 그들 언어의 중요한 세부 요소들을 이미 거의 다 판독했었다. 그는 매일 공부했다. 철두철미한 상호 참조의 도움을 받아 애매한 의미를 나타내는 단어들, 예를 들면 '노란색*'이나 '워털루**', '민주 공화국' 같은 단어들까지 모두 암기하면서 언어와 예절, 역사와 지리, 그 외에 가능한 한 모든 것을 배웠다. 마지막 단어 '민주 공화국'은 안테아어에 대응하는 어휘가 없었다. 그렇게 일하고 공부하고 끊임없이 신체 운동을 하면서, 몇 년간 고대하고 고민하면서, 안테아인들은 지구로의

---

* 영어에서는 '노란색'이 '겁이 많은'이라는 뜻으로도 쓰인다.
** 잉글랜드 남부에 있는 도시이지만, '최종적인 패배'라는 뜻을 나타내기도 한다.

여행을 진정으로 시도해야 하는가에 대한 결정을 무척이나 숙고했었다. 안테아에는 사막의 태양 전지를 제외한 전력이 너무나 부족했다. 안테아인 딱 한 명만을 텅 빈 만을 가로질러 어쩌면 죽음으로, 또 어쩌면 이미 죽은 세계로 보내기 위해서는 어마어마한 연료가 필요했다. 어떻게 보면 이 세계가 안테아와 매우 흡사할 수도 있었다. 안테아처럼 유인원류의 분노로 인한 핵무기의 잔해와 다 타 버린 잔여물이 흐트러져 이지럽게 널려 있을 수도 있었다. 그러나 결국 뉴턴의 동료들은 아직 지하에 남아 있는 오래되고 낡아빠진 우주선을 타고 여행을 시도해야 한다고 말했다. 그가 지구로 출발하기 1년 전에야 모든 계획이 확정되었으며, 안테아의 행성이 우주선이 횡단할 만한 적당한 위치에 자리를 잡으면 이륙이 준비될 거라는 소식을 그즈음이 되어서야 들을 수 있었다. 아내에게 그 결정을 말해야 했던 날, 그는 떨리는 손을 주체할 수 없었다.

*

그는 의자에 앉아 꼼짝도 하지 않고서 5시가 될 때까지 호텔방에서 기다렸다. 5시가 되자 자리에서 일어나 부동산 사무실에 전화를 하고 5시 반까지 가겠다 했다. 그는 반쯤 남은 와인병을 바 위에 그대로 둔 채 방을 나섰다. 날씨가 아까보다 많이 시원해졌길 바랐지만 그렇지 않았다.

이 호텔은 그가 방문할 부동산 사무실에서 세 블록밖에 떨어져 있지 않아서 선택되었고, 그 부동산 사무실에서 이미 계획되어 있는 거래를 시작할 것이었다. 그 정도 거리는 걸어갈 수 있었다. 그러나 덩치 큰 쿠션처럼 묵직하고 시무룩하게 길 위를 덮은 뜨거운 열기가 그를 어지럽고 혼란스럽게, 그리고 힘 빠지게 만들었다. 다시 호텔로 돌아가서 공인 중개사에게 호텔로 와 달라고 해야 할까 잠시 고민하다가 그냥 계속 걸었다.

얼마 뒤 건물이 눈앞에 나타났을 때 그는 무언가 자신을 위협하고 있음을 인지했다. 그가 가려는 사무실은 19층에 있었다. 켄터키에 이렇게 높은 건물이 있을 줄 몰랐다. 이런 건 예상하지 못했다. 계단으로 가는 건 말도 안 되는 일이었다. 게다가 이 건물의 엘리베이터에 대해 아는 바가 전혀 없었다. 속도가 너무 빠르거나 휙휙 움직이는 엘리베이터를 타면 이미 중력으로 혹사된 몸이 더 처참해질 터였다. 그러나 다행히 엘리베이터는 잘 만들어진 최신식 같아 보였고, 건물 내부에도 그나마 에어컨이 켜져 있었다. 그는 엘리베이터 안으로 들어갔다. 안에는 담배 냄새가 잔뜩 밴 유니폼을 입은, 나이가 꽤 들어 보이는 엘리베이터 안내원만 있었다. 그때 통통하고 예쁘장한 여자가 숨을 가쁘게 몰아쉬며 뛰어와 마지막으로 탑승했다. 안내원이 놋쇠 재질의 문을 닫자 뉴턴이 말했다.

"19층이요." 여자도 우물거렸다. "12층이요." 나이 든 안내원은 수동 조종 핸들에 다소 거만한 태도로 느릿느릿하게 손을 올렸다. 즉시 어떠한 당혹감이 뉴턴을 덮쳤다. 엘리베이터는 버튼을 누르는 최신식이 아니라 오래된 엘리베이터를 개조한 것이었다. 그 깨달음은 한 발 늦게 찾아왔다. 뭐라고 말을 하기도 전에 배가 뒤틀리고 근육이 고통스럽게 경직되는 느낌이 솟구치더니, 승강기가 홱 움직이며 멈췄다가 또 위로 숙 올라가면서 덜컹거렸을 때는 그의 체중이 이미 평상시의 세 배가 되어 있었다. 그런 뒤 모든 일이 순식간에 벌어진 것 같았다. 그는 자신을 응시하고 있는 여자와 눈을 마주치고 나서야 자기 코에서 피가 셔츠 앞자락으로 쏟아져 나오고 있다는 걸 알아차렸다. 아래를 보니 정말 그랬다. 동시에 몸이 덜덜 떨리고 무언가 빠지직 부러지는 소리가 났다. 아니, 그런 느낌이 들었다. 다리가 아래로 무너지며 엘리베이터 바닥으로 쿵 넘어졌고, 기괴하게 비틀렸다. 의식을 잃어 가는 와중에 그는 다리 한쪽이 끔찍하게 구부러지는 걸 보았고, 그의 마음은 고향에서 멀어지던 그 순간의 공허처럼 깊은 어둠 속으로 빨려 들어갔다.

*

그는 살면서 의식을 두 번 잃었었다. 한 번은 집에서 원심 분리 훈련을 하다가 그랬고, 또 한 번은 우주선이 이륙할 당시 맹목적으로 가속했을 때였다. 두 번 모두 자신의 힘으로 묵직한 혼란과 고통에서 벗어나며 재빠르게 회복했었다. 이번에도 만신창이가 된 몸의 통증을 느끼며, 여기가 어딘지 몰라 두렵고 혼란스러운 상황 속에서 깨어났다. 그는 무언가 부드럽고 매끈한 곳에 등을 대고 누워 있었다. 그곳의 조명은 그에게 너무나도 밝았다. 눈을 가늘게 뜨고 머리를 돌리다가 움찔했다. 그는 어떤 소파 위였고, 방 맞은편에 한 여자가 전화기를 들고 책상 앞에 서서 그를 쳐다보고 있었다. 그는 그녀를 가만히 응시하다가 마침내 그녀의 얼굴을 알아보았다. 엘리베이터에 있던 그 여자였다.

여자는 잠에서 깬 그를 보며 주저했다. 전화기를 쥔 손을 아래로 축 늘어뜨린 모습이 뭘 어떻게 해야 할지 모르겠는 눈치였다. 그녀가 그를 보고 희미하게 웃었다. "괜찮으세요?"

그의 목소리는 낯선 이의 목소리처럼 약하고 부드러웠다. "괜찮은 것 같습니다. 잘 모르겠지만……." 다리가 앞으로 쭉 뻗어져 있었다. 다리를 움직여 보려 하자 두려움이 밀려왔다. 코에서 쏟아진 피 때문에 셔츠가 몸에 착 달라붙어 있고, 이제는 피의 온기가 식어 차가웠다. 정신을 잃은 지 그렇게 오래된 것 같진 않았다. "다리를 다친 거 같은데……."

여자가 고개를 저으며 그를 심각하게 쳐다보았다. "말도 마세요. 당연히 다치셨죠. 한쪽 다리가 철사처럼 위로 구부러졌었다고요."

그는 무슨 말을 해야 할지 몰라 그녀를 계속 바라보며 어떤 조치를 취해야 하나, 머리를 쥐어짰다. 일단 그는 병원에 갈 수 없다. 병원에 가면 검사를 받아야 할 것이다. 엑스레이 촬영도 해야 할 거고.

"5분째 의사를 수소문하고 있어요." 여자의 목소리는 쉬어 있고, 잔뜩 겁에 질린 얼굴이었다. "병원 세 군데에 전화를 했는데 전부 없더라고요."

그는 그녀를 보고 눈을 깜빡이며 정신을 똑바로 차리려고 애썼다. "아니요." 그가 말했다. "안 돼요! 전화하지 마세요."

"의사를 부르지 말라고요? 당신은 치료를 받아야 해요. 부상이 심하다고요." 그녀의 얼굴에 의문과 걱정이 담겨 있었지만, 의심보다는 두려움이 더 우세해 보였다.

"괜찮아요." 뉴턴이 말을 더 하려는데, 불쑥 메스꺼움이 몰아쳤다. 무슨 상황인지 미처 인식하기도 전에 소파 옆쪽에 토를 하고 있었고, 두 다리는 경련이 일 때마다 고통에 몸부림쳤다. 기진맥진하여 다시 등을 대고 얼굴을 들었다. 하지만 조명이 너무 밝았다. 얇고 반투명한 그의 눈꺼풀을 꾹 닫았는데도 눈이 타들어 가는 것 같았다. 끙끙 앓는 소리를 내며 팔을 들어 눈을 가렸다.

어쩐지 그의 아픔이 그녀를 진정시키는 듯했다. 그것은 아마도 그가 인식할 수 있는 인간다운 행동이었을 것이다. 그녀의 목소리가 한결 편안해졌다. "제가 도와드릴까요?" 그녀가 물었다. "제가 뭐 도와드릴 거 있을까요?" 주저하며 말을 꺼냈다. "마실 거라도 좀 가져다드려요?"

"아닙니다. 괜찮아요……." 뭘 어떻게 해야 할까?

갑자기 그녀의 목소리가 밝아졌다. 히스테릭한 상태에 가까워졌다가 막 벗어난 것처럼. "상태가 말이 아니에요." 그녀가 말했다.

"그럴 것 같군요." 그는 조명을 피하려고 소파 등받이 쪽으로 얼굴을 돌렸다. "그냥…… 저 혼자 있게 해 주겠어요? 쉬면 좀 나아질 것 같아요."

그녀가 부드럽게 웃었다. "글쎄요. 여기는 사무실이라서요. 아침이면 사람들로 가득 찰 거예요. 엘리베이터 안내원이 제게 열쇠를 줬거든요."

"아." 그는 극심한 통증을 어떻게든 다스려야 했다. 그렇지 않으면 머지않아 의식을 잃을 터였다. "있죠," 그가 말했다. "제 주머니에 호텔 열쇠가 있어요. 브라운 호텔이요. 여기서 아래쪽으로 세 블록 떨어진 곳에 있는데, 당신이—"

"어딘지 알아요."

"오, 잘됐군요. 열쇠를 가지고 가서 호텔방에 있는 침실 옷장에서 검은색 서류 가방 좀 갖다줄래요? 그 가방 안에 약이 있거든요. 부탁합니다."

그녀는 침묵했다.

"사례도 하겠습니다."

"사례 때문이 아니에요." 그는 고개를 돌려 눈을 뜨고 그녀를 잠시 쳐다보았다. 널찍한 그녀의 얼굴이 구겨졌고, 눈썹은 깊은 생각에 빠진 모습을 페러디한 깃처럼 잔뜩 찡그려졌다. 그러더니 그를 보지 않은 채 피식 웃었다. "호텔에서 절 들여보내 줄지 모르겠네요. 뭐, 투숙객이라 생각하고 방 안으로 들어가게 허락할 수는 있겠지만요."

"왜요?" 그 말을 하는데 가슴 한쪽이 아파 왔다. 곧 또다시 정신을 잃을 것 같았다. "왜 못 들어가죠?"

"당신은 옷에 별 관심 없죠? 그런 걱정을 전혀 할 필요 없는 사람 같거든요. 저는 이 촌스러운 원피스 말고는 아무것도 없어요. 그마저도 찢어졌죠. 아마 이 옷 때문에 호텔 직원은 제가 호텔에서 숨 쉬는 것조차 싫어할 것 같은데요?"

"아!" 그가 내뱉었다.

"뭐, 가능할지도……." 그녀는 생각에 잠겼다. "아니요. 못하겠어요."

그는 또다시 희미해지는 기분이었다. 몸이 둥둥 떠 있는 것 같았다. 눈을 깜빡이며 힘 빠짐과 통증을 무시하고 정신을 다 잡으려 노력했다. "제 지갑 안에 있는 20달러를 가지고 가세요. 벨보이한테 그 돈을 주시고요. 할 수 있어요." 방이 그의 주변을 빙글빙글 돌고 조명도 점점 희미해졌다. 약해진 빛이 시야를 가로질러 행렬하는 것 같았다. "부탁합니다."

그가 그의 주머니를 뒤지는 그녀의 손을, 얼굴에 닿는 그녀의 뜨거운 숨결을 느끼고 있는데, 갑자기 그녀가 숨을 헉 들이마셨다. "세상에나!" 그녀가 내뱉었다. "만약 내가 이 돈 갖고 도망치면 어쩌려고요? 당신이 돈이 많지 않을 수도 있잖아요."

"그러지 마세요." 그가 말했다. "도와주세요. 나 돈 많습니다. 내가……."

"안 그럴 거예요." 그녀가 지친 듯이 말했다. 그러더니 더 밝은 목소리로 덧붙였다. "잠깐 여기에 있어요. 얼른 호텔로 가서 약 가지고 올게요. 편하게 있어요."

그는 정신을 잃어 가면서 그녀가 나가는 소리를 들었다.

잠시 후, 그녀가 다시 사무실로 돌아와서 숨을 헐떡이며 책상 위에 서류 가방을 열어 놓았다. 눈 깜짝할 사이에 벌어진 일 같았다.

그가 다리를 치유하는 약과 통증 완화 캡슐을 먹고 나자, 엘리베이터 안내원이 어떤 남자와 함께 들어왔다. 그는 자신을 건물 관리인이라고 소개했다. 뉴턴은 아무도 고소하지 않을 거고, 이제 정말 괜찮아졌고, 앞으로 다 좋아질 거라며 그들을 안심시켜야 했다. 그는 구급차가 필요하지 않다는 내용과 이 건물에 아무런 책임이 없다는 내용의 서류에 서명하겠다고 했다. 그들이 뉴턴을 택시에 태워야 하나 고민하며 열정적으로 토론하는 동안 그는 몇 번이나 의식을 잃었다. 토론이 끝났을 때도 실신해 있었다.

그가 택시에서 깨어났을 때, 옆에 그 여자도 함께 있었다. 그녀가 그를 부드럽게 흔들었다. "어디로 기실 거예요?" 그녀가 물었다. "집이 어디예요?"

그가 그녀를 응시했다. "나…… 나도 모르겠어요."

7

뉴턴은 독서를 하다가 깜짝 놀라 고개를 들었다. 그녀가 방에 있는 줄 전혀 눈치채지 못했다. 그녀는 꽤 자주 어디에서인지 모르게 불쑥 나타나곤 했고, 쉰 목소리와 진지한 말투는 영 성가셨다. 그러나 그녀는 좋은 여자였고 의심스러운 구석도 없었다. 지난 한 달 동안 그녀를 향한 호감이 날로 커져 갔다. 마치 제법 쓸모 있는 반려동물이라도 둔 것처럼. 그는 말을 꺼내기에 앞서 다리를 더 편안한 자세로 바꿨다. "오후에 교회에 갈 거죠?" 어깨 너머로 흘긋 바라보자 그녀는 지금 막 들어온 것 같았다. 붉은색 비닐봉지를 아기 안듯 풍만한 가슴 앞에 안고 있었다.

그녀는 약간 얼빠진 표정으로 그를 보며 미소 지었고, 그는 아직 이른 오후 시간인데도 그녀가 이미 술에 조금 취해 있는 것 같다고 생각했다. "제 말이 그 말이에요, 뉴턴 씨. 당신도 교회에 가고 싶어 할 줄 알았다니까요." 그녀는 에어컨—그녀의 집에서 첫 일주일을 보내고 나서 그는 그녀에게 에어컨을 사 주었다—옆 테이블에 비닐봉지를 올렸다. "당신 주려고 와인 사 왔어요." 그녀가 말했다.

그는 다리 쪽으로 상체를 돌려서 베티 조의 유일한 독서 자료인 오래된 만화책이 들어 있는, 앞쪽의 작고 알팍한 상자에 몸을 받쳤다. 난처하고 귀찮았다. 와인을 사 왔다는 건 오늘 저녁에 무조건 취하고 말 거라는 의미였고, 베티 조는 술을 잘 마시기는 하지만 그녀의 술주정은 늘 우려스러웠다. 베티 조는 뉴턴의 가볍고 쇠약한 신체를 경이로워하며 재밌어하곤 했으나, 그녀가 그의 위로 넘어지거나 또는 떨어지거나, 혹은 그를 세게 때리기만 해도 새처럼 가냘픈 그의 뼈대에 해를 입힐 수도 있다는 생각 따위는 아예 못하는 것 같았다. 그녀는 살집이 있는 건강한 여자였으며 뉴턴보다 적어도 20킬로그램은 더 나갈 것 같았다. "와인을 가지고 오다니 친절하네요, 베티 조." 그가 말했다. "차가워요?"

"네, 엄청나게 차가워요." 그녀가 봉지에서 와인 병을 꺼냈고, 그는 와인 병이 봉지 안에 숨겨져 있는 다른 술병 동지들과 쨍그랑 부딪치는 소리를 들었다. 그녀는 뭔가를 가늠하는 듯 와인을 바라보았다. "이번엔 라이히만에서 안 샀어요. 오늘 생활 지원금을 받는 날이었거든요. 그래서 지원금 지급 기관에서 나오자마자 샀어요. 그 건물에 '골디의 퀴키'라는 가게가 있는데, 지원금을 잘 받아 주더라고요." 그녀는 선반에 진열된 큰 잔들 중 하나를 꺼내 빨간 페인트가 칠해진 낡은 책장에 걸터앉은 다음 잔을 창가에 올렸다. 그러더니 술을 대할 때 그녀 특유의 몸짓이라 할 수 있는, 정신이 딴 데 팔린 듯 느릿하게 움직이면서 비닐봉지에서 진 한 병을 또 꺼냈다. 그리고 한 손에는 와인을, 다른 한 손에는 진을 든 채 몸을 일으켰다. 뭘 먼저 마셔야 할지 선뜻 결정하지 못하겠는 것처럼. "그 가게에는 모든 와인이 냉장고에 있더라고요. 그래서 아주 차가워요. 라이히만에서 샀어야 했는데." 결국 그녀는 와인 병을 내려놓고 진 병을 땄다.

"괜찮아요." 그가 말했다. "냉기가 빠지는 데 그렇게 오래 걸리진 않을 거예요."

"그냥 여기에 둘게요. 와인 마시고 싶으면 나한테 말해요, 알겠죠?" 그녀는 자기의 컵에 진을 반 정도 따르고 작은 주방으로 갔다. 설탕통이 딸각대는 소리가 들렸다. 늘 그렇듯 그녀는 스푼으로 설탕을 퍼서 진에 넣고 있었다. 잠시 후 그녀는 술을 홀짝이며 돌아왔다. "어머나 세상에. 저는 진이 정말 좋아요!" 그녀가 만족스럽게 말했다.

"교회에는 가지 못할 것 같아요."

그녀는 그의 말에 진심으로 실망한 듯 보였다. 그녀가 다가와 친츠* 덮개가 씌워진 의자에 어정쩡하게 앉고서 한 손에 컵을 든 채, 무늬가 화려한 치마를 무릎 위로 살짝 올리며 그의 얼굴을 바라보았다. "안타깝네요. 정말 좋은 교회고 상류층 사람들이 오는 곳인데……. 당신이라면 그 교회와 아주 잘 어울릴 텐데요." 그는 그녀가 다이아몬드 반지를 끼고 있다는 걸 치음으로 인식했다. 아마 그의 돈으로 샀으리라. 그는 그런 그녀를 못마땅해하지 않았다. 어차피 그를 제대로 잘 돌봐준 대가로 준 돈이었으니까. 언행이 좀 그렇기는 해도 그녀는 훌륭한 간병인이었다. 게다가 뉴턴에 대해 꼬치꼬치 캐묻지도 않았다.

더는 교회에 대한 이야기를 하고 싶지 않아서 뉴턴은 조용히 있었고, 그동안 베티 조는 의자에 편하게 자리를 잡고 진을 마시기 시작했다. 베티 조는 TV 리포터들이 보통 신앙심이 깊다고 말하는, 즉 불규칙적으로 감상에 젖곤 하는 교회인이었다. 또한 종교가 자기 힘의 원천이라고 주장하기도 했다. 그녀는 사람을 끌어당기는 매력에 대해 이야기하는 일요일 오후의 설교와, 신자들 중 사업적으로 성공을 이룬 남자들에

---

* 꽃무늬가 날염된 광택이 나는 면직물

대해 이야기하는 수요일 저녁 예배에 주로 참석했다. 교회를 향한 충성심은 무슨 일이 일어나든 다 잘될 거라는 믿음을 바탕으로 했다. 교회의 교훈은 '사람은 각자 자신에게 맞는 것을 스스로 결정해야 한다는 것'이었다. 베티 조는 다수의 사람들이 그렇듯 진과 생활 지원금을 '자신에게 맞는 것'으로 결정한 듯했다.

이 여자와 몇 주간 함께 살면서 뉴턴은 텔레비전에서 알려주지 않는 미국 사회의 다른 면을 아주 많이 배웠다. 2차 세계 대전이 끝나고 40년 동안 끝없이 이어져 온, 아주 크고 질긴 잡초의 꽃처럼 계속해서 만개하는 나라 전반의 번영을, 그리고 거의 대부분의 국민들이 포함되는 중산층이 부를 어떻게 분배하고 소비하는지 알게 되었다. 중산층은 해가 바뀔 때마다 덜 생산적인 일에 더 많은 시간을 들이기 위해 돈을 많이 모았다. 모든 텔레비전 프로그램에 나오는 중산층의 모습은 화려한 옷을 걸친 사람들이 굉장히 편안하고 안정적으로 삶을 살아가는 모습이었고, 그래서 사람들은 미국인들이 대체로 젊어 보이고 피부가 햇빛에 그을려 있으며 눈이 맑고 야망이 대단하다는 생각을 자연스럽게 갖게 되었다. 그는 베티 조를 만나면서 이 사회에도 중산층의 이런 틀에 전혀 영향을 받지 않는 계층이 꽤 많이 존재한다는 사실을 배웠다. 그 저변에 있는 보통의 다수는 사실 야망도 없고 그 무엇에도 가치를 두지 않았다. 그는 미국의 역사 도서를 충분히 읽어 왔기 때문에 베티 조와 같은 사람들이 한때 산업 사회의 빈곤층에 속했을 거라는 걸 익히 알고 있긴 했다. 하지만 지금 그들은 산업화된 사회 속에서 당황스러울 만큼 다양한 기관으로부터—연방 복지 프로그램, 국가 복지 프로그램, 긴급 구제 및 빈민 구제 프로그램을 주관하는 기관으로부터—생활 보조 지원금을 받아 가며 정부가 지어 준 집에서—베티 조는 예전에 반슬럼가였던 동네에 방이 세 개인 낡은 벽돌집을 임차했다—편안하게 잘 살고 있었다. 미국 사회는 돈이 너무 많아서 상류층이 쓰던 중고 가구나 초라한 사치품 같은 것들을 베티 조와 같은 계층에 속하는, 8백만에서 천만 명 정도의 시민들에게 지원했다. 반면 그 외 다수는 교외의 수영장에서 햇빛을 받으며 피부를 건강한 구릿빛으로 만들고, 최신 유행에 따라 옷과 자녀 양육, 칵테일, 아내를 바꿔 가면서 온갖 종교와 정신분석 그리고 '창조적인 여가 생활'을 일삼아 끊임없이 놀고 또 놀았다. 여전히 매우 드문 계층에 속해 있는, 진짜 부유한 판스워스를 제외하고 뉴턴이 만났던 사람들은 모두 중산층이었는데, 그들은 겉으로 보기에 상당히 비슷했다. 그들이 호의로 손을 내밀지 않을 때, 평소의 자신감 넘치면서도 소년 같은 매력을 내비치는 표정이 아닐 때, 그들의 모습은 대개 무척 초라해 보였다. 뉴턴이 보기에는 그래도 베티 조가, 그녀만의 진과 일상의 따분함, 고양이와 중고 가구를 갖고 있는 그 베티 조가 이 사회에서 그나마 더 나은 부분을 누리고 있는 것 같았다.

일전에 그녀는 또 다른 지원금 지급 기관에서 만난 '여자 친구들' 몇몇과 파티를 한 적이 있었다. 뉴턴은 아무에게도 보이지 않게끔 혼자 침실에 남아 있었다. 그러나 그들이 〈만세 반석 열리니〉와 〈환난과 핍박 중에도〉 같은 오래된 찬송가를 힘차게 부르는 노랫소리와 진을 마시고 술에 취해 감상에 젖은 채 해 대는 말소리는 들을 수 있었다. 뉴턴은 그들의 그런 감정적인 방탕함이 주는 만족감이 중산층이 주로 술에 취해 자정에 하는 수영과 급하게 해치우는 섹스에서 얻는 만족감보다 더 클 거라고 여겼다. 중산층들의 문화는 고대 로마의 바비큐 연회에서 유래된 것이었다. 그러나 베티 조조차도 그 유치한 찬송가를 진심으로 대하지 않았다. 베티 조는 다른 여자들이 술에 취해 각자 자기들 집으로 돌아가면, 방 세 개짜리 감방 같은 집으로 귀가하고 나면, 뉴턴의 옆에 누워서 침례교도와 찬송가, 종교 부흥 운동가들의 종교가 얼마나 어리석은지 아냐며 깔깔대고 웃었고, 켄터키에 있는 그녀의 가족이 그녀를 그 종교로 끌어들였다는 이야기와 함께 어릴 적 그녀는 모든 것에 뛰어났지만 가끔 노래를 부를 때 정말 귀여웠다는 말도 덧붙였다. 뉴턴은 아무 말도 하지 않았지만,

퍽 궁금하긴 했다. 그는 안테아에 있을 때 예전 텔레비전 녹화 테이프에서 '옛날 교회의 부활'이라는 방송을 여러 번 봤고, '신을 독창적으로 활용하는 현대의 교회' 모습도 봤는데, 현대 교회에서는 슈트라우스의 왈츠와 〈시인과 농부의 서곡〉 일부분이 오로지 전자 오르간으로만 연주되고 있었다. 뉴턴은 인간들이 안테아인에게는 전혀 없는 그들만의 이상한 징후를 발전시킨 일이 완전히 현명한 판단이었다고 생각하지는 않다. 고대 안테아인은 이 행성에 방문했을 때 '종교'라고 불리는 전제와 약속으로 이루어진 기이한 집단을 비난했을 터였다. 어찌 됐든 그는 그것이 잘 이해가 가지 않았다. 안테아인은 우주에 신이 있거나 신이라 불리는 생명체가 있을 거라 확실히 믿긴 했지만, 그것은 사실 대부분의 인간들에게 큰 의미가 없는 것처럼 안테아인들에게도 중요하지 않았다. 그러나 죄와 구속에 대한 옛 인간의 믿음은 그에게 유의미했고, 모든 안테아인들과 마찬가지로 그도 죄책감과 속죄의 필요성을 아주 잘 알고 있었다. 그렇지만 이제 인간들은 그들의 종교를 대체하고자 절반의 믿음과 절반의 감상을 지닌 채 새로운 종교를 마구잡이로 구축하는 것처럼 보였다. 그는 어떻게 해야 할지 몰랐다. 베티 조가 연합 교회를 매주 감으로써 얻게 되는 힘에 왜 신경 쓰는 건지, 진을 마시며 얻는 힘보다 훨씬 더 애매하고 골치 아파 보이는 그 힘에 대체 왜 집착하는 건지 뉴턴은 정말 이해할 수 없었다.

잠시 후, 뉴턴은 그녀에게 와인을 한 잔 달라고 부탁했다. 그녀는 그를 위해 특별히 구입한 작은 크리스털 와인잔을 친절하게 건네고, 와인을 능숙하게 따랐다. 그는 와인을 빠르게 마셨다. 요양하는 동안 뉴턴은 술을 즐기는 법을 꽤 많이 배웠다.

"음," 그녀가 한 잔 더 따르고 있을 때 그가 입을 열었다. "다음 주에는 여기에서 나갈 수 있을 것 같습니다."

그녀는 순간 멈칫하더니 와인을 마저 따랐다. 그러고는 말했다. "왜요, 토미?" 그녀는 술에 취하면 가끔씩 그를 토미라고 불렀다. "서두를 필요 없잖아요."

8

 오, 맙소사. 그는 정말 특이했다. 큰 키와 깡마른 몸, 새처럼 부리부리한 눈. 다리가 부러졌는데도 그는 고양이처럼 주위를 돌아다녔다. 항상 약을 찾아다녔으며 면도를 전혀 하지 않았다. 잠도 자지 않는 것 같았다. 그녀는 전날 마신 진 때문에 목이 마르고 머리가 어질어질해서 간혹 저녁에 일어나곤 했는데, 아주 가까이에서 본 건 아니었지만, 그는 거실에서 다리를 받치고 앉아 독서를 하거나 뉴욕에서 온 뚱뚱한 남자가 가져온 자그마한 금색 전축에서 나오는 노래를 듣거나 두 손을 턱 아래에 둔 채 의자에 앉아 입술을 앙다물고 우두커니 벽만 응시하곤 했다. 그의 마음이 어디를 향해 있는지는 오직 신만 알 것이다. 그럴 때면 그를 방해하지 않으려 아주 조용히 움직이려 노력했지만, 그는 그녀가 얼마나 조심했는지와 상관없이 늘 인기척을 알아챘다. 오히려 깜짝 놀라는 것 같기도 했다.

그러나 그는 늘 그녀에게 웃어 주었고 가끔은 말을 한두 마디 건네기도 했다. 함께 지낸 지 2주가 되어 가던 어느 날, 그는 자기와 이야기할 누군가를 찾으려는 듯 의자에 앉아 벽을 뚫어지게 쳐다보고 있었다. 그 모습은 무언가를 상실한 것처럼 무척 외로워 보였다. 다리마저 뒤틀려 있어서인지 그는 둥지에서 떨어져 다리가 반쯤 부러진 아기 새 같았다. 너무 안타까워서 그를 팔로 감싸 어루만지고 보살펴 주고 싶다는 생각이 들었지만 그렇게 하지는 않았다. 누가 자기의 몸을 만지는 걸 그가 얼마나 싫어하는지 이미 알고 있었으니까. 게다가 말라비틀어진 그의 몸을 그녀가 다치게 할 수도 있었다. 처음 만났을 때, 다리는 철사처럼 뒤틀려져 있고 셔츠는 온통 피범벅이었던 그를 엘리베이터 밖으로 안고 나왔을 때, 품 안의 그가 얼마나 가벼웠는지를 결코 잊지 못할 것이다.

그녀는 머리 빗질을 마치고 립스틱을 바르기 시작했다. 젊은 여자들이 주로 쓰는 은빛이 도는 립스틱과 아이섀도를 처음으로 발라 봤다. 화장을 마치고 설레는 마음으로 거울 속 자신을 들여다보았다. 40대치고는 퍽 괜찮아 보였다. 진에 설탕을 타서 먹는 바람에 눈 주위가 자줏빛으로 벌게졌는데 그 부위만 잘 가리면 괜찮을 듯했다. 그날 밤 그녀는 오로지 그

부위를 가리기 위해 구입한 화장품으로 눈 주위를 칠했다.

잠시 거울 속 얼굴을 바라본 후 옷을 입기 시작했다. 오후에 산 연한 금색 팬티와 브래지어를 입은 다음 진홍색 바지와 그에 맞춰 블라우스를 입었다. 마지막으로 귀걸이를 걸고 은색 핀을 머리에 꽂았다. 거울 앞에 서 있는 자신은 다른 사람 같아 보였다. 처음으로 남의 시선을 의식하는 기분이 들었다. 옷을 이렇게 차려입고 무슨 바보 같은 짓을 하려는 걸까? 그러나 그녀의 마음 한구석에는, 좀처럼 꺼내 보지 않는 내면의 희미한 등록부는, 번호가 무자비하게 매겨져 있는 수많은 진 병들과 고맙게도 죽어 버린 남편에 대한 기분 나쁜 기억들로 채워져 있었다. 그녀는 자신이 이러는 이유를 정확하게 알고 있었다. 하지만 그 부분을 자세히 살피려 하지는 않았다. 그 문제를 마음의 표면으로 가져가지는 않았다. 그녀는 이런 쪽에 있어서 엄밀히 말하면 전문가였으니까. 얼마 지나지 않아 섹시한 간병인으로 변신한 거울 속 자신의 모습에 익숙해졌다. 한 손으로 옷장 위의 진이 든 잔을 들고, 다른 한 손으로는 딱 붙는 진홍색 바지를 반듯하게 펴고는 문을 열어 토미가 앉아 있는 방으로 걸어갔다.

그는 통화 중이었다. 그 변호사, 판스워스의 얼굴이 작은 화면에 보였다. 그들은 보통 하루에 서너 시간씩 통화를 했다. 어느 날은 판스워스가 진중해 보이는 젊은 남자와 함께 왔는데, 그들은 그녀의 거실에서 하루 종일 이야기를 나누고 논쟁을 했다. 마치 그녀를 가구의 일부인 양 취급하면서. 토미만 제외하고 말이다. 그녀가 남자들에게 커피를 대접하고 진을 가져다주었을 때 토미는 친절하고 상냥하게, 그리고 부드럽게 고마움을 표현했었다.

그가 판스워스와 통화를 하는 동안 베티 조는 소파에 앉아 오래된 만화책을 집어 들었다. 그러고는 술을 마시면서 야한 장면이 나오는 페이지들을 천천히 훑어보았다. 그러나 금세 지루해졌다. 토미는 남부 지역에서 진행 중인 어떤 연구 프로젝트와 이것저것 주식을 매도할 거라는 이야기를 아직도 하는 중이었다. 그녀는 만화책을 내려놓고 술을 마저 마신 다음 그의 책상 끄트머리에 놓인 책들 중 하나를 집었다. 그가 그녀의 집으로 책 수백 권을 보낸 덕분에 그의 방은 책으로 가득 찼다. 그녀가 든 책은 아무래도 무슨 시집 같은 종류인 듯했다. 곧바로 책을 내려놓고 다른 책을 집었다. 《열핵 엔진》이라는 제목의 책 안에는 여러 선과 숫자들이 잔뜩 쓰여 있었다. 그녀는 이렇게 차려입은 자신이 또다시 어리석게 느껴졌다. 자리에서 벌떡 일어나 망설임 없이 진 두 잔을 훅 따르고서 한 잔은 텔레비전 위에 놓고 다른 한 잔은 손에 든 채 소파로 돌아왔다. 자기가 바보처럼 느껴졌음에도, 소파에 앉아 무의식적으로 영화배우 같은 요염한 자세를 취하며 무거운 다리를 천천히 쭉 뻗었다. 잔 너머로 그를 바라보았다. 전등의 불빛이 그의 하얀 머리칼과, 은은한 갈색 빛이 돌며 거의 투명에 가까운 섬세한 피부에 닿아 반짝였다. 여자처럼 우아한 그의 손이 책상 위에 툭 떨어졌다. 진이 배 속을 이지러뜨리자 그녀의 몸에 닿는 기묘하고 섬세한 그의 몸이 상상되었다. 그 상상의 끝자락에서 간질거리는 나쁜 흥분의 손길이 그녀의 마음속에 느껴지기 시작했다. 그를 바라보며 상상하던 와중에 그녀는 이런 스릴이 그의 남자답지 않은 독특한 성적인 특성에서 발현된다는 걸 깨달았다. 어쩌면 그녀도 괴짜, 또는 어디 하나가 불구인 사람과 사랑에 빠지는 유형의 여자일지도 모른다. 사실 그는 둘 다에 속했다. 괴짜이기도 하고 어디 하나가 불구인 사람이기도 하니까. 그런 건 이제 상관없었다. 딱 달라붙는 바지와 배 속에 가득 찬 진이 부끄럽지 않았다. 그녀가 그를 자극할 수 있다면, 그가 자극을 받는다면, 그녀는 자신이 자랑스러울 것 같았다. 만약 그 반대여도, 어쨌거나 그는 친절한 남자이니까 언짢아하지는 않을 것이다. 그녀는 자신의 마음이 그에게 달려가 빠르게 따뜻해지는 것을 느꼈다. 술을 다 마시자 몇 년 만에 처음으로 사랑을 닮은 감정이 느껴졌고, 오늘 아침 나이에 맞는 드레스를 입고 외출해서 팬티와 귀걸이, 화장품과 스타킹을 사고 난 다음 하루 종일 단단히 각오했던 욕망이 느껴졌다. 그녀는 마음속에 들어

온 막연한 계획의 궁극적인 의미를 스스로 인정하지 않았으면서 그런 물건들을 구입했다.

그녀는 서두르지 말아야 한다고 자신을 다독이며 계속 술을 마시고 있었다. 그러나 기다림이 이어지자 긴장되었다. 토미는 이제 브라이스라는 사람에 대해 대화 중이었는데, 판스워스는 브라이스가 토미를 보기 위해 여러 번 시도를 했었고 토미와 함께 일하고 싶어 한다고 말했다. 그러면서 브라이스가 일단 토미부터 만나길 원한다고 덧붙였다. 토미가 그건 불가능하다고 하자 판스워스는 브라이스를 교육하려면 모든 사람이 참여해야 한다고 강조했다. 그녀는 참을성을 잃기 시작했다. 대체 그 브라이스란 사람이 누군데? 그때, 토미가 갑자기 대화를 끝내고 전화를 끊었다. 그는 가만히 앉아 있다가 친절한 미소를 지으며 잠시 그녀를 바라보았다. "살 집이 마련됐어요. 여기 주에 속한 저 아래 남부 쪽에요. 나랑 같이 갈래요? 집 관리인으로요."

충격이었다. 그녀가 그를 보고 눈을 깜빡였다. "관리인이요?"

"네, 집은 토요일에 준비될 거예요. 하지만 가구도 정리해야 하고 신경 써야 할 것들이 있어요. 그런 일들을 도와줄 사람이 필요해요. 그리고," 그가 지팡이를 짚고 일어나 절뚝거리며 그녀 쪽으로 다가왔다. "아시다시피 내가 낯선 사람 만나는 걸 안 좋아하잖아요. 당신이라면 그 사람들과 이야기를 대신 해 줄 수 있을 것 같은데." 그가 그녀 앞에 섰다.

그녀는 그를 올려다보며 눈만 깜빡였다. "마실 거 준비해 놨어요. 텔레비전 위에요." 그의 제안은 믿기 어려웠다. 그녀는 둘째 주에 부동산 사람들이 찾아왔을 때부터 그 집을 알고 있었다. 산 아래의 동쪽, 백만 평이 넘는 대지에 위치한 커다랗고 오래된 저택을 그가 매입하다니.

그가 잔을 들고 향을 맡은 뒤 물었다. "진이에요?"

"한 번은 마셔 봐요." 그녀가 말했다. "제법 괜찮아요. 달콤하고."

"아닙니다." 그가 거절했다. "아니에요. 대신 당신과 함께 와인을 좀 마시면 좋겠군요."

"물론이죠, 토미." 그녀는 자리에서 일어나 약간 비틀거리며 그가 즐겨 마시는 소테른 와인과 크리스털 잔을 가지러 주방으로 갔다. "그런데 당신은 내가 필요 없지 않나요?" 그녀가 주방에서 외쳤다.

그의 목소리는 근엄했다. "왜요, 나는 당신이 필요해요, 베티 조."

그녀는 돌아와 그의 가까이에 서서 잔을 건넸다. 그는 정말 좋은 남자였다. 그가 어린애라도 되는 양 유혹하려 했던 자신이 부끄럽게 느껴졌다. 그녀는 술에 취해 있어서 기분이 매우 좋았다. 그렇지 않을 수가 없었다. 이게 다 무슨 일인지 그는 모를 것이다. 아마도 그는 어렸을 때에도 여자아이가 그를 만지려고 하면 바로 줄행랑을 쳐서 요강에 오줌을 쌌을 부류의 남자일 확률이 높았다. 아니면 온종일 가만히 앉아서 책만 읽는 동성애자이거나…… 하지만 그는 동성애자처럼 말하지는 않았다. 그녀는 그의 말소리를 듣는 게 좋았다. 그는 이제 피곤해 보였다. 물론 항상 피곤해 보이긴 했지만.

그는 힘겹게 안락의자에 앉아 옆에 지팡이를 내려놓았다. 그녀가 소파에 앉은 다음 옆으로 누워서 그를 마주보았다. 그도 그녀 쪽을 바라보았지만 그녀를 보고 있는 것 같지는 않았다. 그런 시선에 그녀는 비참한 기분이 들었다. "오늘 새 옷 입었어요." 그녀가 말했다.

"그렇군요."

"네, 맞아요." 그녀가 부끄러운 듯 웃었다. "바지는 65달러고 블라우스는 50달러예요. 그리고 금색 속옷과 귀걸이도 샀죠." 그녀는 다리를 들어 쨍한 빨간색 바지를 뽐내고는 무릎을 긁적였다. "당신이 준 돈으로 평소 갖고 싶었던 영화배우들이 입을 법한 드레스도 살 수 있었고, 얼굴을 고칠 수도 있고, 살도 빼고 다 할 수 있었어요." 귀걸이를 잡아당겨 엄지손톱으로 부드러운 금속 귀걸이를 만지작거리곤, 귓불에서 느껴지는 은은한 통증을 즐기며 잠시 생각에 잠겼다. "모르겠어요. 나는 오랜 시간 동안 하찮은 인간이었어요. 바니와 내가 복지 지원을 받은 이후로, 모든 것에 자제력을 잃은 이후로, 제길, 그리고 당신 덕분에 이렇게 됐다고요."

그는 한동안 아무 말도 하지 않고서 그녀가 술을 다 마실 때까지 가만히 앉아 있었다. 마침내 그가 입을 열었다. "나와 함께 새 집에 갈 건가요?"

그녀는 기지개를 켜며 하품을 했다. 피곤이 몰려오기 시작했다. "정말 내가 필요해요?"

그는 잠시 그녀를 보고 눈을 깜빡이더니 전에 한 번도 본 적 없는 표정을 지었다. 마치 간절히 부탁하는 듯한 표정을. "네. 당신이 필요해요." 그가 덧붙였다. "나는 아는 사람이 거의 없어서……."

"좋아요. 가죠." 그녀는 피곤하다는 듯 손짓했다. "어쨌거나 당신이 돈을 지금보다 두 배는 더 줄 거라고 생각하니까 안 따라가면 바보죠."

"좋습니다." 그는 얼굴 표정을 살짝 풀더니 의자 등받이에 등을 기대고 책을 들었다.

그가 독서를 시작하기 전에, 이젠 다 식어 버렸지만, 원래 그녀의 계획을 떠올렸다. 잠깐 꺼려지긴 했으나 마지막 시도를 해 보기로 했다. 솔직히 너무 피곤했고 썩 내키지도 않았다. "결혼했어요, 토미?" 그녀가 물었다. 상당히 노골적인 질문임에 틀림없었다.

만약 토미가 그녀가 대화를 어느 쪽으로 몰아가려는지 조금이라도 감을 잡았다면 순순히 따를 리 없었다. "네, 결혼했어요." 그가 책을 무릎 위에 고상하게 내려놓으며 그녀를 바라보았다.

그녀는 당황했다. "그냥 궁금해서요." 그러고는 "아내는 어떻게 생겼어요?"

"아, 나와 닮은 것 같아요. 키도 크고 늘씬하죠."

그녀의 당혹감이 조금씩 불쾌감으로 변해 갔다. 그녀가 술을 다 마시고 말했다. "저도 예전엔 날씬했었어요." 저항에 가까운 발언이었다. 이 상황이 지긋지긋해진 그녀는 자리에서 일어나 침실로 성큼성큼 걸어갔다. 어쨌든 전부 다 우습게 되어 버렸다. 그는 동성애자일 것이다. 결혼을 했다는 말은 그 어떤 것도 증명하지 못했다. 이러고저러고 간에 그는 특이했다. 친절하고 돈은 많지만 기묘한 점투성이였다. 분한 마음이 수그러들지 않았다. "잘 자요!" 그리고 방으로 쏙 들어가 비싼 옷을 벗어 던지기 시작했다. 나이트가운을 입고 한동안 침대 끄트머리에 걸터앉아 생각에 생각을 거듭했다. 몸에 꼭 끼는 옷을 벗으니 훨씬 편안했다. 마침내 침대에 누웠을 때, 그녀의 마음은 텅 비어 있었다. 그녀는 조금의 어려움도 없이 금세 깊은 잠에 빠져 들어 누구의 방해도 받지 않는, 즐거움만 가득한 꿈을 꾸었다.

9

브라이스는 비행기를 타고 산을 넘어 날아갔다. 작은 비행기였지만 매우 안정적이었고 조종사 역시 굉장히 유능했기에 급격한 움직임도, 울렁거리는 느낌도 거의 나지 않았다. 비행기는 켄터키의 할런 위를 날고 있었고, 칙칙한 도시는 작은 언덕들 속에서 아무렇게나 뻗어져 있었다. 광활하고 척박한 들판을 지나 커다란 강 유역을 향해 날았다. 브라이스는 손에 위스키 잔을 들고서 저 멀리 어슴푸레 빛나는 호수를 바라보았다. 잔잔한 호수의 표면이 마치 귀중한 새 동전처럼 반짝이고 있었다. 비행기가 더 아래로 내려가자 호수의 모습이 시야에서 사라졌고, 강 유역의 편평한 땅 위에 새로 조성한 널따란 콘크리트 길에 착륙했다. 그곳은 어떤 신이 빗자루 짚과

붉은색 점토가 뒤집혀 있는 듯한 땅 위에 회색 분필로 기하학적 도형을 마구 그려 놓은 것 같았다.

브라이스는 비행기에서 내려 토목 기계들의 쿵쿵대는 소음 속으로, 여름의 뜨거운 열기 아래 얼굴이 시뻘게져서 목이 쉬도록 서로에게 소리를 지르며 정체를 알 수 없는 무언가를 짓는 중인 카키색 상의를 입은 남자들의 혼란 속으로 들어갔다. 기계들이 보관되어 있는 작업장과 거대한 콘크리트 대지, 막사들이 줄지어 있었다. 에어컨 바람이 시원하고 고요한 비행기에서, 그러니까 그를 데리러 온 토머스 제롬 뉴턴의 개인 비행기에서 내리는 순간 그는 뜨거운 열기와 소음, 그리고 언급조차 없었던 몹시 과열된 눈앞의 상황에 정신이 아득해졌다. 당황스러웠다.

담배 광고에 나올 법한 다부지게 생긴 젊은 남자가 그에게 다가왔다. 그는 피스 헬멧*을 쓰고 있었다. 소매를 걷어 올린 그의 팔뚝 위로 햇빛에 그을린, 생기 넘치는 근육이 드러났다. 젊은 남자의 모습은 야망이 넘쳤던 사춘기 시절 브라이스의 희미한 기억 속 그를 공학 기사 또는 화학 공학 기사로, 즉 과학 분야의 활동가로 만드는 데 공헌했던 책들, 내용은 절반도 기억나지 않는 그 책들 중 하나에 나왔던 영웅의 모습과

---

* 열대 지방에서 햇빛을 가리기 위해 사용하는 헬멧 모양의 모자로, 머리보다 크게 만들어 공간을 생기게 하여 더위를 막아 주며 챙이 있다.

상당히 비슷했다. 브라이스는 불룩한 자신의 배와 회색 머리칼을 자각하고 입에 남은 위스키 맛을 다시면서 그 젊은 남자에게 굳이 미소를 내비치지는 않았지만, 고개 정도는 까딱였다.

남자가 손을 내밀었다. "브라이스 교수님이시죠?"

브라이스는 그가 과시하듯 손에 힘을 줄 거라 예상하며 그의 손을 잡았다. 그러나 예상 밖의 점잖은 손길에 기분이 한결 나아졌다. "이제는 교수가 아닙니다." 그가 말했다. "브라이스는 맞고요."

"네, 좋습니다. 제 이름은 홉킨스 포어만입니다." 그의 상냥함은 주인의 허락을 애원하는 개를 연상시켰다. "어떻게 생각하십니까, 브라이스 박사님?" 그가 높이 지어지고 있는 건축물들을 가리켰다. 바로 그 너머에 방송 안테나 같은 높은 타워가 있었다.

브라이스가 목을 가다듬었다. "글쎄요." 여기에서 무엇을 만들고 있는지 물어보려 했지만, 돌연 자신의 무지가 창피할지 모르겠다는 생각이 들었다. 그 뚱뚱한 어릿광대 판스워스는 그가 여기서 뭘 해야 하는지 대체 왜 알려 주지 않았을까? "뉴턴 씨가 날 기다리고 있나요?" 브라이스는 그를 보지 않은 채 목소리를 높여 물었다.

"네, 물론입니다." 그러자 젊은 남자가 비행기의 반대편에 자그마한 모노레일이 가려져 있는 곳으로 그를 정성스레 안내했다. 모노레일은 강 유역의 옆면을 따라 언덕 사이로 은근 슬쩍 빠져 들어가는, 가느다란 은색 연필 선처럼 심드렁히 빛을 내는 선로 위에 있었다. 홉킨스가 모노레일의 문을 옆으로 밀자 윤이 나는 가죽 덮개와 꽤 그럴듯해 보이는 어두운 실내가 나타났다. "이걸 타고 가시면 5분 후에 집에 도착하실 겁니다."

"집이요? 거리는 얼마나 되죠?"

"6.5킬로그램 정도 됩니다. 제가 미리 연락해 놓으면 브리나르데가 박사님을 마중 나올 겁니다. 브리나르데는 뉴턴 씨의 비서입니다. 그 사람이 인터뷰를 진행할 거예요."

브라이스는 차에 탑승하기 전 주저하며 말을 꺼냈다. "뉴턴 씨는 안 만나는지요?" 2년이 지나도록 월드 컬러를 발명한 그 남자를, 텍사스의 가장 큰 정유 공장을 운영했으며, 3D 텔레비전과 재사용 가능한 네거티브 필름, 다이—트랜스퍼 기법을 기반으로 한 ATF* 프로세스를 개발한 그를, 이 세상에서 가장 독창적인 천재이거나 아니면 외계 생물체인 그를 한 번도 만나 보질 못했다는 생각이 그의 마음을 헤집어 놓았다.

젊은 남자가 이마를 찌푸렸다. "못 만나실 것 같아요. 제가 여기에 온 지 여섯 달이나 됐는데 한 번도 본 적이 없습니다. 박사님이 탑승할 저 차량의 창문 안쪽에 계신 걸 얼핏 본 적

---

* Bureau of Alcohol, Tobacco, Firearms and Explosives. 미국의 정부 기관이며, 주류, 담배, 화기 및 폭발물을 단속한다.

은 있어요. 일주일에 한 번 정도 여기를 둘러보러 내려오시는 것 같더라고요. 하지만 절대 차량 밖으로 나오시지 않아요. 보시다시피 내부가 무척 어두워서 얼굴을 볼 수 없죠. 차창 밖을 내다보는 그림자만 보일 뿐입니다."

브라이스는 차량 안으로 들어가기로 마음먹었다. "나간 적이 한 번도 없습니까?" 그는 비행기 쪽으로 고갯짓을 했다. 어디에선가 왔을 걸로 보이는 정비공 한 무리가 비행기 위로 올라가기 시작했다. "비행기를 타고 가야만 하는 곳으로 나간 적이 없어요?"

홉킨스가 씨익, 하고 바보 같은 웃음을 지었다. 브라이스가 보기에는 그랬다. "밤에만 나가십니다. 그래서 볼 수가 없죠. 그분은 키가 크고 마른 체형입니다. 비행기 조종사의 말에 의하면요. 그렇지만 그게 다입니다. 조종사가 말이 그렇게 많은 사람이 아니어서요."

"알겠습니다." 브라이스가 문에 있는 버튼을 터치하자 문이 소리 없이 스르륵 닫혔다. 문이 닫힐 때 홉킨스가 "그럼 행운을 빕니다."라고 했고, 브라이스는 빠르게 "고맙습니다."라고 답했지만 문이 닫히면서 목소리가 묻혔을 수도 있었다.

비행기와 마찬가지로 모노레일 역시 방음이 잘되고 아주 시원했다. 또 비행기처럼 가속을 시작할 때 움직임이 거의 감지되지 않았고, 속도도 무척 부드러워서 차체의 동작이 대체로 느껴지지 않았다. 그는 분명한 목적을 갖고서 창문의 작은 은색 손잡이를 돌려 불투명한 창에 불을 밝혔다. 허접해 보이는 알루미늄 건축 작업장과 인부 무리를 지켜보았다. 자동화 공장과 하루 6시간 근무라……. 요즘에 아주 보기 드문 만족스러운 모습이라는 생각이 들었다. 노동자들은 켄터키의 태양 아래 땀을 뻘뻘 흘리며 마음을 다해 열심히 일하고 있는 듯했다. 골프 레슨이나 도박장, 다른 인부들의 노파심으로부터 멀찌감치 벗어나 이런 불모지로 오는 데 어마어마한 대가를 받았을 것 같았다. 대다수가 젊어 보였다. 그들 중 한 청년이 눈에 들어왔다. 그는 땅을 고르는 거대한 기계 맨 꼭대기에 앉아서 엄청난 양의 진흙을 밀어내는 즐거움 때문인지 활짝 미소 짓고 있었다. 순간 브라이스는 그의 젊음과 작업 능력, 조금의 의심도 없는 자신감, 태양 아래에서의 안온함이 부러웠다.

잠시 후 건축 현장을 떠나 나뭇잎이 빽빽한 언덕을 빠져나가고 있었는데, 속도가 너무 빨라서 가까이에 있는 나무들이 햇빛과 초록 나뭇잎이 한데 섞인 듯한 빛과 그림자의 흐릿한 형체처럼 보였다. 그는 무척 푹신한 시트에 등을 기대고 드라이브를 즐기려 노력했다. 그러나 긴장을 풀기엔 너무 흥분되어 있었고, 빠른 속도와 기이하고 새로운 장소에 대한 기대감에 잔뜩 고조된 상태였다. 아이오와로부터, 대학생들로부터, 카누티 교수 같은 턱수염 난 지식인들로부터 벗어나게 되어

더없이 행복했다. 창밖을 내다보며 점점 빠르게 번쩍이는 빛과 그늘, 창백한 초록, 어두운 그림자를 바라보았다. 그때 속도가 급격하게 빨라지더니 눈앞에 반짝이는 호수가 나타났다. 호수는 거대했다. 움푹 파인 곳에 놀랍도록 아름다운 청회색의 메탈 디스크처럼 수면이 고요하게 펼쳐져 있었다. 바로 그 너머 산 그림자 속에 오래된 하얀 대저택이, 현관에는 흰 기둥들이 서 있고 창문에는 커튼이 쳐진 하얀 대저택이 산기슭의 드넓은 호숫가에 견고하게, 그리고 조용히 자리를 잡고 있었다. 멀리서 그 모습을 바라보는데 모노레일 선로가 느닷없이 아래로 내려갔고, 그 집과 호수가 다른 언덕 뒤로 사라졌다. 속도가 줄어들기 시작했다. 1분 뒤 집과 호수가 다시 나타났고, 모노레일은 선로의 커브에서 차체를 섬세하게 기울여 가며 호수의 가장자리를 따라 급강하하는 곡선의 넓은 활주로 위에서 서서히 속도를 줄였다. 어떤 남자가 집 앞 한 켠에 서서 그를 기다리고 있는 모습이 보였다. 모노레일은 부드럽게 멈추었고, 브라이스는 심호흡을 한 다음 문 손잡이를 터치했다. 나무 패널이 덧대어진 문이 차분히 옆으로 밀리자 모노레일에서 내려 산의 그늘과 소나무 향, 호숫가에 찰랑이는 미약한 물소리 속으로 발을 내디뎠다. 남자는 키가 작고 피부색이 진했으며 눈이 밝고 콧수염이 나 있었다. 그가 정중하게 웃으며 앞으로 다가왔다. "브라이스 박사님이시죠?" 불어 억양이 배어 있었다.

브라이스는 문득 기분이 들떠서 불어로 대답했다. "브리나르데 씨?" 남자에게 손을 내밀었다. *"만나서 반갑습니다."*

남자가 그의 손을 잡고 눈썹을 슬쩍 올렸다. "환영합니다, 박사님. 뉴턴 씨가 당신을 기다리고 있습니다. 그래서……."

브라이스는 숨을 헉하고 들이마셨다. "뉴턴 씨를 만나는 겁니까?"

"네. 안내해 드리죠."

집 안으로 들어가자 고양이 세 마리가 바닥에서 놀다가 그를 응시하며 맞이했다. 평범한 길고양이 같았지만 건강 상태가 좋아 보였고, 어쩐지 그의 등장을 경멸하는 듯했다. 브라이스는 고양이를 좋아하지 않았다. 프랑스 남자가 그를 데리고 응접실을 조용히 지나 카펫이 두껍게 깔린 계단으로 향했다. 벽에는 그림들이 걸려 있었는데, 그가 모르는 화가들의 값이 꽤 나가 보이는 특이한 그림들이었다. 계단실은 폭이 아주 넓고 곡선형이었다. 지금은 접혀 있지만 계단의 난간을 따라 위로 올라갔다 내려갔다 할 수 있는 전동 시트를 그는 단번에 알아챘다. 뉴턴은 어딘가 불구인 걸까? 집 안에는 두 사람과 고양이를 제외하고 아무도 없는 것 같았다. 뒤를 흘긋 바라보았다. 고양이들이 아직도 눈을 크게 뜨고 무례한 눈빛으로 그를 노려보고 있었다.

계단 꼭대기에 복도가 있고 복도 끝에 문이 있었다. 뉴턴의 방으로 이어지는 문이 분명했다. 문이 열리더니 슬픈 눈을 한 통통한 여자가 앞치마 차림으로 나왔다. 그녀가 그들에게 다가와 브라이스를 보며 말했다. "당신이 브라이스 교수님이시군요." 그녀의 목소리는 상냥하지만 약간 걸걸했고, 말투에는 시골 촌뜨기 출신임이 분명한 억양이 짙게 깔려 있었다.

고개를 끄덕이자 그녀는 그를 문으로 안내했다. 그는 호흡이 가빠지고 다리가 후들대는 자신에게 실망하며 차분히 걸어 들어갔다.

방은 어마어마하게 컸고 공기는 서늘했다. 아주 살짝 투명한 창문으로, 호수가 내다보이는 커다란 창문으로 빛이 어스름하게 들어오고 있었다. 어리둥절할 만큼 다채로운 색상의 가구들이 도처에 널려 있었다. 어둑하고 노르스름한 빛에 눈이 익숙해지자 덩치가 큰 소파와 테이블, 책상들에 파랑과 회색, 색이 바랜 주황빛이 입혀진 모습이 보였다. 뒷벽에 걸린 그림 두 점이 그를 내려다보고 있었다. 하나는 왜가리나 흰두루미로 보이는 큰 새가 눈에 띄는 그림이었고, 다른 하나는 독일 출신 화가 파울 클레 풍의 심오한 추상화였다. 클레의 작품일 수도 있었다. 어쨌든 두 그림은 어울리지 않았다. 구석에 있는 커다란 새장 안에는 보라와 빨강이 섞인 앵무새가 자고 있었다. 지팡이를 짚고 그의 쪽으로 천천히 다가오는 희미한 형체는 키가 크고 마른 남자였다. "브라이스 교수님?" 억양이 거의 없는 그의 목소리는 맑고 쾌활했다.

"네, 당신이…… 뉴턴 씨?"

"맞습니다. 자리에 앉아서 이야기를 좀 나눌까요?"

브라이스가 자리에 앉았다. 두 사람은 몇 분 동안 대화를 했다. 뉴턴은 유쾌하고 느긋했으며, 태도가 조금 지나치게 정확하긴 했지만, 거만하지도 속물적이지도 않았다. 그의 위엄은 타고난 것이었고, 브라이스가 언급한 그 그림에 대해—역시 클레의 작품이었다—흥미와 지성을 드러내며 설명을 이어갔다. 뉴턴이 그림 설명을 하면서 상세한 부분을 손으로 가리키기 위해 잠시 자리에서 일어났을 때, 브라이스는 그의 얼굴을 처음 제대로 마주했다. 괜찮은 얼굴이었다. 아름답고 여성스러운 느낌의 얼굴형이었고, 시선이 기묘했다. 곧장 어떤 생각이, 브라이스가 1년 넘게 장난 삼아 하던 생각이 강하게 몰아쳤다. 그러나 어딘가 독특하고 키 큰 남자가 여린 손가락으로 어스름한 빛 아래의 기이하고 심오한 그림을 가리키는 걸 지켜볼 때는 전혀 이상한 느낌이 들지 않았다. 물론 아주 조금 이상하긴 했지만, 예전의 그 생각이 더는 들지 않았다. 뉴턴이 그에게 돌아서서 미소 지으며 "뭘 좀 마셔야 할 것 같군요, 브라이스 교수님."이라고 말한 순간 그에 대한 오해가 완전히 사라졌고, 브라이스는 머릿속으로 확신했다. 이 세상에는 그보다 더 특이하게 생긴 사람들이 있고, 대단한 발명가는 전부터 계속 있어 왔다는 것을.

"저도 그러면 좋겠지만, 바쁘시다는 거 잘 알고 있습니다."

"전혀 아닙니다." 뉴턴이 편안하게 웃으며 문 쪽으로 걸어 갔다. "적어도 오늘은 아닙니다. 뭐 드시겠어요?"

"스카치 마실게요." 그리고 덧붙였다. "있다면요." 뉴턴의 집 에는 분명 스카치가 있을 것이다. "스카치와 물 부탁합니다."

버튼을 누르거나 종을 치는 대신―이 집에는 왜인지 모르 겠지만 종이 어울리지 않았다―뉴턴은 문을 열고 "베티 조." 라고 불렀다. 그녀가 답하자 그가 말했다. "브라이스 교수님 께 스카치 좀 갖다줘요. 물하고 얼음도요. 저는 진이랑 비터 즈 주고요." 뉴턴이 문을 닫고 자리로 다시 돌아왔다. "최근에 서야 진을 즐기기 시작했거든요." 브라이스는 진과 비터를 떠 올리며 속으로 진저리를 쳤다.

"음, 브라이스 교수님, 저희 공사 현장을 어떻게 생각하십 니까? 이미 다 보셨을 것 같은데…… 비행기에서 내릴 때 전 부 보셨죠?"

그는 마음이 더 편안해져 의자에 등을 기댔다. 뉴턴은 그의 말을 경청하는 것에 정말 관심이 많아 보였다. "네. 아주 흥미 로웠습니다. 그러나 솔직히 말씀드리자면 뭘 짓고 있는 건지 모르겠더군요."

뉴턴이 잠시 그를 쳐다보더니 웃었다. "올리버가 말 안 했나요? 뉴욕에서요."

브라이스가 고개를 저었다.

"올리버가 말수가 없긴 하죠. 일부러 숨기려는 의도는 아니었을 겁니다." 그가 처음으로 미소를 지었다. 브라이스는 구체적으로 까닭을 알지는 못했지만 어딘가 모르게 그 미소가 마음에 살짝 걸렸다. "당신이 나를 만나게 해 달라고 한 이유가 그것 때문인가요?"

뉴턴이 가볍게 질문했다. "어쩌면요." 브라이스가 말했다. "그러나 다른 이유도 있습니다."

"그게 뭘까요?" 뉴턴이 무슨 말을 하려는데, 문이 열리더니 베티 조가 맥주병과 저그를 쟁반 위에 올려 가지고 들어왔다. 브라이스는 그녀를 가까이에서 볼 수 있었다. 그녀는 이쁘장한 중년으로, 마티네나 브리지 클럽에서 만날 법한 부류의 여자였다. 얼굴은 멍하거나 얼빠져 보이지 않았고, 눈가와 두툼한 입술 주위에는 따뜻함과 기분 좋은 유머, 또는 즐거움이 서려 있었다. 그러나 백만장자의 유일한 가정부라기엔 어딘가 어울리지 않았다. 그녀는 아무 말 없이 음료를 내려놓았다. 그녀가 브라이스의 앞을 지나갈 때 그는 틀림없는 독주 냄새와 향수 냄새를 맡고 흠칫 놀랐다.

스카치는 막 개봉한 상태였다. 그는 은근한 흥미를 느끼면서도 의아해하며 직접 술을 따랐다. 백만장자 과학자들은 이런 식인가? 술을 청하면, 반쯤 취한 가정부가 다섯 번째 술병을 가져오는 건가? 뭐 좋은 방법일 수도 있었다. 두 사람이 조용히 술을 따르고 첫 잔을 마시는데 뉴턴이 예기치 못한 말을 꺼냈다. "우주선입니다."

브라이스는 그의 말을 이해하지 못해 눈만 깜빡였다. "뭐가요?"

"우리가 여기에 제작하고 있는 건 우주선이 될 겁니다."

"네?" 놀라웠지만 굉장한 충격은 아니었다. 우주 탐사선이니 무인 우주선, 지금도 충분히 흔한 이야기였다. 심지어 구바와 연합한 단체도 몇 달 전에 우주선을 내놓았었다.

"그러면 우주선의 프레임을 금속으로 하려 하십니까?"

"아니요." 뉴턴은 그의 술을 천천히 홀짝이고 생각에 잠긴 듯 창밖을 내다보았다. "우주선 프레임은 이미 완벽하게 준비되었습니다. 저는 당신이 연료나 폐기물 같은 화학물을 포함한 다양한 물질을 찾아내는 연료 운반 시스템을 맡아 주었으면 합니다." 그가 브라이스에게 고개를 돌리고 다시 미소를 지었다. 브라이스는 잘 이해가 가지 않아 약간 피로감을 느꼈고, 그와 동시에 뉴턴의 미소마저도 어딘가 불안해 보이는 듯했다. "유감스럽게도 저는 그런 물질에 대해 잘 알지 못합니다. 물질의 열과 내산성, 응력 말입니다. 올리버가 말하길, 당신이 그 분야에 가장 적합한 사람이라고 하더군요."

"판스워스가 결과대평가했나 보네요. 물론 나름 잘 알기는 하죠."

그 주제에 대한 이야기는 끝이 난 듯했고, 두 사람은 한동안 아무 말도 하지 않았다. 뉴턴이 우주선을 언급하고 나서부터 브라이스에게는 이전에 갖고 있던 의심이 되살아날 수밖에 없었다. 그러나 확실한 반박이 뒤따라왔다. 만약 뉴턴이 무언가 굉장히 불합리한 경로를 통해 다른 행성에서 왔다면, 그와 그의 직원들이 우주선을 만들고 있을 리 없었다. 당연히 이미 우주선을 가지고 있을 테니까. 싸구려 공상 과학 수준밖에 안 되는 자신의 담론에 그는 웃음이 피식 새어 나왔다. 뉴턴이 화성인이나 금성인이라면, 그는 당연히 적외선을 끌어와 뉴욕을 불태워 버리거나 시카고를 붕괴시킬 계획을 세우거나, 또는 젊은 여자들을 지하 동굴로 잡아가서 공상 세계의 제물로 바치고 있을 것이다. 그렇다면 베티 조는? 위스키와 피로 때문에 상상력이 풍부해진 브라이스는 어떤 장면이 떠올라서 하마터면 소리 내어 웃을 뻔했다. 베티 조가 뉴턴과 함께 플라스틱 헬멧을 쓰고 있고 뉴턴은 적외선 총과 지그재그 모양의 불꽃이 나오는, 무거운 컨베터가 달린 덩치 큰 은색 총으로 그녀를 겨냥하는 어떤 영화 포스터. 뉴턴은 심란한 듯 여전히 창밖을 내다보고 있었고, 조금 전 진 한 잔을 벌써 다 마시고 또 한 잔 더 따랐다. 그는 진정 술 취한 화성인일까? 진과 비터를 즐겨 마시는 외계인이란 말인가?

뉴턴은 방금 전에도 무례하진 않았지만 꽤나 불쑥 말을 내

뺏었는데, 지금도 고개를 돌리더니 갑자기 말을 꺼냈다. "왜
절 만나고 싶다고 하셨죠, 브라이스 씨?" 그의 목소리는 강압
적이지 않았다. 단순한 호기심이었다.

그의 질문은 브라이스가 방심한 틈을 파고들었고, 브라이
스는 머뭇거리며 침묵을 채우기 위해 술을 한 잔 더 따랐다.
그러고는 입을 열었다. "당신의 업적이 인상적이었습니다. 컬
러 사진 필름, 엑스레이, 그리고 전자 기기 분야의 여러 가지
혁신들 말입니다. 지난 몇 년간 본 것들 중 가장…… 최고로
독창적인 아이디어들이라고 생각합니다."

"고맙습니다." 뉴턴은 아까보다 더 흥미를 보이는 듯했다.
"나는 내가…… 그런 분야에 책임을 다할 수 있는 사람이라는
걸 아는 자들이 극히 적을 거라 생각했어요."

감정에 좌지우지되지 않고 단조롭게 말하는 뉴턴의 화법
에 브라이스는 자신이 조금 부끄러웠다. 자신을 월드 엔터프
라이즈(W. E. Corporation)부터 판스워스까지 쫓아가게 만든 그
의 호기심이, 그리고 판스워스에게 으름장을 놓으며 결국 이
런 인터뷰 자리까지 마련하게 한 자신이 부끄러웠다. 응석을
다 받아 주는 아버지의 관심을 얻으려 발버둥 치다가 실패한
뒤에도 주변 사람을 지치게 만드는 아이가 된 기분이었다. 순
간 얼굴이 붉어졌을지도 모른다는 생각이 들었다. 그나마 방
안의 불빛이 어슴푸레해서 다행이었다.

"저…… 저는 언제나 일류 정신을 존경해 왔어요." 브라이스는 초등학생 같은 자신의 말투에 당혹감이 들어 속으로 욕을 퍼부었다. 그러고는 자신과 반대되는 뉴턴의 겸손하고 공손한 대답을 듣고 저렇게 술에 곱게 취하는 사람도 있구나, 하고 생각했다. 당황스럽기도 하고 충격적이기도 했다. 먼 발치에서 들리는 듯한, 심드렁하고 약간은 몽롱한 뉴턴의 말소리를 들으면서 초점을 맞추지 않은 채 심란해하는 듯한 그 남자의 큰 눈을 보았다. 그리고 술에 잔뜩 취한 건지—조용하고 차분하게 취한 건지—아니면 많이 아픈 건지 분간이 가지 않는 그를 바라보았다. 문득 삐쩍 마르고 외로워 보이는 그를 향한 연민의 파도가 빠르게 몰아쳤다. 처음부터 취해 있었나? 뉴턴은 고요한 아침에 만취하기의 달인인 걸까? 정신 나간 이 세상에서 제정신인 사람을 충족시킬 수 있는 거라면 그게 뭐든 찾아다니는 걸까? 아침에 취하지 않을 이유를 찾는 걸까? 아니면 이 모든 건 악명 높은 천재의 일탈 중 하나일 뿐일까? 어떠한 거칠고 외로운 관념일까? 그것도 아니면 전자 분야의 지적인 존재의 기분을 돋우어 주는 힘인 걸까?

"올리버와 급여 협상은 했나요? 만족하시는지요?"

"전부 아주 잘 처리됐습니다." 브라이스는 뉴턴의 질문이 면담을 마치겠다는 의미라는 걸 깨닫고 자리에서 일어났다. "급여 부분은 매우 만족합니다." 그리고 그만 가 보겠다고 하기 전에 이렇게 덧붙였다. "방을 나가기 전에 질문을 하나 더 해도 될까요, 뉴턴 씨?"

뉴턴은 그의 말을 듣지 않는 것 같았다. 연약한 손가락으로 빈 잔을 부드럽게 감싸 쥐고서 계속 창밖을 내다보고만 있었다. 그는 얼굴은 주름 하나 없이 매끈했지만 나이는 꽤 들어 보였다. "물론입니다, 브라이스 교수님." 그의 목소리는 무척 부드러워서 마치 속삭이는 듯했다.

브라이스는 또다시 당황했고 어색함을 느꼈다. 이 남자는 정말 말도 안 되게 온화했다. 그가 목을 가다듬었다. 방 저쪽에 있는 앵무새가 잠에서 깨어나 조금 전의 고양이들처럼 호기심이 깃든 눈으로 그를 쳐다보고 있었다. 약간 현기증이 났다. 틀림없이 얼굴이 붉어졌을 거라 예상하며 말을 더듬었다. "지…… 지금 딱히 중요한 문제는 아닌 것 같습니다. 음…… 다음에 다시 여쭤보겠습니다."

뉴턴은 듣지 못할 말을 경청할 준비를 하고 기다리는 사람처럼 그를 빤히 쳐다보다가 말했다. "그러시죠. 다음에 말씀하세요."

브라이스는 양해를 구하고 방을 나선 뒤 밝은 햇살에 눈을 찌푸리며 걸어갔다. 다시 아래층에 도착했을 때는 고양이들이 보이지 않았다.

10

그 후 몇 개월 동안 브라이스는 인생에서 가장 바쁜 나날을 보냈다. 뉴턴의 비서 브리나르데가 그를 대저택에서 데리고 나와 호수 맞은편 저 멀리에 있는 연구실로 보낸 순간부터 그는 의지와 열정을 가지고 그에게는 너무도 생소한, 뉴턴이 기대하고 있었던 다양한 작업에 뛰어들었다. 제대로 선발해서 개발해야 할 합금 선정과 끊임없이 실행해야 하는 실험, 그리고 플라스틱과 금속, 합성수지, 세라믹과 결합되어야 하는 열 및 내산성의 이상적인 조건, 즉 이 세상 것 같지 않을 만큼 기이하면서도 이상적인 조건을 맞춰야 했다. 그가 받아 온 훈련은 이런 작업들에 적합했고, 덕분에 그는 매우 빠르게 적응했다. 그를 도와주는 직원이 열네 명 있었고, 벽면이 알루미늄 재질인 커다란 연구 공간과 사실상 제한이 없는 예산, 방이 네 개 달린 자그마한 집, 한 번도 쓴 적은 없지만 비행기를 타고 루이빌이나 시카고 또는 뉴욕으로 갈 수 있는 자유 재량권까지 주어졌다. 당연히 짜증과 혼란으로 뒤엉킨 날도 있었다. 특히 필요한 장비나 재료가 제때 들어오지 않거나 직원들 사이에서 때때로 사소한 다툼이 벌어지는 등의 사건들이 있었지만, 이런 성가신 일들은 일부였고 작업을 방해할 만큼 큰 영향을 미치지도 않았다. 만약 행복하지 않다 하더라도 너무 바빠서 불행을 느낄 겨를조차 없었다. 교수로 일할 때는 지금처럼 무언가에 몰두하고 열심인 적이 단 한 번도 없었고, 삶의 상당 부분이 교수 일에만 매몰되어 있었다는 사실을 그는 잘 알았다. 수년 전 정부와 일을 하던 때에도 그랬던 것처럼 가르치는 일에서도 완전히 떨어져 나와야 했고, 이미 그렇다는 걸 그도 인지하고 있었다. 지금은 현재 하고 있는 작업에 대한 믿음이 절대적으로 필요했다. 실패를 반복하고 또다시 절망에 빠지기에는 이제 나이가 많았다. 실패하면 다시 회복할 수 없을 것이다. 장난감 총 화약으로 시작해 터무니없는 공상 과학 소설을 기반으로 한 추측에 의존했던 일련의 과정들을 겪으면서, 어쩌다 보니 그는 많은 남자들이 꿈꾸는 일을 하게 되었다. 종종 자기도 모르는 새에 밤이 깊어질 때까지 일에 빠져 있곤 했고, 언제부턴가 아침마다 술을 마시는 일을 그만두게 되었다. 우주선 건설 작업이 수월하게 진행되기 위해서는 정해진 날짜까지 완전한 디자인이 확실하게 준비되어야 할 뿐만 아니라 마감일 또한 반드시 지켜져야 했지만, 그는 그런 건 걱정하지 않았다. 오히려 예정보다 훨씬 앞서가고 있었다. 이따금 작업 자체가 제대로 된 기초 연구가 아니라 응용 연구인 경우도 있어서 조금 걱정이 되긴 했으나, 지금은 나이도 먹을 만큼 먹었고 순수 과학에 대한 환상도 어느 정도 깨진 상태이기 때문에 명예나 진실성 따위의 부분을 크게 걱정하지 않았다. 그에게 유일하게 도덕적인 질문은, 아마도 새로운 무기, 다시 말해 사람의 사지를 절단하거나 도시를 파괴하는 일종의 새로운 수단을 개발하고 있느냐, 그렇지 않느냐일 것이다. 답은 '아니다'였다. 그들은 태양계로 도구를 운반할 이동 수단을 만들고 있었고, 그 자체가 별 가치는 없을지 몰라도 최소한 유해하지는 않았다.

작업의 루틴은 브리나르데가 그에게 전해 준 뉴턴의 자세한 설계서의 포트폴리오에 맞게 연구가 진행되고 있는지 확인하는 것이었다. 브라이스가 '과학 기술 분야 장인의 목록'이라고 여긴 뉴턴의 설계서에는 주로 냉각, 연료 제어 및 유도 시스템의 세세한 부분들이 수백 가지도 넘게 적혀 있었다. 그리고 뉴턴은 설계서를 통해 열전도율과 전기 저항, 화학적 안

정성, 질량 단편 묘사법*, 점화 온도와 같은 것들을 정확하게 측정해 줄 것을 요구했다. 가장 철저하게 적합한 물질을 찾아내는 것이 브라이스의 업무였다. 만약 찾아내지 못한다면 차선의 물질을 찾아내야 했다. 예상과 달리 대부분 상당히 단순했고, 브라이스는 뉴턴이 고른 단순한 소재들에 꽤나 놀랐다. 그러나 몇몇의 경우는 세상에 알려진 그 어떤 물질과도 일치하지 않았다. 그럴 때면 프로젝트 연구원들과 그 문제에 대해 상의하고 가능한 한 빨리 타협안을 고안해 내야 한다는 압박감이 들기도 했다. 그러고 나면 타협안이 브리나르데에게 전달되고, 뉴턴은 그 타협안에 대해 판단을 내릴 터였다. 프로젝트 연구원들은 뉴턴에게 프로젝트가 진행된 여섯 달 동안 그런 종류의 문제점이 지속적으로 있었다고 전했다. 뉴턴은 디자인에 천재적인 감각을 지니고 있었기에 그가 만든 전체적인 패턴은 연구원들이 본 것 중 가장 정교할 수밖에 없었다. 또한 그는 수천 가지의 놀라운 혁신들을 구현해 냈지만, 타협안들이 이미 수도 없이 많았고 우주선 건조 자체가 그다음 해에 곧바로 시작될 것도 아니었다. 프로젝트는 전체적으로 6년 안에, 그러니까 1990년까지 마무리 지을 예정이었다. 모두 그때까지 끝낼 가능성이 없다고 생각하는 것 같았다. 하

---

* 물질의 양적 분석에서 기체 크로마토그래피와 질량 분광법을 병용하는 방법이다. 물질의 특성인 특정 단편의 함량을 결정하는 데 의거한다.

지만 이런 추측도 브라이스를 방해하지는 못했다. 왜냐하면 브라이스는 뉴턴과의 단 한 번의 대면에서 모호한 느낌을 받았음에도 불구하고 이 기묘한 남자의 과학적 능력에 대단한 확신을 갖고 있기 때문이었다.

켄터키에 온 지 석 달째가 되어 가던 어느 선선한 저녁, 브라이스는 무언가를 발견했다. 자정에 가까운 시각이었고, 그날 저녁은 왠지 쾌적해서 연구실의 고요를 즐기고 있던 터라 집에 가고 싶지 않길래 연구동 맨 끝의 개인 사무실에 혼자 앉아 설계서 자료들을 질리도록 훑어보던 중이었다. 뉴턴의 도표 자료들 중 하나를—열기의 재진입을 막아 주는 쿨링 시스템의 배선 약도를—하릴없이 응시하면서 부품들의 관계를 추적하고 있었다. 그런데 측정과 계산에 관한 식별되지 않은 뭔가 수상한 부분이 조금씩 신경을 거스르기 시작했다. 몇 분 동안 연필 끝을 잘근잘근 씹으며 일단 깔끔하게 배치된 도표들을 살펴보다가 호수와 마주한 창밖으로 시선을 돌렸다. 그 값은 아무 문제가 없었지만 숫자와 관련된 무언가가 머릿속을 어지럽혔다. 전에도 마음속 저편에서 그런 적이 있었다. 그러나 그 불일치를 딱 꼬집어 내기란 언제나 불가능했다. 바깥의 선명한 반달이 검은 호수 위에 아슬아슬하게 걸려 있고, 몸을 숨긴 벌레들이 멀리서 지글지글 울었다. 달나라의 풍경처럼 전부 낯설고 이상해 보였다. 그는 책상 위의 종이로 다시 시선을 돌렸다. 주된 그룹에 있는 숫자들은 열값의 수열이었다. 불규칙하게 배열되어 있는 수열. 뉴턴이 배관과 연관된 무언가를 잠정적으로 정의 내린 설계서였다. 그 수열은 분명 무언가를 암시하고 있었다. 로그 수열 같았지만 꼭 그렇지만은 않았다. 대체 뭘까? 뉴턴은 왜 다른 값이 아니라 이 특정 값을 선택해야만 했을까? 임의적이었다. 어쨌든 정확한 수치는 고려되지 않았다. 삼성적인 요구사항일 뿐이었다. 브라이스는 설계서에 최대한 부합하는 그 물질의 실제값을 찾아내야 했다. 가볍게 최면을 걸고 종이 위의 숫자들을 노려보았다. 숫자들이 서서히 합쳐져 눈앞에 서로 뒤섞이며 일정한 패턴을 제외하고는 모든 의미를 상실해 결국 아무것도 아닌 것이 될 때까지. 그런 다음 눈을 깜빡이고 의지력을 끌어올려 시선을 돌리고 또다시 창밖을 내다보며 켄터키의 밤으로 젖어 들었다. 달의 위치가 바뀌어, 지금은 호수 너머 언덕에 가려져 있었다. 검은 호수 맞은편 대저택 2층의 희미한 불이 빛을 내고 있었다. 뉴턴의 서재 같았다. 머리 위의 수많은 작은 별들이 빛을 내는 가루처럼 검은 하늘을 뒤덮었다. 그때 갑자기 뚜렷한 이유 없이 황소개구리 한 마리가 창문을 타고 아래로 미끄러지는 바람에 브라이스는 화들짝 놀랐다. 황소개구리는 대답이나 합창도 하지 않고 어딘가 축축한 곳에 웅크리고 앉아, 무슨 목적이 있는 것처럼 묵직하게 진동음을 내고 있었다. 절반은 파충류인 개구리가 턱 아래에 다리를 둔 채 이슬이 촉촉이 맺힌 서늘한 풀밭 위에 웅크리고 있는 모습이 눈앞에 그려졌다. 개구리의 진동 소리는 한동안 리듬에 맞춰 호수 위로 번지는 듯하더니 갑자기 멈추었다. 브라이스는 개구리의 마지막 비트를 기다렸지만 다시 돌아오지 않았다. 문득 서운함을 느꼈다. 하지만 이내 다른 곤충들이 한 목소리로 노래하는 소리가 들려왔고, 그는 녹초가 된 상태였지만 그래도 앞에 있는 종이를 다시 들여다보기로 마음먹었다. 그 짧은 순간에도 그의 시선은 자신을 괴롭혀 온 익숙한 숫자들의 행렬을 따라 자동으로 움직였다. 숫자들은 로그 수열이 확실했다. 그래야만 했다. 그러나 익숙한 로그가 아니었다. 밑이 10 또는 2, 파이가 아닌, 듣도 보도 못한 것이었다. 그는 책상에서 계산 척*을 꺼내 들었다. 이제 피곤함이 사라졌으니, 여러 번 반복하여 답을 도출해 내는 작업을 다시 시작했다……

브라이스는 1시간 뒤 자리에서 일어나 팔을 쭉 펴 스트레칭을 하고 사무실 밖으로 나가 호숫가의 축축한 풀밭을 걸었다. 달이 다시 모습을 드러냈다. 호수에 비친 달을 가만히 들

---

* 로그 눈금이 새겨진 평행한 두 고정 자와 그 사이를 움직이는 안쪽 자 및 계산 의 눈금을 맞추는 커서로 이루어져 있는 계산기

여다보다가 뉴턴의 방 창문을 응시하며 20분간 그의 마음속에 구체화된 질문을 부드러운 목소리로 소리 내어 말했다. "밑이 12인 로그를 어떤 사람이 계산할 수 있을까?" 달빛보다 희미한 뉴턴 방 창문의 불이 그를 멍하니 바라보았다. 발밑에서 호수물이 호숫가를 가볍게 씻겨 주었다. 어둑어둑하고 아무 생각 없이 단조롭고 고요한, 이 세상만큼 오래된 호숫가를.

1988년 룸펠슈틸츠헨

1

가을이 되자 호수 주위의 산들이 빨강과 노랑, 주황과 갈색으로 울긋불긋 물들었다. 한층 서늘해진 하늘 아래 수면은 더 파래졌고, 호수의 표면에 산속의 나무들 색이 수놓아져 있었다. 바람이 불어 물결이 일 때면 빨강과 노랑이 물 위에서 반짝였고, 나뭇잎이 사뿐히 떨어지기도 했다.

브라이스는 종종 생각에 잠긴 채 연구실 창밖의 호수를 건너 산으로, 그리고 T. J. 뉴턴이 사는 저택으로 시선을 보내곤 했다. 뉴턴의 집은 연구실이 함께 있는 경량 목구조의 건물과 알루미늄 판들이 모여 초승달 모양으로 쭉 늘어선 곳에서 1.6킬로미터 이상 떨어져 있었다. 태양이 빛을 낼 때면, 초승달 모양의 알루미늄 판의 맞은편에 있는 그 무언가의─그러니까 그 프로젝트, 뭔지는 모르겠지만 어떤 탈것의—표면에서 광택이 났다. 가끔씩 은빛의 거대한 암체를 보고 있으면 브라이스는 자부심 같은 것을 느꼈다. 어떨 때는 어린이 우주 그림책에 나오는 것처럼 우스워 보이기도 했고, 또 어떨 때는 무서운 느낌도 들었다. 문간에 서서 호수 맞은편 아무도 살지 않는 호숫가를 바라보고 있으면, 파노라마의 양쪽 끝에 있는 두 건물 사이의 기이한 대조를 확인할 수 있었다. 대저택의 오른쪽에는 창이 돌출되고 하얀색 웨디 보드가 둘리진, 덩치만 컸지 별 쓸모없는 기둥이 세 개의 베란다에 세워져 있었다. 그 대저택은 사망한 지 한 세기도 넘은 이름 없는 어떤 남작이—담배나 석탄 또는 목재 분야에서 활동했던 남작이—냉혹하게 그리고 무미건조하게 오로지 자부심만으로 지었을 법한 빅토리아 시대 풍이었고, 왼쪽에는 모든 구조물 중 가장 소박하고 미래 지향적인 우주선이 있었다. 가을 색으로 물든 산에 둘러싸인 켄터키 초원의 우주선은 술 취한 가정부와 프랑스인 비서, 앵무새, 여러 그림들 그리고 고양이와 함께 대저택에서 살기로 선택한 남자의 소유였다. 우주선과 대저택 사이에 호수와 산이 있었다. 그리고 브라이스와 하늘이 있었다.

11월의 어느 아침, 브라이스는 연구실 보조들 중 한 젊은 직원의 참신한 진지함과 연구를 실행하는 싱그러운 태도를 보며 과학 연구에 대한 자신의 낡은 절망감에 찌르는 듯한 자극을 받았고, 그 후 문간으로 가서 몇 분간 익숙한 풍경을 바라보았다. 문득 걸어야겠다는 생각이 들었다. 전에는 호수 주변을 산책해 볼 생각을 한 번도 해 본 적이 없었지만 산책을 못할 이유는 딱히 없었다.

공기가 서늘했다. 곧장 겉옷을 가지러 연구실로 돌아가야 하나 싶었지만 그래도 햇볕은 따사로워 제법 포근했다. 그늘을 벗어나 11월 아침의 길을 따라 걷다가 물가로 가 서 있으면 충분히 따뜻할 것이다. 그는 건설 현장과 우주선에서 멀어져 대저택 방향으로 걸어갔다. 10년 전에 죽은 아내한테 받은 선물인, 색이 바랜 울 소재의 격자무늬 셔츠를 입고서. 1.6킬로미터 정도 걷고 나니 몸에 열기가 돌아 셔츠가 깔끄럽게 느껴졌고 결국 소매를 팔꿈치까지 올릴 수밖에 없었다. 털이 많으며 새하얗고 가느다란 그의 팔은 나이 많은 남자의 팔 같았고, 햇볕 아래에 있으니 유독 창백해 보였다. 발아래는 자갈밭이고 간혹 잡초들이 삐쭉 나 있었다. 다람쥐와 토끼도 몇 마리 보였다. 한 번은 호수 위로 물고기가 튀어 오르기도 했다. 그는 건물 몇 채와 금속 세공 작업장을 지났다. 어떤 남자들이 그에게 손을 흔들었다. 그들 중 한 사람이 브라이스의 이름을 불렀지만 브라이스는 그가 누구인지 기억이 나질 않았다. 그래도 미소로 화답하며 손을 흔들었다. 천천히 걷자고 속으로 말하며 발길이 닿는 대로 정처 없이 거닐었다. 한 번은 발걸음을 멈춰 납작한 돌로 물수제비를 떠 봤는데, 여러 번의 시도 중 돌 하나만, 그마저도 딱 한 번만 튀어 올랐다. 나머지 돌들은 물에 닿자마자 아래로 곤두박질쳤다. 그는 자기가 바보 같다는 생각이 들어 고개를 털레털레 저었다. 머리 높이 저 위로 새 떼가 소리 없이 하늘을 가로지르고 있었다. 그는 계속 걸었다.

정오가 되기 전 대지택 앞을 지나갔다. 호숫가에서 수십 미터 정도 떨어진 대저택은 문이 닫혀 있는지 아주 고요했다. 그는 한동안 위층의 돌출된 창문을 바라보았지만 유리에 비친 하늘 말고는 아무것도 보이지 않았다. 이 계절이면 늘 그렇듯 태양이 하늘 높이 떠 있었고 그때 그는 호수의 저 먼 곳, 가장자리 아무도 살지 않는 곳을 따라 걸었다. 걸을수록 잡초들이 아까보다 더 무성해졌다. 덤불과 미역취 그리고 썩은 통나무들이 군데군데 있었다. 불현듯 그가 정말 싫어하는 뱀의 형상이 머릿속에 떠올랐지만 이내 떨쳐 버렸다. 저 앞에 도마뱀 한 마리가 꼼짝 않고 돌 위에 앉아 있었다. 도마뱀의 눈은 유리처럼 반짝였다. 슬슬 배가 고파 오기 시작했다. 어떻게 하면 좋을까 멍하니 생각에 잠겼다. 기운이 빠진 채 물가의 통나무에 앉아 셔츠 단추를 풀고 호수를 바라보며 손수건으로 목덜미를 문질렀다. 바로 그때 진정한 자유를 꿈꾼 시인이자 사상가인 헨리 소로가 된 기분이 들어 미소가 슬며시 새어 나왔다. *사람들은 대부분 절망스러운 인생을 고요하게 보내고 있다.** 저택 쪽으로 고개를 돌렸다. 저택의 일부가 나무에 가려져 있었다. 꽤 멀리 떨어진 그곳에서 누군가 다가오고 있었다. 내리쬐는 햇살에 눈을 깜빡이며 가만히 응시하고 있자, T. J. 뉴턴이 다가오는 모습이 서서히 인식되었다. 브라이스는 무릎에 팔꿈치를 대고서 기다렸다. 점점 긴장이 되었다.

뉴턴은 팔에 작은 바구니를 들고 있었다. 하얀색 반소매 셔츠와 밝은 회색 바지 차림이었다. 그는 큰 키를 뽐내듯 허리를 꼿꼿이 세우고 천천히 걸어왔다. 그의 동작에는 우아함이 깃들어 있었고 걸음걸이는 무어라 형용할 수 없을 만큼 독특했다. 그 걸음걸이는 브라이스가 너무 어려서 동성애가 뭔지 잘 몰랐을 시절 처음 마주했던 동성애자를 연상시켰다. 뉴턴이 그 동성애자처럼 걸은 건 아니었지만, 어쨌거나 뉴턴처럼 특이하게 걷는 사람은 없었다. 그의 걸음걸이에는 가벼움과 묵직함이 공존했다.

말소리가 들릴 만큼 가까워지자 뉴턴이 말을 시작했다. "치즈 조금과 와인을 가져왔어요." 그는 짙은 선글라스를 쓰고 있었다.

---

* 1854년에 출간된 헨리 소로Henry David Thoreau의 대표적인 에세이 《월든》에 나오는 문장으로, 저자의 생각과 철학을 요약한 대표적인 구절

"아, 그거 잘됐군요." 브라이스가 자리에서 일어났다. "제가 저택 앞을 지나가는 걸 보셨나요?"

"네." 통나무는 꽤 긴 반원형이었다. 뉴턴이 반대쪽 끝에 앉아 발 앞에 바구니를 내려놓았다. 와인과 오프너를 꺼내 브라이스 쪽으로 내밀었다. "좀 열어 주시겠어요?"

"그러죠." 브라이스는 와인 병을 받으며 뉴턴의 팔도 자신의 팔처럼 창백하고 유약해 보이긴 하지만 그의 팔에는 털이 없다는 걸 알아차렸다. 손가락은 아주 길고 늘씬했다. 게다가 그렇게 작은 손가락 관절은 본 적이 없었다. 뉴턴이 살짝 떨리는 손으로 와인을 건넸다.

보졸레 와인이었다. 브라이스는 무릎 사이에 차갑고 축축한 와인 병을 고정하고 코르크를 빼기 시작했다. 호수에 물수제비를 뜰 때와는 달리 꽤 능숙하게 해냈다. 청량한 퐁 소리를 내며 코르크가 단번에 빠졌다. 뉴턴은 잔 두 개를—와인잔이 아니라 큰 유리컵이었다—들고 와서는 브라이스가 와인을 따르는 동안 잔을 잡고 있었다. "넉넉히 주세요." 뉴턴이 그를 내려다보고 미소 지었다. 브라이스는 거의 한 잔 가득 와인을 따랐다. 뉴턴의 목소리는 유쾌했고, 어렴풋이 남아 있는 억양도 꽤나 자연스럽게 들렸다.

와인은 시원하고 맛도 훌륭했다. 마침 목이 말랐기 때문에 아주 상쾌했다. 오래전부터 많은 사람들을, 그리고 몇 년째 그를 살아가게 하는 술은 육체적으로나 정신적으로나 즐거움을 배가시켰고, 그 덕분에 기분은 짜릿해졌으며 배 속도 뜨뜻해졌다. 치즈는 향이 진하고 꾸덕한 식감의, 제대로 숙성된 체더치즈였다. 두 사람은 한동안 아무 말 없이 술을 마시고 치즈를 먹었다. 브라이스는 그늘 아래에 있어서 소매를 내렸다. 더 걸어 다니지 않으니 쌀쌀한 기운이 느껴졌다. 문득 뉴턴은 옷차림이 얇은데도 왜 추워하지 않을까 궁금해하며 그를 바라보았다. 뉴턴은 배우 조지 알리스가 고전 영화에서 연기했던 삐쩍 마르고 창백하며 냉담해 보이는 남자처럼 불 앞에서도 숄을 걸치고 앉아 있을 것 같은 모습이었다. 말이 그렇다는 거지, 뉴턴이 어떤 부류의 사람인지 누가 알겠는가? 영국 코미디에 나오는 얼빠진 백작 또는 늙어 가는 햄릿, 세상을 폭파시킬 계획을 남 모르게 준비하는 미친 과학자 또는 지역 노동자들과 함께 자기만의 요새를 조용히 지으며 거만 떨지 않는 코르테스*일 수도 있었다. 코르테스를 떠올리자 뉴턴이 외계인일지 모른다는, 그의 머릿속에서 절대 잊히지 않는 브라이스의 오래된 믿음이 상기되었다. 그 순간만큼은 전부 다 가능성이 있어 보였다. 그가, 네이선 브라이스가 화성에서 온 남자와 와인을 마시고 치즈를 먹는다는 것이 그렇게

---

* 에스파냐의 아즈텍 왕국 정복자. 쿠바에서 식민지 원정대에 근무하였으나 독자적으로 군사를 이끌고 유카탄반도를 원정했고 아즈텍 왕국을 점령했다.

터무니없는 일은 아닐 듯했다. 안 될 건 또 뭐란 말인가? 코르테스는 약 4백 명의 병력으로 멕시코를 정복했다. 화성에서 온 남자도 코르테스처럼 혼자 해낼 수 있을까? 왠지 와인을 배 속에 넣고 얼굴에 햇볕을 받으며 앉아 있으면 가능할 것 같았다. 뉴턴은 그의 옆에 앉아서 치즈를 오물오물 씹고 와인을 홀짝이며 등을 꼿꼿하게 폈다. 그의 옆모습에서 이카보드 크레인*의 얼굴이 보였다. 만약 뉴턴이 화성에서 왔다면, 화성에서 온 생명체가 그뿐이라는 걸 어떻게 확신할 수 있단 말인가? 전에는 왜 그 생각을 못 했을까? 화성인이 4백 명, 아니, 4천 명일 수도 있지 않을까? 브라이스는 뉴턴을 다시 바라보았다. 뉴턴은 브라이스와 눈을 마주치자 진지한 미소를 지었다.

살짝 취기가 돌았다. 대낮에 취해 본 게 얼마 만인가? 브라이스는 뉴턴을 가만히 쳐다보며 꼬치꼬치 묻기 시작했다. "혹시 리투아니아 출신이십니까?"

"아니요." 뉴턴은 호수를 바라보기만 할 뿐 브라이스의 질문에도 고개를 돌리지 않았다. 그러더니 불쑥 이렇게 말했다. "이 호수 전체가 제 소유입니다. 제가 샀지요."

"대단하군요." 브라이스는 와인을 다 마셨다.

---

* 미국의 소설가 워싱턴 어빙Washington Irving이 1820년 발표한 단편 소설에 등장하는 인물. 소설 속에서 이카보드 크레인은 목 없는 기병에게 들켜서 실종됐는데, 훗날 이카보드 크레인이 뉴욕에 멀쩡히 살아 있을 뿐만 아니라 사회적으로도 높은 자리를 차지했다는 내용이다.

"호수의 물 양이 굉장히 많아요." 뉴턴이 말했다. 그러고는 브라이스에게 고개를 돌리고 물었다. "얼마나 될 거 같습니까?"

"물 양을 말씀하시는 건가요?"

"네." 뉴턴은 치즈를 무심코 자르고 한입 베어 먹었다.

"음, 글쎄요. 2천만 리터 정도 될까요? 아니면 4천만 리터?" 브라이스가 웃었다. "저는 비커에 든 황산의 양도 제대로 측정하지 못합니다." 그는 호수를 바라보았다. "8천만 리터가 넘으려나? 이런, 제가 그걸 어떻게 알겠습니까? 전 과학 분야 전문가인데요." 그는 뉴턴의 명성을 떠올리면서 덧붙였다. "그러나 당신은 아니죠. 그럼에도 모든 과학을 알고 계시죠. 물론 잘 알지 못하는 분야도 있겠지만요."

"말도 안 되는 소립니다. 굳이 따지자면 저는 그냥…… 발명가죠." 뉴턴은 치즈를 다 먹었다. "흠, 당신보다 더 전문적인 분야가 있을 것 같긴 하군요."

"어느 분야요?"

뉴턴은 잠시 답을 하지 않았다. 그러더니 "그건 말씀드리기 어렵네요."라면서 또다시 수수께끼 같은 미소를 지었다. "스트레이트 진 좋아하세요?"

"뭐, 그럭저럭요."

"이 안에 한 병 있습니다." 뉴턴이 발 쪽에 있는 바구니로 손을 뻗어 진을 꺼냈다. 브라이스가 갑자기 피식 웃었다. 점

심 도시락 바구니의 5분의 1을 진으로 채운 이카보드 크레인
이라니…… . 웃음이 새어 나올 수밖에 없었다. 뉴턴은 브라이
스에게 한 잔 가득 진을 따라 주고 자신의 잔도 채우더니, 진 병
을 든 채로 갑자기 이렇게 말했다. "너무 많이 마셨나 봅니다."

"모두들 술을 너무 많이 마시곤 하죠." 브라이스는 진을 맛
보았다. 그저 그랬다. 그는 언제나 진을 향수 같은 맛이라고
느꼈다. 그래도 마셨다. 고용주와 술을 마실 기회가 앞으로
얼마나 더 있겠는가? 게다가 우주선을 타고 화성에서 막 넘어
온, 가을에 우주선을 타고 세계를 정복하려 하는 이카보드 크
레인이자 햄릿 또는 코르테스라고 할 수 있는 고용주가 이 세
상에 얼마나 되겠는가? 브라이스는 등이 뻐근해져서 풀밭으
로 미끄러져 내려가 통나무에 등을 기대고 발을 뻗어 호수 쪽
으로 향하게 했다. 1억 2천만 리터 정도 되려나? 그는 진을 한
모금 더 마시고 주머니를 뒤지며 납작한 담배 한 갑을 꺼내
뉴턴에게 권했다. 뉴턴은 아직 통나무 위에 앉아 있었고, 브
라이스는 낮은 위치에서 그를 올려다보았다. 아래에서 보니
뉴턴의 키가 더 커 보였다. 그 어느 때보다 멀게 느껴졌다.

"1년 전에 한 번 피워 본 적이 있긴 합니다." 뉴턴이 말했다.
"굉장히 고통스러웠죠."

"아, 그렇군요?" 브라이스는 담뱃갑에서 한 개비를 꺼냈다.
"제가 담배를 피우지 않는 게 나을까요?"

"그러면 감사하죠." 뉴턴이 그를 내려다봤다. "전쟁이 날 거라고 생각하시는지요?"

브라이스는 뭔가를 가늠하듯 담배를 들고 있다가 호수로 휙 던져 버렸다. 담배가 물 위를 둥둥 떠다녔다. "이미 지금 3차 대전이 벌어지고 있는 거 아닌가요? 아니면 4차 대전이라고 해야 할까요?"

"3차 대전이죠. 제 말은 큰 무기가 사용되는 전쟁을 의미한 겁니다. 수소 폭탄을 보유한 나라가 현재 아홉 나라입니다. 생물학 무기를 갖고 있는 나라는 최소 열두 나라고요. 그 무기들이 언젠가 사용될 거라 생각하십니까?"

브라이스는 진을 크게 한 모금 꿀꺽 삼켰다. "아마도 그럴 겁니다. 그런 일이 왜 아직 일어나지 않았는지 모르겠군요. 우리가 왜 아직도 술에 취해 죽지 않았는지도 모르겠고요. 아무래도 우리는 우리 자신을 죽도록 사랑하는 모양입니다." 우주선이 호수 저 건너편에 있었지만 나무에 가려 보이지 않았다. 브라이스는 그쪽을 향해 잔을 흔들며 말했다. "저것도 무기가 될까요? 만약 그렇다면 누가 저걸 필요로 할까요?"

"저건 무기가 아닙니다. 정말 아닙니다." 뉴턴은 틀림없이 취해 있었다. "그리고 저게 무슨 용도인지는 말하지 않을 겁니다." 그러더니 "그 후가 되면 모를까."라고 넌지시 말했다.

"그 후가 언제죠?" 브라이스도 취기가 올랐다. 기분이 괜찮았다. 기분이 좋아질 만한 훌륭한 오후였다. 시간이 꽤 흘렀다.

"음, 큰 전쟁이 일어나고 난 후요? 모든 걸 망가뜨릴 만큼 큰 전쟁 말입니다."

"꼭 모든 게 망가져야만 합니까? 왜죠?" 브라이스는 술을 단숨에 들이켜고 술병을 집으려 바구니로 손을 뻗었다. "어차피 전부 다 망가지긴 하겠지만요." 그는 술병을 잡고 뉴턴을 올려다봤지만 뉴턴의 뒤에서 해가 비치고 있었기에 그의 얼굴이 보이지 않았다. "당신은 화성에서 왔나요?"

"아니요. 그러려면 10년은 걸리겠죠? 최소한 10년은 지나야 할 거라고 들었습니다."

"누가 그러던가요?" 브라이스는 술을 한 잔 가득 부었다. "저라면 5년이라고 말할 것 같은데요."

"충분히 긴 시간은 아니군요."

"무엇 때문에 충분히 긴 시간이 아니라는 거죠?" 이제는 진이 그리 맛없지 않았다. 잔에 담겨 있어서 미지근해졌는데도.

"그렇게 긴 시간은 아니죠." 뉴턴은 슬픈 얼굴로 그를 내려다봤다. "아마 당신 말이 틀릴 겁니다."

"좋습니다. 그러면 3년이라고 해 두죠. 당신은 화성에서 왔나요? 아니면 목성? 그것도 아니면 필라델피아?"

"아뇨." 뉴턴이 어깨를 으쓱했다. "제 이름은 룸펠슈틸츠헨*입니다."

"뭐라고요? 룸펠슈틸츠헨이요?"

뉴턴이 손을 아래로 뻗어 술병을 잡고 진을 한 잔 더 따랐다. "당신은 그런 전쟁이 절대 일어나지 않을 거라 생각하십니까?"

"아마도요. 무엇이 그런 일이 일어나지 못하게 할까요, 룸펠슈틸츠헨? 인간의 더 고도화된 본능이요? 요정은 동굴에서 삽니다. 당신도 방문할 곳이 없을 때는 동굴 안에서 삽니까?"

"트롤들이 동굴에서 살지요. 요정은 어디에나 삽니다. 요정은 대단히 다른 환경에서도 잘 적응할 수 있는 힘이 있어요, 이처럼요." 뉴턴은 호수를 향해 손을 내젓다가 셔츠에 진을 쏟고 말았다. "나는 요정입니다, 브라이스 박사님. 어디서든 혼자

---

* 독일 민화에 나오는 난쟁이의 이름으로, 민화 내용은 이렇다.
어느 방앗간 주인이 자기의 딸은 짚을 황금을 바꿀 수 있다고 거짓말을 했다. 왕은 그 말이 사실인지 확인하기 위해 딸을 왕궁으로 데려갔고, 딸에게 짚을 황금으로 바꾸지 못하면 살려 두지 않겠다고 했다. 걱정에 빠진 딸 앞에 난쟁이가 나타나 짚을 황금으로 만들어 줄 테니 대가를 달라고 했다. 황금이 된 짚을 본 왕은 딸을 왕비로 삼았고, 난쟁이는 딸에게 왕비가 되어 첫아기를 낳으면 자기에게 달라고 요구했다. 딸은 어쩔 수 없이 제안을 받아들였고, 1년 뒤 난쟁이는 아기를 받으러 왕비를 찾아왔다. 왕비가 아기를 데려가지 말라고 사정하자 난쟁이는 사흘 내에 자기 이름을 알아내면 아기를 데려가지 않겠다고 했다. 사흘째 되는 날, 왕비의 신하는 숲속에서 이상한 노래를 부르는 난쟁이를 발견했는데, 그 난쟁이가 부르던 노래는 그의 이름인 룸펠슈틸츠헨이었다. 왕비가 그의 이름이 룸펠슈틸츠헨이라는 것을 맞히자 난쟁이는 분노하여 자기 몸을 두 동강 내 버렸다.

살지요. 완전히 혼자요." 그리고 호수의 물을 응시했다.

약 800미터 앞 호수에 오리 떼가 자리를 잡았다. 머나먼 남쪽까지 오는 길이 무척 고단했는지 오리들은 방향을 바꿀 수 없는 작은 풍선처럼 물 위를 둥둥 떠다녔다. "만약 당신이 화성에서 왔다면, 당연히 혼자 왔겠죠?" 브라이스가 오리들을 보며 말했다. 진짜 그게 사실이면 그는 고단한 여행을 마친 호수 위의 외로운 오리와 같은 처지일 터였다.

"꼭 그렇지만은 않습니다."

"뭐가 꼭 그렇지만은 않죠?"

"화성에서 온 거 말입니다. 제가 보기에 당신도 충분히 외로워 보이거든요, 브라이스 박사님. 소외된 느낌이죠. 그렇다면 당신도 화성에서 온 겁니까?"

"그렇게 생각하지 않습니다."

"그러면 당신은 필라델피아에서 왔습니까?"

브라이스가 웃었다. "오하이오의 포츠마우스에서 왔습니다. 화성보다 더 먼 곳이죠." 별안간 호수 위의 오리들이 정신없이 꽥꽥 울기 시작했다. 그러더니 갑자기 하늘 위로 날아올라 어지럽게 뒤섞였고, 이내 다 같이 협력하며 어떠한 대형을 이루어 갔다. 브라이스는 오리들이 계속 고도를 높이면서 산 위로 사라지는 모습을 지켜보았다. 새들의 이동에 대해 어렴풋이 생각해 보았다. 새와 곤충들, 작은 포유동물들이 아주 오래된 집과 새로운 죽음으로 이어지는, 예전부터 이어져 내려오는 경로를 따라 이동하는 것을 생각했다. 오리 떼를 보고 있으니 몇 년 전 어느 잡지 표지에 나왔던 매서운 미사일 함대가 떠올랐고, 그러자 자신이 지금 이 기묘한 남자 옆에서 미사일처럼 생긴 매끈한 우주선 건조를 도와주고 있다는 사실을 다시 곰곰이 생각하게 되었다. 그 우주선은 탐험을 하거나 실험을 하거나 또는 사진을 촬영하는 용도일 텐데, 대낮의 태양 아래에서 술에 취해 들떠서 그런지 뭔가 신뢰가 가지 않았다. 전혀 신뢰가 가지 않았다.

뉴턴이 휘청이며 자리에서 일어나 말했다. "집으로 같이 가시죠. 브리나르데에게 집으로 모셔다 드리라고 하겠습니다. 괜찮으시다면요."

"좋습니다." 브라이스는 일어서서 옷을 털고 진을 마저 마셨다. "집까지 걸어가기에는 너무 취하기도 했고 이젠 나이도 꽤 들었거든요."

그들은 약간 비틀대며 조용히 걸어갔다. 집에 거의 도착할 무렵 뉴턴이 입을 열었다. "10년 정도 걸렸으면 좋겠습니다."

"왜 10년이죠?" 브라이스가 물었다. "그렇게 오랜 시간이 흐르면 오히려 무기가 더 발달할 겁니다. 모든 걸 폭파시키겠죠. 산업 전체를요. 어쩌면 리투아니아인들도 그렇게 할지 모르겠군요. 필라델피아인들도요."

뉴턴은 이상한 눈으로 그를 내려다보았고, 브라이스는 잠시 불안감을 느꼈다. "우리한테 10년이 있으면," 뉴턴이 말했다. "절대 그런 일은 일어나지 않을 겁니다. 일어날 수가 없을 겁니다."

"무엇이 그걸 막을까요? 인간의 미덕이요? 아니면 예수의 재림이요?" 브라이스는 어쩐지 뉴턴의 눈을 마주볼 수가 없었다.

뉴턴이 처음으로 웃었다. 기분 좋은 듯한 부드러운 웃음이었다. "정말 예수의 재림일 수도 있겠군요. 예수 그리스도가 직접 오겠네요. 10년 뒤에요."

"만약 예수가 온다면," 브라이스가 말했다. "신중하게 행동할 겁니다."

"예수는 지난날 자신에게 무슨 일이 있었는지 기억하고 있겠죠." 뉴턴이 말했다.

브리나르데가 그들을 맞이하러 저택에서 나왔다. 브라이스는 안심이 되었다. 마침 햇살 때문에 머리가 어지럽기 시작하던 참이었다.

브라이스는 브리나르데에게 연구실에 들르지 말고 곧장 집으로 데려다 달라고 했다. 차를 타고 가는 동안 브리나르데가 꽤나 많은 질문을 한 듯했지만, 브라이스는 전부 애매하게 대답했다. 집에 도착하고 나니 오후 5시였다. 주방으로 들어갔다. 늘 그렇듯 주방은 엉망진창이었다. 벽에 아이오와에서 구입한 〈이카로스의 추락〉이 걸려 있고, 싱크대에는 아침에 사용한 그릇들이 즐비했다. 벽면에 있는 냉장고에서 차가운 닭다리를 꺼내 질겅질겅 씹으며 침대로 비틀비틀 걸어갔다. 그는 침대에 눕자마자 금세 잠이 들었다. 옆 탁자에 먹다 남은 닭다리를 올려놓은 채로. 자면서 꿈을 굉장히 많이 꾸었는데, 전부 혼란스러운 꿈들이었다. 꿈 대부분에서 새들이 사방으로 흩어진 대형으로 새파란 하늘을 가로지르고 있었다.

새벽 4시, 그는 어둠 속에서 깨어났다. 입에서 역한 냄새가 진동하고, 머리가 지끈거리고, 칼라가 두툼한 셔츠 때문에 목에 땀이 흥건했다. 어제 많이 걸은 탓에 발도 부은 것 같았다. 목이 너무 말랐다. 침대 끄트머리에 앉아 빛을 내는 벽시계의 숫자를 잠시 응시하다가 옆의 전등으로 조심조심 고개를 돌려 눈을 꼭 감고 스위치를 눌렀다. 몸을 일으켜 눈을 꿈뻑이며 복도를 지나 욕실로 들어갔다. 세면대에 차가운 물을 채우는 동안 양치 컵에 물을 가득 받아 두 컵을 들이켰다. 수도꼭지를 잠그고 욕실 불을 켠 다음 갑갑한 격자무늬 셔츠 단추를 풀기 시작했다. 거울에 비친 U자 네크라인 러닝셔츠 아래의 희멀건 가슴팍을 보고 고개를 돌렸다. 물에 두 손을 담가 그대로 두고 시원함이 손목까지 번지도록 했다. 그러고는 손을 동그랗게 모아 물을 담고 뒷목과 얼굴에 끼얹었다. 거칠한 수건으로 물기를 꼼꼼히 닦아 내고 입에서 나는 악취를 없애려 양치를 했다. 머리를 빗은 뒤 깨끗한 옷으로 갈아입기 위해 침실로 갔다. 이번에는 보통 남자들이 즐겨 입는 앞부분에 주름 장식이 달린 옷 말고 파란색 와이셔츠를 입을 생각이었다.

그러는 사이 그의 머릿속에서 옛 구절이 돌아다녔다. 선택에는 그로 인한 결과가 따른다.

주방에서 아침을 준비하고, 뜨거운 물에 커피 가루를 녹이고, 통조림 캔에 담긴 저민 버섯을 듬뿍 부어 오믈렛을 만들었다. 가운데 부분이 아직 덜 익었지만, 주걱으로 오믈렛을 능숙하게 접은 다음 프라이팬에서 빼내 커피와 함께 플라스틱 테이블에 올렸다. 진 때문에 더부룩한 위를 물컹한 음식이 부드럽게 감쌀 수 있도록 천천히 먹었다. 음식물이 위 속에 잘 내려앉았다. 어제 아침도 거르고 와인과 치즈, 스트레이트 진만 먹었는데도 다행히 토할 것 같지는 않았다. 문득 기분이 좋아져서 그는 몸을 부르르 떨었다. 그래도 어제, 보통 사람들이 저녁 식사를 차리는 수고를 원치 않을 때 먹는 PA 알약 몇 알 정도는 복용했어야 했다. PA는 단백질 해조류 성분의 약인데, 간과 양파 대신 해캄*을 먹는다는 아주 끔찍한 발상에서 만들어졌다. 파시스트를 중국으로 다시 몰아넣은 사

---

* 물살이 느린 하천이나 호수, 늪에서 사는 원생생물로 짙은 녹색을 띠는 머리카락 모양의 사상체

람들과 아시아의 황사 지대를 고려한다면, 그리하여 독재자와 선동 정치가, 쾌락주의자들이 다시 한번 '자유 진영'에 서게 되고 간과 양파, 소고기와 감자를 찾는 것이 점점 더 어려워지게 된다면, 그 약을 잘 활용해야 할 것이다. 오믈렛을 마저 먹으며 20년 후에는 모두 해감과 물고기에서 짜낸 기름이나 삼각 플라스크에 담긴 탄수화물을 먹고 있을지도 모른다고 생각했다. 닭을 기를 공간이 사라지면 달걀은 박물관에 전시되어 있을 거고, 어쩌면 스미스소니언 협회*가 오믈렛을 플라스틱 형태로 보존할 수도 있다. 그는 어느 정도는 합성 물질이라 할 수 있는 커피를 마시며, 닭은 달걀을 재생산할 수 있는 유일한 방법이라고 했던 옛 생물학자의 격언을 떠올렸다. 그 격언은 그의 생각을 이쪽으로 세차게 이끌었다. 머리를 짧게 자르고 주름 장식의 바지를 입은 아주 잘나가는 젊은 생물학자가 현재 자연적으로 발생하는 계란보다 더 효율적인 방법을 찾아내 닭을 전부 없앨 수도 있다는 생각 쪽으로 이끌었다. 그런데 꼭 잘나가는 젊은 생물학자만 그럴 것 같지는 않았다. 훗날 토머스 제롬 뉴턴이 네이블오렌지**와 같은

---

* Smithsonian Institution. 과학 지식의 보급 향상을 위하여 1846년 워싱턴 D.C.에 창립된 학술 협회

**대표적인 오렌지 품종의 하나로 열매 속에서 제2의 열매가 자라는 것이 특징이다. 제2의 열매로 밑부분에 생겨난 돌기가 마치 사람의 배꼽을 닮아 배꼽을 뜻하는 '네이블(navel)'과 '오렌지'를 합성해 네이블오렌지라 부른다.

네이블 알을 출시할 가능성도 있었다. 그 네이블 알은 아마도 알록달록한 플라스틱 케이스에 싸여 월드 엔터프라이즈 로고를 달고 시장에 출시될 것이다. 연못 물에 넣어 놓으면 구슬 목걸이처럼 자가 번식으로 점점 늘어나서 매일 새로운 병아리가 알 밖으로 튀어나오는 방식이겠지. 하지만 그 병아리는 시간이 흘러 닭이 된다 한들 기분 좋고 만족스러운 일이 있어도 꼬꼬댁 하고 울지 않을 거고, 화려하고 콧대 높은 수탉이 되지도, 투계가 되지도, 새끼를 얻으러 분주하게 돌아다니는 멍청한 암탉이 되지도 않을 것이다. 저녁 식사용 치킨이 되지도 않을 거고.

커피를 다 마시고 고개를 들어 〈이카로스의 추락〉을 바라보았다. 저 그림이 지금 그에게 어떤 의미로 다가오는지 느꼈다. 컵을 내려놓고 큰 소리로 말했다. "이런 지적인 상상 놀이는 이제 그만둬, 브라이스. 선택에는 그로 인한 결과가 따라오기 마련이라고. 화성이야, 매사추세츠야?" 그러고는 벽에 걸린 그림 속 하늘에서 바다로 떨어진 소년의 팔과 다리에서 눈을 떼지 않고 생각했다. 친구일까 적일까? 계속 그림을 응시했다. 파괴자일까 수호자일까? 뉴턴의 말이 머릿속에 맴돌았다. "정말 예수의 재림일 수도 있겠군요." 하지만 이카로스는 추락한 뒤 날개가 다 녹아 버려서 익사했고, 다이달로스는 그렇게 높이 올라가지 않았는데도 외딴섬에서 탈출했다. 그러나 세상을 구하기 위함은 아니었다. 어쩌면 다이달로스는 날개를 발명했기 때문에 그것을 파괴하려 그랬을지도 모른다. 파멸이 다가왔다면, 공중에 있을 때 다가왔을 것이다. 광명은 공중에서 떨어지는 것이다. 그가 생각을 이어 나갔다. 나는 병에 든다. 나는 죽어야 한다. 신이시여, 저희에게 자비를 베푸소서. 그는 마음속을 헤매지 않으려 노력하며 고개를 저었다. 이제 문제는 화성이냐 매사추세츠냐였다. 그 외 나머지는 부수적인 것들이었다. 그가 알게 된 것은 무엇일까? 뉴턴의 억양과 외형, 걸음걸이를 알게 되었다. 천문학의 천동설보다 더 생경한 기술을 암시하는 뉴턴의 생각을 알게 되었고, 기상천외한 로그와, 두 번째 만남에서 술에 약간 취한 뉴턴을 알게 되었다. 술에 취한 뉴턴의 모습은 외계 생명체가 느꼈을 사악한 외로움과 그가 빠져든 문화의 상처를 견뎌 낼 수 없는 무능을 암시하는 것일 터였다. 그러나 술에 취한다는 건 지독히도 인간적인 행위였기에 다른 논쟁을 상쇄할 수 있었다. 외계 생명체가 인간처럼 술에 취할 일은 정말 없는 것일까? 어쨌든 뉴턴은 인간이 분명했다. 아니면 인간과 비슷한 어떤 생명체이거나. 인간의 혈액 시스템과 공통점을 갖고 있으니 술에 취할 수밖에 없었다. 그가 매사추세츠 또는 리투아니아 출신이라 해도 그럴 수 있었다. 하지만 화성인이 술에 취한다?

그건 왜 안 되는 걸까? 예수는 와인을 직접 마셨고 하늘에서도 내려왔다. 바리새인들은 예수를 우주에서 온 대주가라고 했다. 브라이스의 생각은 왜 자꾸 그 지점에서 맴도는 걸까? 코르테스 역시 테킬라를 마셨을 것이며, 그는 또 다른 재림자이기도 했다. 파란 눈의 케찰코아틀*도 농장 일꾼들을 구하기 위해 아스텍에서 내려왔었다. 그렇다면 10년 후에는 어떻게 될까? 로그의 밑이 12가 되겠지. 그런 다음에는? 또 그다음에는?

---

* Quetzalcoatl. 아스텍 신화에 등장하는 뱀 신

2

가끔 뉴턴은 인간들의 행동 방식에 미쳐 버릴 것만 같은 기분이 들었다. 그러나 안테아인이 미친다는 건 이론상으로 불가능했다. 그는 자신에게 무슨 일이 일어나고 있는지, 또는 무슨 일이 일어났는지 이해가 가지 않았다. 안테아인들은 그가 해야 할 일이 무척이나 어려울 것을 알고 그를 세심하게 준비시켰고, 그는 신체적 강점과 월등한 적응력으로 인해 발탁되었다. 실패할 가능성이 많다는 걸, 전체적으로 위험이 아주 크다는 걸, 그 계획이 인간들이 그 어디에서도 돌이킬 곳을 찾아낼 수 없을 만큼 방대하다는 걸 그는 처음부터 알고 있었다. 그래서 실패에 대비해야만 했다. 하지만 그는 실제 벌어질 일에는 대비되어 있지 않았다. 계획은 그 자체만으로는 잘되어 가고 있었다. 돈도 많이 벌었고, 우주선 제작도 큰 어려움 없이 시작되었고, 누구도 그의 존재를(비록 많은 이들이 그를 의심했고 계속 의심하고 있다고 믿었지만) 알아차리지 못했다. 게다가 성공할 가능성 역시 아주 높았다. 안테아인인 뉴턴은, 우월한 종족의 우월한 능력을 소유한 그는 자제력을 잃고 타락하여 점점 술고래가 되어 갔고, 길을 잃은 어리석은 존재이자 이탈자, 어쩌면 반역자가 되어 가고 있었다.

간혹 그는 세상을 마주한 자신의 약점 때문에 베티 소를 비난하기도 했다. 그런 식으로 합리화하면서 인간이 되어 가다니! 그는 막연한 죄책감과 더 막연한 의심에 사로잡혀 인간처럼 행동하려는 자신 때문에 그녀를 몰아세웠다. 그녀는 그에게 진을 가르쳤다. 지난 15년간 그가 텔레비전을 보며 연구했음에도 전혀 몰랐던 강하면서 편안하고 무모하게 쾌락만 좇는 인간성의 한 측면을 보여 주었다. 또한 그녀는 술에 취해 나른한 상태에서의 활력을 알려 주기도 했는데, 그것은 지독한 영원과 현명함 속에 사는 안테아인들은 절대 알 수 없는, 꿈도 꿀 수 없는 것이었다. 그는 상당히 상냥하며 어리석은 동시에 꽤 똑똑한 동물들 주위에 둘러싸여 있는 기분이었고, 인간들의 개념과 관계가 그가 훈련받던 당시의 의심보다 더 복잡하다는 사실을 점차 깨달았다. 저울질과 판단을 할 수 있는 지적 능력이 높은 이 동물들이, 자신들의 은신처를 더럽히고 본인의 오물을 먹을지도 모르는 이 인간이란 동물들이 어쩌면 그보다 더 행복하고 더 현명할 수도 있다는 점을 알아냈다.

아니면 너무 오랫동안 동물들에게 둘러싸여 살아왔기에 필요 이상으로 동물처럼 변한 것뿐일까? 하지만 이런 비유는 적절하지 않았다. 안테아인이 인간과 공유한 조상 관계는 포유류 종족과 털이 있는 동물과의 일반적인 혈족 관계보다 더 가까웠다. 그와 인간은 표현을 분명하게 하고, 상당히 합리적인 생명체이며, 통찰과 예측, 사랑과 동정, 숭배와 같은 부드러운 감정을 가진 생명체이다. 그리고 술에 취할 수도 있다. 뉴턴은 그 사실을 알아냈다.

안테아인들은 술에 어느 정도는 친숙한 편이었다. 당이나 지방은 그들 세계의 생태학에서 중요하지 않았지만. 안테아에도 가끔 가벼운 와인 종류를 만들어 내는 달콤한 베리류가 있긴 했다. 순수 알코올 성분은 당연히 쉽게 합성되었고, 아주 드물게 안테아인들이 취하는 경우도 있었다. 그러나 지속적인 음주라는 것은 존재하지 않았다. 알코올에 중독된 안테아인 같은 건 아예 없었다. 살면서 안테아인 중에 그가 지구에서 마시듯 매일 꾸준히 술을 마시는 이는 본 적이 없었다.

그가 인간들과 아주 비슷한 방식으로 술에 취하는 건 아니었다. 최소한 그의 생각에는 그랬다. 의식을 잃거나, 극도로 행복해지거나, 신처럼 위엄 있어 보이길 원치 않았다. 단지 안도감만을 원했다. 왜 그런지는 그도 몰랐다. 또한 술을 얼마나 마시든 간에 숙취가 전혀 없었다. 그는 대부분의 시간을 혼자 보냈기에 술을 마시지 않고서는 견디기가 어려웠다.

브리나르데에게 브라이스를 바래다주라고 하고 두 사람이 떠난 뒤, 뉴턴은 한 번도 머물러 본 적이 없는 집의 거실로 걸어 들어가 거실의 시원한 공기와 고요한 어둑함을 즐기며 잠시 조용히 서 있었다. 고양이 한 마리가 소파에서 느릿느릿 일어나 스트레칭을 하고 그에게 나오더니 다리에 몸을 비비며 가르릉거렸다. 그는 애정이 듬뿍 담긴 눈으로 고양이를 내려다보았다. 어쩌다 보니 고양이를 아주 많이 좋아하게 되었다. 고양이들은 안테아를 떠올리게 했다. 안테아에는 고양이와 비슷한 동물이 없는데도 말이다. 그렇다고 해서 고양이들이 이 지구에 온전하게 속한 존재 같지는 않았다.

앞치마를 둘러맨 베티 조가 주방에서 나와 거실로 들어왔다. 그녀는 부드러운 눈길로 한동안 그를 가만히 쳐다보다가 입을 열었다. "토미?"

"네?"

"토미, 판스워스 씨가 뉴욕에서 전화했었어요. 두 번이나요."

그는 어깨를 으쓱했다. "판스워스가 거의 매일 전화하고 있죠?"

"네, 맞아요. 토미." 그녀가 잔잔하게 미소 지었다. "중요한 일이라면서 바로 전화 달라고 했어요."

뉴턴은 판스워스에게 어떤 문제가 있다는 사실을 아주 잘 알고 있었지만, 당분간은 기다려야 될 문제들이었다. 아직 그 문제를 상대하고 싶은 마음이 없었다. 손목시계를 들여다보니 5시가 다 되어 갔다. "브리나르데한테 여덟 시에 전화하라고 전해 줘요." 그가 말했다. "올리버 판스워스가 다시 전화하면 지금 바쁘니까 여덟 시에 얘기하자고 말해 주고요."

"알겠어요." 그녀는 잠시 머뭇거리더니 입을 뗐다. "옆에 앉아도 될까요? 대화라도 좀 나눌래요?"

그는 그녀의 얼굴에 드리운 표정을 보았다. 희망이 가득한 표정. 그가 우정으로 그녀에게 의지하는 만큼 그녀 역시 그에게 의지하고 있다는 그 표정의 의미를 그는 알고 있었다. 두 사람이 어쩌다 이런 기묘한 우정을 나누게 되었을까! 그러나 그는 그녀가 자기와 마찬가지로 외로우며 자신의 소외감을 공유해 준다는 걸 알면서도, 지금 이 순간까지도 그녀를 옆에 앉힐 수 없었다. 그렇게 허락할 수 없었다. "미안해요, 베티조. 잠깐 혼자 있고 싶어요." 그간 그렇게 연습했던 미소 짓기가 이렇게 어려울 수가!

"그럼요, 토미." 그녀가 답했다. 그러고는 돌아섰다. 너무나도 빠르게. "저도 주방으로 다시 가야 해요." 그녀가 문 앞에서 그를 다시 돌아봤다. "저녁 식사 하고 싶으면 알려 줘요, 알겠죠? 준비해 올게요."

"알겠어요." 그는 계단으로 걸어가서 지난 몇 주간 이용하지 않았던 전동식 의자에 앉아야겠다고 생각했다. 피로가 몰려오기 시작했다. 전동식 의자에 앉자 고양이 한 마리가 무릎 위로 폴짝 뛰어올랐고, 그는 익숙지 않은 상황에 몸서리를 치며 고양이를 휙 내팽개쳤다. 고양이는 소리 없이 바닥으로 나가떨어지고 몸을 부르르 떨더니 전혀 동요하지 않는다는 듯 그를 돌아볼 생각도 없이 유유히 걸어갔다. 그는 고양이를 보며 네가 이 세계에서 똑똑한 종족이었으면 좋을 텐네, 라고 생각했다. 그러고는 쓴웃음을 지으며 어쩌면 진짜 그럴지도……라고 속으로 말했다.

1년보다 더 전에, 판스워스에게 음악에 관심이 생겼다고 언급한 적이 있었다. 인간 음악의 멜로디와 음조직은 언제나 그에게 조금은 불편했기에 일부만 사실이었다. 그럼에도 그는 음악의 역사에 관심이 갔는데, 원래부터 인간의 전통문화와 예술의 거의 모든 측면에 역사학자만큼이나 흥미를 갖고 있기 때문이었다. 여기 지구에서 수년 동안 텔레비전 방송을 연구하면서, 그리고 긴긴밤 계속되었던 독서를 통해서 쌓은 흥미였다. 그 사실을 판스워스에게 무심코 언급한 직후 판스워스는 대단히 잘 만들어진 8음계 스피커 시스템과—그 스피커의 몇몇 부품들은 월드 엔터프라이즈의 특허에 기반을 둔 것이었다—꼭 필요한 앰프, 음원 등과 같은 것에 대해 그에게 알려 주었다. 회사의 전기 공학 석사 학위를 가진 남자 직원 셋이 판스워스를 위해 음악 재생 기기에 관한 연구에 착수해 그 부품들을 개발해 냈다. 성가신 일이었지만, 그는 호의를 베푸는 판스워스의 마음을 상하게 하고 싶지 않았다. 직원들은 하나의 황동 패널에서 모든 사항을 통제할 수 있도록 만들어 놓았다. 그러나 판스워스는 아마도 책장의 한쪽 끝에 납작한 황동이 떡하니 자리잡고 있는 것보다는 덜 과학적인 물건을—정교하게 칠해진 도자기나 자기 재질의 물건을—더 선호할 터였다. 또한 판스워스는 뉴턴에게 500곡이 녹음된 자동재생 모음집을 주었는데, 그 음악들은 월드 엔터프라이즈의 특허로 만든 작은 스테인리스 구슬에 담겨 있었고, 그 스테인리스 구슬로 회사는 최소 2천만 달러를 벌어들였다. 버튼을 누르면 완두콩 크기의 구슬이 카트리지 속으로 떨어지고, 그런 다음 아주 조그마한 스캐너가 스테인리스 구슬의 분자 구조를 느릿하게 추적하면 그 패턴이 오케스트라나 밴드 또는 기타리스트, 가수의 목소리로 전환되었다. 뉴턴은 대개 음악을 틀지 않았다. 판스워스의 주장대로 심포니나 4중주 몇 곡을 들어 보려 했지만 그런 음악들은 그에게 아무런 의미가 없었다. 그런 음악이 내포한 의미는 너무도 이해하기 어렵고 이상했다. 다른 예술은 간혹 일요일에 방영되는 텔레비전 프로그램(가장 따분하고 가식적인 방송)에서 잘못 해석되고 멋대로 이용되곤 했지만, 때로는 그를 대단히 감동시키기도 했다. 특히 조각과 그림에 마음이 크게 움직였다. 아무래도 그는 인간들처럼 볼 줄은 알아도 듣지는 못하는 모양이었다.

고양이와 사람에 대해 사색하며 방에 도착했을 때 그는 충동적으로 음악을 틀어야겠다고 결심했다. 판스워스가 꼭 들어야 한다고 말했던 하이든 심포니를 들으려 버튼을 눌렀다. 잠시 뒤 음악이 흘러나왔다. 그에게는 다소 공격적이고 치밀했을 뿐 논리적이거나 심미적이지 않았다. 중국 음악을 듣는 미국인이 된 기분이었다. 선반에 있는 진 병에서 진을 한 잔 따르고 음악을 따라가려 노력하며 한 번에 쭉 들이켰다. 막 소파에 앉으려는 찰나, 갑자기 노크 소리가 들렸다. 그는 깜짝 놀라 유리잔을 떨어뜨렸고 유리잔은 그의 발 앞에서 와장창 깨졌다. 살면서 처음으로 소리를 빽 질렀다. "제길! 대체 뭡니까?" 그가 어쩌다가 이런 인간이 되어 버렸단 말인가!

베티 조가 겁에 질린 목소리로 문 뒤에 서서 말했다. "또 판스워스씨예요, 토미. 당신을 바꿔 달라고 강하게 몰아붙여서요……."

그의 목소리는 어느새 부드러워졌지만, 화는 여전했다. "안된다고 말하세요. 오늘까지는 아무도 보고 싶지 않다고 말하라고요. 누구와도 대화하지 않을 겁니다."

잠시 침묵이 내려앉았다. 그는 발 앞의 깨진 유리 조각을 응시하다가 큰 조각을 소파 아래로 차 버렸다. 베티 조의 목소리가 들렸다. "알겠어요, 토미. 그렇게 전할게요." 그녀는 잠깐 멈췄다가 "쉬어요, 토미. 알겠죠?"라고 했다.

"알았어요. 쉴게요."

그는 문 앞에서 서서히 멀어져 가는 베티 조의 발소리를 들었다. 책장으로 자리를 옮겼다. 유리잔이 없었다. 베티 조를 부르는 대신 거의 가득 찬 진 병을 들고 뚜껑을 비틀어 열어 병째 마시기 시작했다. 하이든 음악을 끄고—그가 그런 음악을 이해할 거라고 누가 기대하겠는가?—흑인들이 걸러어*로 부른 옛날 노래 모음집을 틀었다. 그런 노래들에는 적어도 그가 이해할 수 있는 말소리가 나왔다.

걸쭉하고 깊은 목소리가 스피커 밖으로 흘러나왔다.

> 미스 룰루의 집으로 갈 때마다
> 나이 든 개가 날 물어요.
> 미스 샐리의 집으로 갈 때마다
> 불독이 날 물어요…….

그는 생각에 잠겨 슬며시 미소 지었다. 노래 가사가 어쩐지 그의 마음에 닿은 것 같았다. 술병을 들고 소파에 자리를 잡

---

* 사우스캐롤라이나 해안의 흑인들이 사용하는 언어. 영어와 서아프리카어가 혼합된 형태이다.

았다. 네이선 브라이스에 대해, 그날 오후 둘이 나눴던 대화에 대해 떠올려 보았다.

그는 브라이스와의 첫 만남에서 브라이스가 그를 의심한다고 생각했었다. 화학자라는 자가 대면을 요구했다는 것 자체가 은연중에 속마음을 드러낸 셈이었다. 그는 비용을 많이 들여 브라이스에 대한 조사를 감행했고, 조사를 통해 브라이스가 정체를 숨기고 다른 이를 대신하는 사람은 아니라는 것을 알아냈다. 미사일 건설 부지의 노동자들 중 최소 두 명과는 다르게 FBI나 정부 기관을 위해 움직이는 게 아니란 것을 확신했다. 그러나 판스워스를 비롯한 몇몇이 그렇듯 브라이스도 뉴턴의 목표와 뉴턴에게 의심을 갖기 시작했다. 그는 그걸 눈치챘음에도 굳이 왜 오후에 밖으로 나가 그 화학자와의 친밀도를 구축하려 노력했을까? 그리고 그는 왜 자신을 룸펠슈틸츠헨이라고 칭하며, 전쟁과 재림에 대한 이야기를 하는 등 온갖 단서들을 흘렸을까? 룸펠슈틸츠헨은 짚을 엮어서 금을 만든다는, 어디서 듣지도 보지도 못한 기술로 한 여인의 삶을 구하기 위해 불쑥 나타난 사악한 작은 난쟁이이자, 최종 목표가 여인의 아이를 훔치는 것이었던 동화 속 이방인이다. 뉴턴은 왜 그런 룸펠슈틸츠헨을 언급했을까? 룸펠슈틸츠헨을 물리칠 유일한 방법은 여인이 그의 정체를 명백히 밝혀내이름을 알아내는 것뿐이었다.

가끔 나는 엄마 없는 아이 같은 기분이다.
가끔 나는 엄마 없는 아이 같은 기분이다.
찬양한다, 할렐루야!

뉴턴은 생각했다. 룸펠슈틸츠헨은 왜 그 여인에게 그와의 거래를 피할 수 있는 기회를 주었을까? 그리고 왜 여인에게 사흘이란 시간을 주어서 그녀가 그의 이름을 알아내게 했을까? 어느 누가 그런 이름을 추측 또는 상상이나 하겠냐는 룸펠슈틸츠헨의 단순한 과신이었을까? 아니면 그의 속임수와 마법의 실체가 빼앗겼다는 사실이 들통나기를 스스로 바랐던 걸까? 토머스 제롬 뉴턴은 이제 자신의 마법과 속임수가 동화 속의 어떤 요정이나 마법사들보다 뛰어나다는 게 들통나길 바라는 걸까?

이 남자, 그는 내 방 문으로 돌아서 들어온다.
그는 나를 좋아하지 않는다고 말한다.
그가 들어온다. 그는 내 방문에 서 있다.
그는 나를 좋아하지 않는다고 말한다.

뉴턴은 손에 술병을 든 채 생각했다. 난 왜 들통나길 바라는 거지? 술병에 붙은 라벨을 지그시 바라보고 있자 기분이 아주 이상했다. 어지러웠다. 그리고 음악이 뚝 끊겼다. 다른 스테인리스 구슬이 자리를 찾아 굴러 들어가는 동안 음악이 잠시 멈추었다. 그는 충격적일 정도로 오랫동안 술을 쭈욱 들이켰다. 스피커에서 오케스트라 음악이 웅웅 터져 나오며 귀를 때렸다.

그는 지친 듯 눈을 끔벅였다. 몸이 무척 쇠약해졌음을 느꼈다. 그때, 수년 전의 11월, 혼자라는 두려움에 몸이 아파서 척박한 늘판에 봄겨누워 있던 그날 이후로 그렇게 쇠약했던 적은 없던 것 같았다. 그는 패널로 다가가 음악을 껐다. 그러고는 텔레비전 리모컨 쪽으로 걸어가 전원을 켰다. 서부 영화나 볼까…….

먼 벽에 걸린 커다란 왜가리 그림이 희미해지기 시작했다. 새 그림이 사라지자 그 자리에 정치인과 신앙 요법으로 병을 치료하는 사람, 복음 전도자들에 의해 강화된 진지한 거짓 눈빛을 내뿜고 있는 잘생긴 남자의 머리가 나타났다. 남자의 두 눈은 가만히 앞을 응시하고 있고, 입술은 소리 없이 움직이고 있었다.

볼륨을 높였다. 남자의 머리가 높아진 볼륨 덕에 목소리를 얻고 이렇게 말했다. "……미국은 자유롭고 독립적인 국가로서, 우리를 지지하는 자유 세계의 사람들처럼 각오를 단단히 다져야 합니다. 세계를 향한 도전과 희망, 두려움에 직면해야 합니다. 제대로 알지도 못하는 이들이 뭐라고 하든 상관없이 우리는 미국이 이류 강대국이 아니라는 사실을 기억해야 합니다. 우리는 자유가 승리할 것임을 기억해야 합니다. 또 우리는……."

뉴턴은 문득 연설하는 사람이 미국 대통령이라는 사실을 깨달았다. 대통령은 희망이 없는 자들에게 겉만 번드르르한 말을 하고 있었다. 채널을 돌렸다. 스크린에 침실 장면이 나타났다. 남자와 여자가 잠옷 바람으로 따분하고 선정적인 농담을 해 대고 있었다. 서부 영화가 나오기를 바라며 다시 스위치를 돌렸다. 그는 서부영화를 좋아했다. 그러나 스크린에 나타난 것은 정부가 제작한 미국인의 미덕과 강점에 대한 선전물이었다. 하얀색 뉴잉글랜드 교회들과 농장의 일꾼들—각 무리마다 생긋 웃고 있는 흑인이 꼭 한 명씩은 있었다—그리고 단풍나무 영상들이었다. 그런 영상은 최근 들어 점점 더 흔해진 것 같았다. 그리고 다수의 인기 있는 잡지들처럼 점점 더 맹목적으로 애국심을 드러냈으며, 미국은 경건하게 살아가는 작은 마을과 유능한 도시들, 건강한 농부들과 친절한 의사들, 어리바리한 주부들과 자선 사업을 일삼는 백만장자들로 이루어진 나라라면서 그 어느 때보다 더 헌신적으로 선전했다.

"오, 신이시여. 이럴 수가." 그가 크게 소리쳤다. "세상에, 다들 자기 연민에 빠진 겁쟁이 쾌락주의자들이라고. 거짓말쟁이! 국수주의자! 멍청이들!"

다시 스위치를 돌리자 스크린에 부드러운 음악이 깔린 무도회장이 나왔다. 그 채널에 멈춰서 무도장에서 춤을 추는 사람들을 가만히 지켜보았다. 여자와 남자들이 공작새처럼 옷을 차려입고 흐르는 음악에 맞춰 각자 한 사람씩 껴안고 있었다.

그는 생각했다. 자신이 자기 연민에 빠진 겁쟁이 쾌락주의자가 아니라면 대체 뭘까. 진한 병을 다 비우고 병이 들린 손을 쳐다보았다. 그리고 인조 손톱을 주시했다. 인조 손톱은 불투명한 동전처럼 텔레비전 화면의 일렁이는 빛에 반짝이고 있었다. 그는 마치 본인의 손톱을 처음 보는 것처럼 한동안 손톱을 응시했다.

잠시 뒤 자리에서 일어나 비틀대며 옷장으로 걸어갔다. 선반에서 신발 상자 정도 크기의 박스 하나를 집어 들었다. 옷장 한구석에 전신 거울이 걸려 있었다. 그는 자신의 모습을, 큰 키와 호리호리한 체형을 가만히 들여다보았다. 그러고는 다시 소파로 돌아가 앞에 있는 대리석 티테이블 위에 상자를 올렸다. 상자에서 작은 플라스틱 병을 꺼냈다. 테이블 위에는 판스워스가 준 중국 자기 그릇 모양의 빈 재떨이가 있었다. 그는 플라스틱 병에 든 액체를 재떨이에 붓고 병을 내려놓은 다음 두 손의 손가락 끝을 재떨이에 살짝 담갔다. 잠깐 그대로 두고 있다가 다시 빼서 손뼉을 세게 치자 손톱이 가볍게 톡 소리를 내며 대리석 테이블 위로 떨어졌다. 이제 손끝이 매끄러워졌다. 약간 아프긴 했지만 손톱 끝 부분도 부드러워졌다.

텔레비전에서 리듬이 뚜렷한 재즈 음악이 나왔다.

그는 자리에서 일어나 방문으로 다가가서 문을 잠갔다. 다시 테이블 위 상자로 돌아와 목화솜처럼 생긴 공 하나를 꺼내고 액체에 잠시 담가 두었다. 손이 떨리고 있었다. 자신이 그 어느 때보다 많이 취했다는 것도 알고 있었다. 그러나 겉으로 보기에는 그렇게 심하게 취해 있지 않았다.

거울로 걸어가서 인조 귓불이 떨어질 때까지 양쪽 귀에 축축한 공을 대고 있었다. 셔츠 단추를 풀면서 젖꼭지를 제거하고 같은 방법으로 가슴 털도 떼어 냈다. 털과 젖꼭지는 얇은 다공성 시트로 붙어 있어서 함께 벗겨졌다. 전부 떼어 내고 티테이블 위에 올려놓았다. 거울로 돌아가서 모국어로 말하기 시작했다. 젊은 시절 직접 쓴 시를 처음에는 부드럽게 읊다가 텔레비전에서 나오는 재즈 소리를 밀어내기 위해 큰 목소리로 읊었다. 혀가 제대로 움직이지 않아 소리가 잘 안 나왔다. 술에 너무 취해 있었다. 또는 안테아어의 치찰음*을 내는 능력을 잃어버렸거나. 식식대며 작은 핀셋 같은 도구를 상자에서 꺼내고 거울 앞에 서서 색이 있는 얇은 막을 두 눈에

---

* 혀끝과 잇몸 끝부분이 닿은 상태에서 양옆으로 나는 소리

서 조심스럽게 떼어 냈다. 계속 시를 읽으려 노력하면서, 고양이 눈처럼 홍채에 가느다란 선이 세로로 나 있는 두 눈으로 거울을 들여다보며 눈을 깜박였다.

꽤 오랜 시간 자기의 모습을 응시하다가, 갑자기 울기 시작했다. 흐느껴 우는 건 아니었지만 눈에서 눈물이─인간의 눈물과 정확히 똑같은 눈물이─흘러 좁다란 볼 아래로 떨어졌다. 그는 절망스럽게 울었다.

그리고 영어로 크게 외쳤다. "너 누구야? 너는 어디에 속한 거냐고!"

그는 자신의 모습을 응시했지만 거울 속 그는 도무지 자기 자신같이 느껴지지 않았다. 그것은 외계인이었다. 무서웠다.

진을 한 병 더 가져왔다. 음악이 멈췄다. 여자 아나운서가 이런 말을 하고 있었다. "⋯⋯필름을 비롯한 모든 사진에 관련된 기술을 개발하는 월드 컬러가 루이빌 시내에 있는 실바흐 호텔의 무도회장을 찾은 여러분에게 다시 생기를 불어넣었습니다⋯⋯."

뉴턴은 스크린을 보지 않은 채 병을 땄다. 여자의 목소리가 다시 흘러나왔다. "앞으로 다가올 휴가와 아이들, 추수감사절과 크리스마스의 가족들의 모습을 추억으로 간직하기 위해서라면 월드 컬러 프린트보다 더 좋은 건 없습니다. 빛나는 삶으로 가득 채워진⋯⋯."

술에 취한 토머스 제롬 뉴턴은 이제 소파에 몸을 기대어 진병을 따고, 극심한 괴로움에 손톱이 없는 손가락을 바들바들 떨며 고양이 같은 눈으로 천장을 올려다보고 있었다.

3

뉴턴과 술에 취해 대화를 나눈 지 닷새가 지난 후, 일요일 아침 브라이스는 집에서 탐정 소설을 읽을 생각이었다. 조립식 주택의 자그마한 거실에서 전기난로 옆에 자리를 잡았다. 초록색 플란넬 잠옷 차림의 그는 블랙커피를 세 잔째 마시고 있었다. 그날 아침은 최근 며칠에 비해 기분이 조금 괜찮았다. 뉴턴의 정체성에 대한 우려가 이제 더는 그를 괴롭게 하지 않았다. 물론 궁금증은 그의 마음속에 여전했고 가장 큰 부분을 차지했지만. 주의 깊게 살펴보며 기다리는 것도 일종의 방침이라 할 수 있을지 모르겠으나, 어쨌든 그는 그런 방침을 갖기로 했다. 또한 뉴턴이 화성인일지도 모른다는 그 의혹이 심사숙고해서 나온 게 아니라면, 적어도 끊임없는 철저

한 조사를 통해 나온 게 아니라면 그 부분에 대해서는 이제 그만 떨쳐 버리기로 결심했다. 탐정 소설은 정말 재미없었다. 바깥 날씨가 매섭게 추워졌다. 그는 벽난로 대용으로 쓰는 전기난로 옆에서 그 무엇에도 압박을 느끼지 않으며 편안히 앉아 있었다. 왼쪽 벽에는 〈이카로스의 추락〉이 걸려 있었다. 이틀 전 그 그림을 주방에서 이곳으로 옮겨 놓았다.

책을 반쯤 읽었을 때, 현관문에서 희미한 노크 소리가 들렸다. 일요일 아침에 대체 어떤 인간이 찾아왔나 의아해하며 성가시다는 듯 몸을 일으켰다. 연구실에서도 다른 직원들끼리는 서로 사교 활동을 하곤 했지만, 브라이스는 그런 걸 철저하게 피해 다녔다. 그래서 친구도 몇 없었다. 점심 식사 전 일요일 오전에 그를 찾아올 만큼 가까운 친구는 단 한 명도 없었다. 침실에서 목욕 가운을 가져와 입고 현관문을 열었다.

바깥의 잿빛 아침 하늘 아래 얇은 나일론 재킷 차림으로 덜덜 떨고 있는 사람은 뉴턴의 가정부였다.

그녀가 그에게 미소 지으며 말했다. "브라이스 박사님?"

"네?" 뉴턴이 언젠가 그의 앞에서 그녀의 이름을 언급한 적이 있었지만 기억이 나지 않았다. 주위에서 뉴턴과 이 여자에 대한 소문들이 꽤 많이 돌아다녔다. "들어와서 몸 좀 녹이시죠." 그가 말했다.

"고마워요." 그녀가 서둘러 안으로 들어오더니 멋쩍은 기색 없이 현관문을 닫았다. "뉴턴 씨가 보냈어요."

"아, 그래요?" 그는 그녀를 전기 난롯가로 안내했다. "두꺼운 코트가 필요하겠군요."

그녀의 볼이 발그레해졌다. 아니면 그냥 추위 때문에 빨갛게 달아오른 걸 수도 있고. "저는 밖을 자주 나가지 않아서요."

그가 재킷을 받아 주자 여자는 난로 위로 허리를 구부리고 손을 따뜻하게 데웠다. 브라이스는 자리에 앉아서 그녀가 찾아온 이유를 말할 때까지 생각에 잠긴 채 여자를 바라보았다. 매력이 없는 여자는 아니었다. 목소리가 크고 머리칼이 검은 그녀의 수수한 원피스 안에 투실투실한 몸매가 가려져 있었다. 그녀는 그와 나이대가 비슷했고 그와 마찬가지로 유행에 뒤떨어진 옷을 입고 있었다. 화장을 하지 않았지만 추위 때문에 안색이 불그스레해져서 오히려 화장을 할 필요가 없어 보였다. 그리고 러시아의 프로파간다 영화*에 나오는 시골 처녀들처럼 가슴이 풍만했다. 앞으로 나서지 않는 수줍은 눈빛과 시골 촌뜨기 같은 행동과 목소리만 아니었다면 그녀는 완벽한 '지구의 어머니' 상이었을 것이다. 반소매 드레스 겉으로 드러난 팔 아래쪽에 부드럽고 사랑스러운 검은색 털이 엷게 자라 있었다. 정리를 하지 않은 눈썹과 마찬가지였다. 그는

---

* 여론에 영향을 미칠 목적으로 권력과 거대 자본을 지닌 자들이 선전을 하기 위해 제작한 영화

그녀의 그런 점이 마음에 들었다.

갑자기 그녀가 허리를 곧게 펴더니 조금 더 편안해진 얼굴로 브라이스를 보고 웃었다. "장작을 때는 불 같지는 않네요."

순간 브라이스는 무슨 말인지 이해를 하지 못했다. 그러다 빨갛게 빛을 내는 난로 쪽으로 고개를 끄덕이며 말했다. "네, 완전히 똑같지는 않아요." 그러고는 뒤이어 제안했다. "앉으시겠어요?"

그녀는 그의 맞은편에 있는 의자를 가져다가 등을 기대어 앉고 발을 오토만* 위에 올렸다. "냄새도 장작불 냄새 같지 않아요." 그녀는 생각에 잠긴 듯했다. "저는 농장에서 자랐어요. 아침에 옷을 입으려고 주위를 방방 뛰어다니면 장작불 냄새가 나곤 했죠. 아직도 그 냄새가 기억나요. 옷을 따뜻하게 데우려고 벽난로 위에 올려놓기도 하고 등에 불을 쬐려고 벽난로 앞에서 뒤를 보고 서 있기도 했거든요. 그래서 불 냄새가 어떤지 기억하고 있어요. 20년이 지난 지금은 장작불 냄새를 맡을 수조차 없어졌네요."

"저도 마찬가지입니다." 그가 말했다.

"예전만큼 좋은 냄새가 나는 것들은 이제 없어요." 그녀가 말을 이었다. "심지어 커피도 그렇죠. 요즘 방식으로 커피를

---

* 위에 부드러운 천을 댄 기다란 상자 같은 가구. 아래에는 물건을 저장하고 위는 의자로 쓴다.

만들면 본연의 향이 안 나잖아요. 이제는 대부분의 것들이 자기만의 냄새를 품고 있지 않아요."

"한 잔 드릴까요? 커피요."

"좋아요. 제가 내올까요?"

"제가 할게요." 그가 자리에서 일어나 컵에 든 커피를 마저 마셨다. "저는 항상 커피를 여유 있게 준비해 놓습니다." 그는 주방으로 가서 알약처럼 생긴 커피 알을 넣어 두 잔을 준비했다. 알약 모양의 커피는 미국과 브라질 사이의 관계가 단절된 이후 시중에서 구입할 수 있는 유일한 커피나 마찬가지였다. 그는 쟁반에 컵을 올려서 나갔다. 그녀가 커피잔을 들며 그를 보고 상냥하게 웃었는데, 그 모습은 마치 성격 좋고 나이가 지긋한 개처럼 아주 편안해 보였다. 그녀는 그 편안함을 저지할 자존심도 없는 듯했다.

브라이스가 커피를 홀짝이며 자리에 앉았다. "당신 말이 맞아요." 계속 말을 이었다. "이제는 본래의 향을 지닌 게 없죠. 아니면 우리가 나이가 들어서 정확히 기억하지 못하는 걸 수도 있고요."

그녀는 여전히 미소 짓고 있었다. 그녀가 말했다. "뉴턴 씨가 다음 달에 시카고에 갈 예정인데 당신도 같이 갈 건지 물어보라고 했어요."

"뉴턴이요?"

"음……. 미팅이 있다나 봐요. 당신도 알고 있을 거라던데요."

"미팅이요?" 그는 골똘히 생각하며 커피를 마셨다. "아. 화학 공학 협회를 말하는 거군요. 뉴턴이 거길 왜 가려 하죠?"

"글쎄요. 함께 갈 생각이 있으면 오늘 오후에 당신한테 들러서 이야기를 나누고 싶다고 했어요. 오후에 일하세요?"

"아니요. 일요일에는 일 안 합니다." 무심한 그의 목소리 톤은 별 변화가 없어 보였지만, 그의 마음은 이미 날뛰기 시작했다. 드디어 기회가 굴러 들어왔다. 이틀 전에 절반 정도 기획해 놓은 계획이 있는데, 만약 뉴턴이 그의 집으로 온다면……. "뉴턴과의 대화는 늘 환영이죠. 몇 시쯤 올 거라고 했나요?"

"그런 말은 안 했어요." 그녀는 커피를 다 마신 뒤 의자 옆 바닥에 컵을 내려놓았다. 여기에서도 집에서 하듯 편하게 행동하는군, 브라이스가 생각했다. 하지만 그런 건 아무 상관없었다. 카누티 교수나 아이오와에 있는 그의 동료들이 했던 형식적인 행동이 아닌, 정말로 어디에도 얽매이지 않는 자연스러운 몸짓이었다.

"뉴턴 씨가 최근 들어 말이 없어졌어요." 그녀의 말투에 긴장감이 살짝 서려 있었다. "솔직히 이제는 얼굴도 잘 볼 수가 없어요." 목소리도 어쩐지 음울해졌다. 브라이스는 두 사람 사이에 무슨 일이 있었는지 궁금했다. 그녀가 여기에 있는 것 역시 기회일 수도 있겠다는 생각이 들었다. 그에게 다시는 돌아오지 않을 기회.

"어디 아픈 걸까요?" 만약 베티 조와 대화의 물꼬를 틀 수 있다면…….

"그런 것 같지는 않아요. 기분도 좋아 보이고 유쾌하거든 요." 그녀는 브라이스에게 고개를 돌리지 않고 앞에서 반짝대 며 타오르는 뜨거운 열원만 응시하고 있었다. "가끔은 브리나 르데라는 프랑스 남자와 이야기를 나누고, 또 어떨 때는 나와 이야기를 나눠요. 간혹 방 안에 그냥 앉아 있기도 하고요. 며 칠씩이나요. 술을 마시고 있을 수도 있겠죠. 그럴 때는 물론 이야기를 나눌 수가 없어요."

"브리나르데는 뭘 하죠? 그 사람 직업이 뭐예요?"

"모르겠어요." 그녀가 잠깐 브라이스를 바라보고는 곧바 로 난로로 시선을 옮겼다. "경호원 같아요." 그러고는 다시 브 라이스에게로 고개를 돌렸다. 얼굴에 근심과 불안이 가득했 다. "브라이스 씨, 브리나르데는 총을 소지하고 있어요. 그 사 람의 움직임을 봐서 알겠지만 정말 빠르잖아요." 그녀는 마치 엄마라도 된 듯 고개를 절레절레 저었다. "나는 그 사람을 믿 지 않아요. 뉴턴 씨도 마찬가지일 거라 생각하고요."

"원래 돈 많은 사람들은 경호원을 데리고 있어요. 게다가 브리나르데는 비서이기도 하잖아요, 안 그래요?"

그녀가 쓴웃음을 툭 내뱉었다. "뉴턴 씨는 계약서를 쓰지 않아요."

"그럴 것 같긴 합니다."

그녀는 여전히 난로를 응시하며 얌전하게 물었다. "술 좀 마실 수 있을까요?"

"물론이죠."

그가 자리에서 벌떡 일어났다. "진 어때요?"

그녀가 그를 올려다보았다. "네, 좋아요." 그녀는 왠지 구슬퍼 보였다. 이 여자는 무척 외롭고, 이야기를 나눌 사람이 사실상 없겠구나, 라는 깨달음이 문득 다가왔다. 브라이스는 그녀에게—시대에 뒤처진 길 잃은 시골 촌뜨기에게—동정심이 들었지만, 유도 심문을 해서 필요한 정보를 빼낼 수 있을 만한, 아주 쓸모 있는 여자라는 생각에 몹시 흥분되었다. 진을 조금 먹인 다음 잠깐 난로를 보며 멍하니 있게 만들면, 그리고 입을 열기를 기다리기만 하면, 원하는 정보를 얻을 수 있을 터였다. 그는 마키아벨리가 된 것 같은 기분에 미소가 싱긋 새어 나왔다.

그가 주방으로 들어가 싱크대 위의 선반에서 진 병을 꺼내고 있는데 그녀가 거실에서 말했다. "설탕도 좀 넣어 주시겠어요?"

"설탕이요?" 상당히 독특한 발상이었다.

"네. 세 숟가락 정도요."

"알겠어요." 그가 고개를 절레절레 흔들며 답하곤, "당신 이름이 뭐였죠? 잊어버렸네요."라고 덧붙였다.

그녀의 목소리는 아직도 긴장 상태였다. 마치 떨리는 목소리를, 울 것 같은 목소리를 숨기려는 듯이. "제 이름은 베티 조예요. 베티 조 모셔."

베티 조의 대답에는 어떤 부드러운 자존감이 녹아 있었고, 그는 그녀의 이름을 기억하지 못한 자신이 부끄러웠다. 브라이스는 그녀를 이용하려는 자신의 속셈에 민망한 마음이 들었다. "켄터키 출신인가요?" 그는 최대한 공손하게 묻고, 유리잔 가득 술을 부은 다음 휘휘 저었다.

"네. 어바인이요. 어바인에서 10킬로미터 정도 떨어져 있어요. 여기서 북쪽이고요."

그가 잔을 가져가 건네자 베티 조가 고마워하며 고상한 척하는 몸짓으로 술잔을 받았다. 그러나 그녀의 의도와 달리 그 모습은 어딘가 측은하고 우스워 보였다. 그는 이 여자가 좋아지기 시작했다. "부모님은 살아 계세요?" 그녀가 아니라 뉴턴에 대한 정보를 캐내려 했다는 사실이 브라이스의 머릿속에 떠올랐다. 그의 마음은 왜 항상 중요한 지점에서 옆길로 새는 것일까?

"엄마는 돌아가셨어요." 그녀가 진을 홀짝이더니 생각에 잠긴 듯 입안에서 술을 굴리다가 꿀꺽 삼키고 눈을 깜빡였다.

"저는 진을 정말 좋아해요." 말을 계속했다. "아빠는 정부에 농장을 팔았어요. 정부가 그…… 수경……."

"수경재배 농장이요?"

"맞아요. 형편없는 음식을 만들어 내는 농장이죠. 어쨌든 아빠는 지금 개발 중인 시카고에서 생활 보조금을 받고 있어요. 토미를 만나기 전까지 루이빌에서 제가 그랬던 것처럼요."

"토미요?"

그녀가 씁쓸하게 웃었다. "뉴턴 씨요. 가끔 그를 토미라고 불러요. 그가 그 이름을 좋아한다고 생각했거든요."

브라이스가 그녀에게서 눈을 돌리고 숨을 내쉬더니 말했다. "뉴턴은 언제 처음 만났어요?"

그녀는 진을 한 모금 더 마시고 음미한 뒤 삼켰다. 그러고는 부드럽게 미소 지었다. "엘리베이터에서요. 루이빌의 어느 엘리베이터를 타고 올라가는 중이었어요. 정부에서 주는 생활 보조금을 받으러요. 그때 토미도 엘리베이터 안에 있었고요. 세상에, 그 사람은 정말 이상해 보였어요! 거기서 토미는 다리가 부러졌지요."

"다리가 부러졌다고요?"

"네, 이상하게 들리겠지만 사실이에요. 엘리베이터가 뉴턴 씨에겐 너무 과했던 거죠. 그가 얼마나 가벼웠는지 당신은 모를 거예요."

"어느 정도였는데요?"

"정말 말도 안 되게 가벼웠어요. 한 손으로 들 수 있을 정도로요. 뉴턴 씨의 뼈는 분명 새의 뼈보다 약할 거예요. 그는 정말 특이한 남자라고요. 그리고 친절하죠. 똑똑하고 돈도 많고 인내심도 대단하고요. 그런데요, 브라이스 씨……."

"네?"

"브라이스 씨, 제 생각엔 뉴턴 씨가 아픈 것 같아요. 아주 많이요. 몸이 정말 안 좋은가 봐요. 평소에 약을 얼마나 많이 먹는지 글쎄, 당신이 직접 봐야 한다니까요! 그리고…… 마음에도 병이 있는 모양이에요. 도와주고 싶지만 어디서부터 시작해야 할지 전혀 모르겠어요. 게다가 그 사람은 의사가 근처에 오지도 못하게 해요." 그녀는 진을 다 마시고 가십거리를 얘기하려는 듯 몸을 앞으로 기울였다. 그러나 그녀의 얼굴은 무척 슬퍼 보였다. 가십거리라고 치부해 버리기에 그녀의 슬픔은 진심이었다. "브라이스 씨, 그 사람은 잠을 아예 자지 않는 것 같아요. 그와 함께 산 지 1년이 다 되어 가는데, 잠든 모습을 본 적이 단 한 번도 없어요. 뉴턴 씨는 그냥 인간이 아니에요."

카메라 렌즈가 열리듯 브라이스의 마음이 열리고 있었다. 뒷덜미에 한기가 서리기 시작해 어깨를 지나 척추까지 퍼져 갔다.

"진 더 마실래요?" 그가 물었다. 그러고는 반은 웃는 듯 반은 흐느끼는 듯한 어떠한 감정을 느끼며 입을 열었다. "저도 함께 마실게요."

베티 조는 브라이스의 집을 나서기 전까지 두 잔을 더 마셨다. 뉴턴에 대해 그렇게 많은 이야기를 하진 않았다. 아마 브라이스가 더 물어봐야 했음에도 더 묻지 않았기 때문일 것이다. 그러나 그녀가 집을 나설 때—그녀는 술병을 들고 있는 뱃사람처럼 전혀 비틀대지 않았다—코트를 걸치며 이렇게 말했다. "브라이스 씨, 저는 어리석고 무지한 여자예요. 이런 저와 대화를 나눠 주어서 정말 고마워요."

"저도 즐거웠습니다." 그가 말했다. "언제든지 오세요."

그녀가 그를 보고 눈을 깜빡였다. "그래도 돼요?"

조금 전에는 솔직한 심정을 그대로 표현하지 못했지만, 이제는 그 말의 진짜 의미를 입 밖으로 꺼냈다. "당신이 다시 와 줬으면 좋겠어요." 그러고는 덧붙였다. "저 역시 대화를 나눌 사람이 별로 없거든요."

"고마워요." 베티 조가 집 밖 겨울의 오후 속으로 발을 내디뎠다. "우리 세 사람이 같이 얘기하면 되겠네요, 그렇죠?"

뉴턴이 그의 집에 오려면 몇 시간이 더 지나야 할지 몰랐지만, 제시간에 준비를 마치려면 서둘러야 한다는 건 브라이스도 잘 알고 있었다. 몹시 흥분되고 초조한 마음으로 옷을 갈아입으면서 계속 중얼거렸다. "매사추세츠 사람이 아니야. 화성인이야. 무조건 화성인이라고……." 그는 뉴턴이 화성인이 길 바라는 걸까?

그는 옷을 다 입고 코트를 걸친 뒤 연구실로 가기 위해 집을 나섰다. 걸어서 5분이었다. 밖에는 눈이 내리고 있었고, 매서운 추위가 그의 주의를 흩어뜨리고 마음속을 휘젓고 다니는 생각과 수수께끼로부터 잠시나마 벗어날 수 있게 했다. 연구실에 가서 적절한 장비들을 챙기고 제시간에 준비만 해 놓는다면 단번에 풀어낼 수 있는 문제였다.

연구실에 직원 세 명이 있었고, 브라이스는 날씨에 대해 이야기하는 그들에게 아무런 대답도 하지 않고 무뚝뚝하게 굴었다. 금속 연구실에 있는 작은 장치들을—X선의 응력과 분석에 사용되곤 하는 장치들을—해체하기 시작했을 때 직원들이 의아해하는 걸 눈치챘지만, 그는 모르는 척 눈썹만 들썩였다. 장치 해체는 오래 걸리지 않았다. 카메라와 경량 음극선 발생 장치, 즉 음극선관*을 고정한 볼트만 프레임에서 제거하면 되었다. 혼자서 충분히 해낼 수 있었다. 월드 컬러가 제작한 고속 X선 필름을 카메라에 꼭 맞게 끼우고, 한 손에는 카메라를, 다른 손에는 음극선관을 들고 떠났다. 그리고 연구실

---

* 음극선 즉 전자빔을 발생시키는 높은 진공의 유리 진공관

문을 닫기 전 직원들에게 말했다. "다들 오전까지만 근무하는 게 어떻겠나? 괜찮지?"

그들은 살짝 당황한 듯했지만 한 직원이 "네, 알겠습니다. 브라이스 박사님."이라 답하고는 직원들을 쳐다보았다.

"그래." 브라이스는 문을 닫고 떠났다.

브라이스의 거실에 있는, 벽난로를 모방한 전기난로 옆에 한 번도 사용하지 않은 에어 덕트*가 있었다. 20분간 구시렁 대며 작업을 한 뒤에야 에어 덕트 뒤편에 있는 격자무늬 쇠살 대에 카메라를 설치하고 셔터를 활짝 열어 놓는 데 성공했다. 다행히도 월드 컬러 필름은 뉴턴의 수많은 특허들처럼 이전 필름들보다 기술적으로 대단히 큰 발전을 이룬 물건이었다. 그 필름은 가시광선의 영향을 전혀 받지 않았다. 오직 X선만 이 필름을 감광시킬 수 있었다.

음극선 발생 장치 내부의 관 역시 월드 컬러 장비였다. 마치 스트로브 라이트처럼 작동하여 순간적으로 응집된 X선 섬광을 내보냈고, 이는 고속 진동 연구에 굉장히 유용했다. 아마 그보다는 지금 브라이스의 마음속에 있는 일에 훨씬 더 유용할 것이다. 그는 주방의 빵 보관 서랍 안에 음극선관을 설치하고 음극선이 벽을 통과해 카메라의 열려 있는 렌즈를 향

---

* 공기의 통로, 즉 공기를 보내는 통풍로

하게 했다. 그런 다음 서랍 앞에서 전기 코드를 가져와 싱크대 위의 콘센트에 꽂았다. 그리고 서랍 안으로 손을 넣어 음극선관에 전기를 공급할 작은 변압기의 스위치를 탁 누를 수 있게끔 서랍을 살짝 열어 놓았다.

다시 거실로 돌아와 정확히 카메라와 음극선관 사이에 가장 편안한 의자를 놓았다. 그런 다음 브라이스는 다른 의자에 앉아서 토머스 제롬 뉴턴이 오기를 기다렸다.

4

　기다림은 길었다. 브라이스는 출출해졌다. 샌드위치를 먹
으려고 했지만 어차피 다 먹지도 못할 터였다. 계속 서성이다
가 탐정 소설을 다시 집어 들었으나 독서에 집중이 되지 않았
다. 몇 분마다 주방으로 들어가서 빵 보관 서랍에 있는 음극
선관 위치를 확인했다. 장치가 제대로 작동하는지 확인하기
위해 on 스위치를 켜고 열이 오르기를 기다렸다가 보이지 않
는 섬광을 분출하는 버튼을 눌렀다. 섬광은 벽을 통과한 다음
의자를 통과하고 카메라 렌즈를 통과해 카메라 뒤편에 고정
된 필름을 감광시킬 것이다. 버튼을 누르자마자 그는 자기가
저지른 실수에 숨죽여 욕설을 내뱉었다. 조금 아까 필름을 노
출해 놓은 걸 멍청하게도 깜박했다.

에어 덕트에서 쇠살대를 다시 제거하고 카메라를 빼내는데 또 20분이 걸렸다. 이제 필름을 꺼내야 했다. 필름은 갈색을 띠고 있었다. 적절하게 노출된 상태라는 의미였다. 필름통에서 새로 하나를 꺼내 노출된 필름과 교체했다. 뉴턴이 문을 두드릴까 걱정되어 식은땀을 줄줄 흘리며 에어 덕트에 카메라를 다시 설치하고 렌즈를 확인했다. 손을 부들부들 떨면서, 그러나 조심스럽게 카메라를 의자 쪽으로 향하게 하고 쇠살대에 내려놓았다. 렌즈가 쇠살대의 살에 걸리지 않게끔 쇠살대 구멍에 잘 맞춰져 있는지 확인했다.

소매를 걷어 올려 손을 씻고 있는데 현관문에서 노크 소리가 났다. 수건으로 손을 닦으며 애써 침착하게 현관으로 걸어가 문을 열었다.

눈발 날리는 배경 속에 토머스 제롬 뉴턴이 선글라스를 끼고 얇은 재킷을 입은 채 서 있었다. 그는 마치 빈정대는 듯 보이는 미소를 쌜쭉 지었다. 베티 조와 다르게 전혀 추워 보이지 않았다. 그래, 화성. 브라이스는 그를 집안으로 들이며 생각했다. 화성은 추운 행성이지.

"안녕하세요." 뉴턴이 인사했다. "제가 방해가 된 건 아닌지 모르겠습니다."

브라이스는 목소리에 침착함을 유지하려 애썼다. 그리고 그렇게 해내는 자신의 뜻밖의 능력에 내심 흠칫했다. "별말씀

을요. 아무것도 하고 있지 않았습니다. 앉으시겠어요?" 그는 에어 덕트 옆에 있는 의자 쪽으로 손짓했다. 그런 행동을 하면서 그는 다모클레스의 검*이, 왕좌의 머리 위에서 번뜩이는 검이 떠올랐다.

"아니요. 괜찮습니다." 뉴턴이 답했다. "고맙지만 괜찮아요. 오전 내내 앉아만 있었거든요." 그는 재킷을 벗어 의자 등받이에 두었다. 늘 그렇듯 반소매 차림이었다. 팔 양옆으로 각 접혀 솟아 있는 소매 때문에 그의 팔이 가느다란 파이프처럼 보였다.

"마실 것 좀 드릴게요." 뭘 좀 마시면 자리에 앉겠지.

"아닙니다. 요즘 전…… 금주 중이어서요." 뉴턴은 옆쪽 벽으로 다가가 브라이스의 그림을 살폈다. 브라이스가 자리에 앉는 동안 그는 아무 말 없이 가만히 서 있었다. 그러더니 말했다. "좋은 그림이네요, 브라이스 박사님. 브뤼헐 그림 맞죠?"

"네." 당연히 브뤼헐 작품이었다. 브뤼헐의 그림이라는 걸 모르는 사람은 아무도 없을 것이다. 뉴턴은 왜 앉지 않을까? 브라이스는 손가락 마디를 구부려 가며 우두둑 소리를 내다가 곧 멈추었다. 뉴턴은 우두커니 서서 뼈밖에 없는 손으로 머리를 매만지며 눈이 녹아 생긴 물방울을 탁탁 털었다. 키가 조금

---

* 고대 그리스의 이야기로, '다모클레스의 검'은 권력이 강해질수록 위험도 증가한다는 사실과 과거에 행한 행위가 비수가 될 수 있다는 메시지를 담고 있다.

더 컸으면 그의 손가락 뼈가 천장에 흠집을 냈을 것이다.

"제목이 뭡니까?" 뉴턴이 물었다. "이 그림이요."

뉴턴은 분명 알고 있을 것이다. 워낙 유명한 그림이었으니까.

"〈이카로스의 추락〉입니다. 물에 빠진 이카로스죠."

뉴턴은 계속 그림을 들여다봤다. "정말 멋지군요." 그가 말했다. "배경도 우리와 많이 비슷하고요. 산이며, 눈, 물도." 그러더니 몸을 틀어 브라이스를 바라보았다. "하지만 그림 속에서 누군가는 밭을 일구고 있군요. 태양은 더 낮게 떠 있고요. 오후인 모양이네요……."

여전히 초조하고 언짢은 브라이스의 목소리는 무뚝뚝하게 들렸다. "왜 더 이른 때가 아닐 거라 생각하십니까?"

뉴턴의 미소는 무척 기이했다. 그의 두 눈은 저 멀리 어느 지점을 향해 있는 듯했다. "아침 같아 보이지는 않는데요, 안 그런가요?"

브라이스는 답을 하지 않았다. 어찌 됐든 뉴턴의 말이 옳았다. 당연히. 이카로스가 추락할 때 태양은 가장 높이 떠 있었다. 이카로스는 한참 동안 떨어졌을 것이다. 그림에서 태양은 수평선 아래로 절반 정도 내려가 있고, 그의 다리와 무릎은 강물의 표면에서 버둥대고 있었다. 강은, 자신의 무모함을 인지하지 못한 이카로스가 익사한 그 강은 추락 후의 순간을 보여 주었다. 그러니 분명 정오쯤 추락이 시작됐을 것이다.

뉴턴은 추측을 멈추었다. "베티 조가 말하길, 나와 함께 시카고에 갈 의향이 있으시다고 하던데, 맞습니까?"

"네. 그렇긴 하지만, 왜 시카고에 가려고 하시는지요?"

뉴턴은 브라이스의 눈에 아주 이상해 보이는 행동, 어깨를 들썩이더니 손바닥을 바깥으로 보이게 들어 올렸다. 분명 브리나르데한테 배운 제스처일 것이다. 그러더니 "아, 화학자가 더 필요해서요. 화학자를 고용할 좋은 기회일 거라 생각했거든요."

"저는요?"

"당신도 화학자이지요. 당신은 오히려 화학 공학자에 더 가깝죠."

브라이스는 망설이다가 입을 열었다. 그가 하려는 말이 무례할 수도 있겠지만, 뉴턴은 상대의 솔직함을 크게 신경 쓰는 사람 같지 않았다. "뉴턴 씨, 회사에 인사부 직원들 많지 않나요?" 브라이스는 그렇게 물으며 어색한 웃음을 지었다. "저 같은 경우, 당신을 만나기 전까지 수많은 인사부 병사들과 싸우며 제 길을 헤쳐 나가야 했습니다."

"네, 그렇군요." 뉴턴이 돌아서서 그림을 다시 슬쩍 보았다. "어쩌면 정말로 제가 원하는 건…… 휴가일지도 모르겠습니다. 새로운 곳을 가 보는 거요."

"시카고에는 한 번도 가 본 적이 없으세요?"

"네, 없어요. 아무래도 저는 이 세계의 은둔자 같은 존재인가 봅니다."

그 말에 브라이스의 얼굴이 붉어졌다. 그는 전기난로가 만들어 낸 인공 불 쪽으로 돌아섰다. "크리스마스 휴가를 보내기 최고로 좋은 곳이 시카고라고 할 수는 없죠."

"전 추운 날씨에 대한 거부 반응이 없습니다." 뉴턴이 말했다. "당신은요?"

브라이스가 초조해하며 웃었다. "저는 당신처럼 추위에 강하지 않습니다. 하지만 견뎌 낼 수는 있죠."

"좋습니다." 뉴턴이 의자로 가서 재킷을 들어 입기 시작했다. "당신과 함께 가게 되어 기쁩니다."

나설 채비를 하는 그를 보고 있으니 브라이스는 마음이 급해져 안절부절못했다. 이런 기회는 또 없을 것이다. "저기, 잠깐……." 그가 변변찮은 말을 툭 내뱉었다. "음…… 저 혼자라도…… 술 한잔하겠습니다."

뉴턴은 아무 말도 하지 않았다. 브라이스는 거실을 떠나 주방으로 향했다. 문을 빠져나가면서 뉴턴이 아직 의자 뒤에 서 있을까 싶어 뒤를 돌아보았다. 심장이 쿵 내려앉았다. 뉴턴이 그림으로 다시 다가가 진지하게 살펴보고 있었다. 뉴턴의 머리가 그림보다 최소한 30센티미터 이상 위에 있었기 때문에 그는 허리를 반쯤 숙인 상태였다.

브라이스는 더블 스카치를 직접 따르고 그 잔에 수돗물을 채웠다. 술에 얼음을 넣어 먹는 걸 좋아하지 않았다. 싱크대 옆에 서서 술 한 모금을 잽싸게 마신 다음, 운도 지지리 없지, 라고 생각했다. 뉴턴이 서 있기로 마음먹은 것 같다고 단정한 브라이스는 숨죽여 욕을 퍼부었다.

그러고 다시 거실로 돌아오자, 뉴턴이 자리에 앉아 있는 모습이 보였다.

뉴턴이 브라이스에게 고개를 돌렸다. "조금 더 있다가 가는 게 나을 것 같군요." 그가 말했다. "우리의 계획에 대해 함께 이야기 나눠 보죠."

"물론입니다." 브라이스가 답했다. "당연히 그래야죠." 그는 잠시 언 것처럼 꼼짝 못 하고 서 있다가 급하게 입을 뗐다. "아…… 얼음을 깜빡했네요. 술에요. 잠시만요." 그리고 다시 주방으로 돌아갔다.

빵 서랍 안으로 손을 넣고 스위치를 돌리자 손이 덜덜 떨렸다. 음극선관을 예열시키는 동안 냉장고로 가 얼음통에서 얼음을 꺼냈다. 지금까지 살아오면서 발전된 기술에 감사한 적이 몇 차례 있었는데, 지금이 그중 하나였다. 더 이상은 딱딱한 얼음 트레이에서 낑낑대며 얼음을 꺼낼 필요가 없음에 신께 감사드렸다. 술에 얼음 두 개를 넣다가 셔츠에 술이 조금 튀었다. 다시 빵 서랍으로 가서 심호흡을 하고 버튼을 눌렀다.

그 순간, 감지가 불가능할 정도로 작은 웅웅거리는 소리가 들리더니 이내 고요해졌다.

브라이스는 스위치를 끄고 거실로 돌아갔다. 뉴턴은 난로의 불을 바라보며 아직 의자에 앉아 있었다. 그동안 브라이스는 에어 덕트의 뒤편에서 눈을 떼지 못했다. 그곳 카메라에 장착된 필름은 이제 빛에 노출된 상태일 것이다.

그는 불안감을 떨쳐 내려 머리를 흔들었다. 일이 다 마무리된 지금 자기 자신을 배반하는 일은 우스운 짓이었다. 그리고 그는 스스로가 친구를 저버린 배신자처럼 느껴졌다.

뉴턴이 말했다. "우리도 하늘을 날게 될 것 같습니다."

하지만 브라이스도 어쩔 수 없었다. "이카로스처럼 말입니까?" 농담하듯 건넸다.

뉴턴이 웃었다. "다이달로스에 더 가깝죠. 익사하는 걸 즐길 리 없으니까요."

이번엔 브라이스가 일어서 있을 차례였다. 그는 뉴턴과 얼굴을 마주 보며 앉아 있고 싶지 않았다. "당신의 비행기를 타고요?"

"네. 크리스마스 아침에 출발할 겁니다. 브리나르데가 시카고 공항에 자리를 마련해 놓는다면요. 그날은 무척 혼잡하겠죠."

브라이스는 평소보다 훨씬 빠르게 술을 다 마셨다. "꼭 크리스마스라서 그런 건 아닐 겁니다." 그가 말을 이었다. "한참 혼잡한 시기이죠." 그러고는 물어봐야 할 이유를 잘 알지도 못하면서 이런 질문을 했다. "베티 조도 함께 갑니까?"

뉴턴이 머뭇거렸다. "아니요. 우리 둘만 갑니다."

지난날 두 사람이 호숫가에 앉아 함께 진을 마시며 이야기를 나누던 때처럼 뭔가 앞뒤가 맞지 않는 약간 비이성적인 느낌이 들었다. "베티 조가 당신을 그리워하지 않을까요?" 그가 물었다. 물론 그 부분은 그가 상관할 바 아니었다.

"어쩌면요." 뉴턴은 그의 질문을 불쾌해하지 않는 듯했다. "저 역시 그녀를 그리워할 것 같군요, 브라이스 박사님. 어쨌든 그녀는 가지 않습니다." 그리고 말 한 마디 없이 조금 더 오랫동안 불을 바라보았다. "크리스마스 아침 여덟 시면 떠날 준비가 될 것 같나요? 브리나르데를 당신 집으로 보내서 모셔 오라고 하겠습니다. 원하신다면요."

"좋습니다." 브라이스는 고개를 뒤로 홱 젖혀 남은 스카치를 입속으로 털어넣었다. "얼마나 머무를 생각이신지요?"

"최소 이틀, 혹은 사흘이요." 뉴턴이 자리에서 일어나 다시 재킷을 입기 시작했다. 브라이스의 가슴에 안도의 물결이 파도처럼 번졌다. 더는 감정을 억누를 수 없을 것 같은 기분이 들었다. 그 필름에……

"당신한테 깔끔한 셔츠가 몇 장 필요할 것 같군요." 뉴턴이 말을 이었다. "비용은 제가 드리죠."

"왜 아니겠습니까?" 브라이스가 약간 초조한 듯 웃었다. "백만장자이시니까요."

"그렇죠." 뉴턴이 재킷의 지퍼를 올렸다. 브라이스는 여전히 자리에 앉은 채로 위를 올려다보며 피부가 햇볕에 그을린, 그리고 삐쩍 마른 뉴턴이 동상처럼 우뚝 솟아 있는 모습을 쳐다보았다. "그렇습니다. 저는 백만장자죠."

뉴턴은 현관문 아래로 상체를 숙이고 나가 눈 속으로 사뿐히 걸어갔다……

브라이스의 손가락이 흥분으로 떨리고 있었다. 흥분을 주체하지 못하고 떨리는 손가락이 부끄러웠다. 에어 덕트의 쇠살대를 꺼내 카메라를 떼어 내고 소파 위에 내려놓은 다음 필름을 빼냈다. 그러고는 오버코트를 입고 필름을 코트 주머니에 조심스레 넣은 뒤 이제는 제법 두툼하게 쌓인 눈 속을 가르며 연구실로 향했다. 그가 할 수 있는 일이라고는 최대한 뛰지 않는 것뿐이었다.

연구실에는 아무도 없었다. 직원들을 빨리 쫓아낼 수 있어서 정말 천만다행이었다! 곧장 현상 및 영사실로 갔다. 연구실이 무척 추웠지만 히터를 켜자고 이 모든 행동을 멈출 순 없었다. 그는 오버코트를 벗지 않았다.

가스로 현상되는 필름 통에서 음화된 필름을 꺼냈을 때는 두 손이 너무 떨려서 장치 안으로 필름을 넣기 불가능할 정도였다. 그러나 그는 해냈다. 겨우 해냈다.

영사기 스위치를 돌리고 먼 벽의 스크린을 바라보았더니 손의 떨림이 멈추고 호흡이 목구멍에 턱 걸렸다. 꼬박 1분간 스크린을 응시했다. 그러다 갑자기 몸을 돌려 영사실에서 나가 연구실로 향했다. 지금은 비어 있는 줍고 기다란 연구실로, 잇새로 휘파람을 불면서. 어떤 이유에서인지 버디 G. 드실바와 존 메이어의 노래 〈If you knew Susie, like I know Susie(내가 수지를 알 듯 당신이 수지를 알았다면)〉 멜로디를 흥얼대고 있었다.

연구실에서 그는 큰 목소리로, 그러나 잔잔하게 웃기 시작했다. "그래." 그의 말소리가 저 멀리 연구실 끝 벽에서 다시 되돌아왔다. 시험관 선반과 분젠 버너, 유리 용기들과 쇠붙이를 녹이는 도가니, 실험용 장비들 너머 울려 퍼졌다. 어쩐지 공허한 느낌이었다. "그래." 그가 말했다. "그렇군요. 룸펠슈틸츠헨."

영사기에서 필름을 제거하기 전 그는 벽에 뜬 이미지를 다시 응시했다. 안락의자와 말도 안 되는 신체의 말도 안 되는 뼈 구조, 그 희미한 윤곽이 나타나 있는 이미지를. 흉골도 없고 꼬리뼈도 없고 부유 늑골도 없었으며, 연골성 경추와 작고 뾰족한 견갑골이 존재하고, 두 번째와 세 번째 갈비뼈가 융합

되어 있었다. 이럴 수가. 그가 생각했다. 세상에. 금성. 천왕성, 목성, 토성 아니면 화성이야. 이럴 수가!

그리고 필름 아래쪽 구석에 거의 알아볼 수 없는 글자가 적혀 있었다. W. E. Corp.(월드 엔터프라이즈). 1년도 더 전에, 그가 컬러 필름의 출처에 대해 제일 처음 알아보고 다녔을 때부터 알고 있던 그 글자의 의미가 섬뜩한 암시로 그에게 돌아왔다. *World Enterprises Corporation.*

5

두 사람은 비행기에서 거의 대화를 하지 않았다. 브라이스는 금속학 연구에 관한 팸플릿을 읽으려 했지만, 마음이 싱숭생숭해서 눈에 들어오지 않았다. 그러면서 뉴턴이 한 손에는 물잔을, 다른 한 손에는 책을 들고 조용히 앉아 있는 좁다란 라운지 쪽을 가끔씩 흘긋 건너다보곤 했다. 책 제목은 《윌리스 스티븐스의 시 모음집》이었다. 시에 몰입했는지 뉴턴의 표정이 차분했다. 라운지 벽에는 학과 홍학, 왜가리, 오리들의 모습이 담긴 커다란 컬러 사진들이 걸려 있었다. 지난번 비행기를 타고 프로젝트 현장으로 첫 출장을 떠날 때는 그 사진들을 라운지 벽에 걸어 놓은 미적 감각에 감탄했었는데, 지금은 어딘가 불편하고 심지어 불길한 느낌까지 들었다. 뉴턴은 물을 홀짝이며 책장을 넘기고 브라이스를 향해 한두 번 미소를 짓기만 할 뿐 아무 말도 하지 않았다. 뉴턴의 뒤편에 있는 작은 창문을 통해 브라이스는 직사각형 모양의 칙칙한 잿빛 하늘을 보았다.

시카고에 도착하는 데는 1시간이 조금 안 걸렸고, 비행기 착륙에는 10분이 더 걸렸다. 두 사람은 용도를 알 수 없는 회색 트럭들과 결연한 표정의 군중들, 얼고 녹기를 반복해 지저분한 이랑이 된 멀건 눈더미의 혼란 속으로 들어갔다. 작은 바늘 한 뭉텅이가 찔러 대듯 바람이 얼굴을 후려쳤다. 그는 목도리 속으로 턱을 쭉 당기고 오버코트 옷깃을 바짝 세운 다음 모자를 단단하게 잡아당기면서 뉴턴 쪽을 바라보았다. 주머니에 손을 찔러 넣고서 움찔하는 걸 보니 그도 차가운 바람에 영향을 받는 모양이었다. 두툼한 오버코트를 입은 브라이스에 비해 뉴턴은 모직 트위드 재킷과 모직 바지 차림이었다. 옷을 그렇게 입은 그를 보니 낯설었다. 모자를 쓰면 어떤 모습일지 궁금하군, 브라이스가 생각했다. 화성인들은 중절모를 쓸지도 모르지.

앞이 들창코 같은 트럭 한 대가 비행기를 견인했다. 하늘에서는 품위 있던 자그마한 비행기가 지상으로 내려오니 트럭을 시무룩하게 따라가는 것처럼 보였다. 어떤 사람이 "메리 크리스마스!"라고 외쳤다. 브라이스는 그날이 크리스마스라는 걸 깨닫고 새삼 놀랐다. 뉴턴은 무언가에 사로잡힌 채 그를 지나쳤고, 브라이스는 달의 표면 같은 바닥의 지저분한 회색 돌들과 비슷한 얼음 구멍과 땅에 발을 조심스럽게 내디뎌 천천히 걸으며 뉴턴을 따라가기 시작했다.

터미널은 덥고 축축하고 시끄럽고 복잡했다. 대기실 중앙에 가짜 눈과 가짜 고드름, 악마 장식과 깜빡이는 조명으로 뒤덮인, 온통 플라스틱으로 꾸며진 아주 거대한 회전식 크리스마스트리가 세워져 있었다. 화이트 크리스마스. 군중들의 웅성거림 위로 어디에도 보이지 않는 합창단의 지나치게 감상적인 노랫소리가 종소리와 전자 오르간의 연주에 맞춰 드문드문 들려왔다. "나는 화이트 크리스마스를 꿈꿔요……." 크리스마스 시즌에 어울리는 듣기 좋은 옛 노래였다. 어딘가에 숨겨진 에어 덕트 밖으로 소나무 향이, 공공화장실에서 사용될 법한 소나무 오일 냄새가 공중으로 은은하게 퍼졌다. 모피를 입은 인상이 센 여자들이 무리 지어 서성이고, 남자들은 서류가방과 짐들, 카메라를 들고 바삐 걸어 다녔다. 술에 취해 얼굴이 붉어진 어떤 남자가 인조 가죽 재질의 안락의자에 풀썩 쓰러져 있었다. 브라이스 옆의 한 아이가 다른 아이에게 "너에게도 그런 일이 일어나길."이라고 힘주어 말했다. 브라이스는 그 아이의 답을 듣지 못했다. "너에게 행복하고 밝은 날들이 가득하길, 그리고 너의 모든 크리-이스 마-아스가 계속 화이-이트 크리-이스마-아스이길 바라!"

"터미널 건물 앞에 우리 차가 와 있을 겁니다." 뉴턴이 말했다. 그의 목소리에 괴로움의 기운이 깔려 있었다.

브라이스는 고개를 끄덕였다. 둘은 아무 말 없이 군중 사이를 지나 밖으로 나갔다. 차가운 공기에 안도감이 들었다.

유니폼 차림의 기사와 차가 그들을 기다리고 있었다. 두 사람이 차에 타고 편안해졌을 때 브라이스가 말을 꺼냈다. "시카고는 어떤 것 같습니까?" 뉴턴은 그를 가만히 쳐다보다가 입을 뗐다. "사람들에 대해선 완전히 잊고 있었네요." 그러고는 딱딱한 미소를 지으며 단테를 인용했다. "나는 죽음이 그렇게 많은 것을 망칠 거라고 생각하지 않았다." 브라이스는 만약 당신이 단테*라면—아마 당신은 그런 저주를 받겠지만—나는 버질이겠지, 라고 생각했다.

두 사람은 호텔방에서 점심 식사를 한 뒤 대표단들이 행복한 척, 중요한 사람인 척, 여유 있는 척 애쓰며 서성이고 있는 로비로 가기 위해 엘리베이터를 탔다. 로비는 당시 우아함의 대용품 격인 모던 일본 스타일의 알루미늄과 마호가니 재질 가구로 가득했다. 그들은 브라이스와 친분이 있는 사람들과

---

* 단테의 《신곡》에서 지옥 부분을 빗대어 나타낸 것. 내용을 간단히 요약하면, 단테가 밤에 길을 걷다 산짐승들에게 위협당할 때 버질(베르길리우스)이 나타나 단테를 구해 주고 그를 지옥으로 인도한다는 내용이다.

—대부분 브라이스가 좋아하지 않는 사람들과—몇 시간 동안 이야기를 나누었고, 뉴턴의 일에 관심을 보이는 것 같은 세 사람을 찾아냈다. 뉴턴과 브라이스는 그들과 인터뷰 약속을 잡았다. 뉴턴은 말을 많이 하지 않았다. 고개를 끄덕이며 소개를 하거나 간혹 한마디씩 할 때 미소를 지을 뿐이었다. 뉴턴이 누구냐는 말들이 사람들 입방아에 오르내렸을 때 몇몇 사람이 그를 주의 깊게 살폈지만, 그는 인식하지 못한 것 같았다. 브라이스는 뉴턴이 분명 상당한 심리적 압박을 받고 있을 거라는 느낌을 받았다. 그러나 그의 얼굴은 오히려 언제나처럼 평온했다.

그들은 어느 엔지니어링 업체가 마련한 스위트 룸에서 열리는 칵테일 파티에 초대되었고, 뉴턴은 그 초대를 받아들였다. 그들을 초대한 얼굴이 가늘고 뾰족한 남자는 이에 기뻤는지 그보다 머리 하나 더 큰 뉴턴을 올려다보며 이렇게 말했다. "영광입니다. 뉴턴 씨. 당신과 이야기를 나누게 되어 정말 영광이에요."

"감사합니다." 뉴턴은 변함없는 미소를 지으며 답했다. 그러고는 남자가 사라지자 브라이스에게 말했다. "밖을 좀 걸었으면 좋겠습니다. 같이 가실래요?"

브라이스는 안도하며 고개를 끄덕였다. "여부가 있겠습니까."

엘리베이터로 가는 길에 그는 잘빠진 정장 차림에 큰 목소리로 으스대며 대화 중인 남자 셋을 지나쳤다. 마침 그 앞을 지나갈 때 그들 중 한 남자가 말했다. "……워싱턴뿐만이 아니야. 화학 전쟁에 미래가 없다고 말할 순 없지. 사람이 더 필요한 분야라고."

크리스마스인데도 상점들이 열려 있었다. 길거리에 사람들이 넘쳐 났다. 대부분이 이목구비를 앞으로 고정한 채 앞만 보고 걸었다. 뉴턴은 불안해 보였다. 전자석 수천 개가 뿜어내는, 손에 만져질 듯한 에너지장과 전자 파장이 그를 에워싸기라도 한 것처럼 사람들의 존재에 반응을 보이고 있었다. 아무래도 계속 움직이기 위해 노력하고 있는 것 같았다.

두 사람은 상점 몇 군데에 들어갔다. 그럴 때마다 머리 위의 눈부신 조명과 끈적한 열기가 그들을 공격했다. "베티 조에게 줄 선물을 사려고 합니다." 뉴턴이 말했다. 드디어 그는 액세서리 가게에서 하얀 대리석과 금으로 만들어진 정교한 디자인의 자그마한 시계를 샀다. 브라이스는 번지르르하게 포장된 상자에 시계를 넣고 뉴턴을 대신해 손에 들고 호텔로 갔다.

"그녀가 좋아할까요?" 뉴턴이 물었다.

브라이스가 어깨를 으쓱했다. "물론이죠. 좋아할 겁니다."

그리고 눈이 내리기 시작했다…….

*

오후와 저녁에 걸쳐 참석해야 할 미팅이 정말 많았지만, 뉴턴은 아무런 언급도 하지 않았다. 브라이스는 참석하지 않아도 되어 내심 다행이라고 생각했다. '도전과 실행 가능한 개념'을 주제로 한 토론 비스무리한 멍청한 미팅 따위는 전혀 쓸모가 없었다. 남은 오후 시간, 두 사람은 월드 엔터프라이즈에 관심을 보였던 남자 셋의 면접을 진행했다. 그중 둘은 봄에 시작하게 될 업무를 받아들였다. 뉴턴이 지급하는 급여를 고려하면 그럴 수밖에 없었을 것이다. 한 사람은 차량 엔진의 냉각수 관련 업무를, 다른 한 명, 아주 밝고 상냥한 청년은 브라이스 밑에서 일하게 될 예정이었다. 그 청년은 부식 작용 분야의 전문가였다. 뉴턴은 두 사람을 고용하게 되어 나름 흡족해하는 듯 보였지만, 확실히 정신이 다른 데 팔려 있는 것 같았다. 그가 면접 내내 멍하니 허공만 응시하며 집중을 하지 못해서 브라이스가 면접 대부분을 도맡아 진행했다. 면접이 끝나자 뉴턴은 한결 편안해 보였다. 그러나 무엇을 어떻게 느꼈다고 콕 집어 말하기에는 상당히 난해한 구석이 있었다. 그의 기묘하고 유별난 마음속에서 무슨 일이 일어나고 있는지, 지혜로우면서 애처로워 보이는 그의 은은한 미소에, 자연스레 지어지는 그 미소에 어떤 의미가 숨겨져 있는지 알아내면 참 흥미로울 것 같았다.

칵테일 파티는 펜트하우스에서 열렸다. 그들은 짧은 복도를 지나 파란 카펫이 깔린 넓은 공간으로 들어갔다. 공간을 가득 채운 사람들이 조곤조곤 대화를 나누고 있었다. 대부분 남자였다. 한쪽 벽면이 통유리로 되어 있어서 도시의 불빛이 정교한 분자 도형들처럼 유리 표면에 펼쳐져 있었다. 가구들은 전부 브라이스가 좋아하는 루이 15세 스타일이었다. 벽에 걸린 그림들도 훌륭했다. 바로크 푸가 풍의 부드러우면서도 맑은 음악이 어딘가의 스피커에서 흘러나왔다. 브라이스는 그게 어떤 음악인지 몰랐지만 마음에 들었다. 바흐인가? 아니면 비발디? 그는 그 공간이 좋았다. 그곳에 머물 수 있다면 파티쯤은 충분히 견뎌 낼 의향이 있었다. 그럼에도 불구하고 통유리에 어울리지 않는 무언가가 있었는데, 그건 바로 표면에 비쳐 반짝이고 있는 시카고의 전경이었다.

한 남자가 무리에서 빠져나오더니 그들에게 다가와 호감 가는 미소를 지으며 인사했다. 브라이스는 로비에서 화학 전쟁 이야기를 하던 남자라는 걸 깨닫고 흠칫했다. 아주 멋진 맞춤 정장 차림인 그 남자는 기분이 퍽 좋아 보였다. "외곽에서 이곳까지 피신 오신 걸 환영합니다." 그가 손을 내밀었다. "전 프레드 베네딕트입니다. 바는 저기 안쪽에 있습니다." 그는 무슨 속셈이 있는 듯 문간 쪽으로 고개를 끄덕였다.

브라이스는 그와 악수했다. 일부러 손에 힘을 주는 남자의 손길에 살짝 불쾌했지만, 일단 자신과 뉴턴을 소개했다.

베네딕트는 겉으로 보기에도 뉴턴을 소개받게 되어 크게

감명받은 것 같았다. "토머스 뉴턴이라니!" 그가 내뱉었다. "세상에. 오래전부터 만나 뵙길 기다렸습니다. 아시다시피 평판이 엄청나시지 않습니까. 그러니까……." 순간 당황한 모습이었다. "음…… 은둔자로서의 평판 말입니다." 그가 웃었다. 뉴턴이 늘 똑같은 차분한 미소를 지으며 그를 내려다보았다. 베네딕트는 당황함을 감추고 말을 계속 이었다. "토머스 제롬 뉴턴. 당신이 실존한다는 사실을 정말 믿을 수 없습니다. 알고 계세요? 제 장비는 월드 엔터프라이즈의 일곱 가지 프로세스를 참고하고 있어요. 그래서 제 마음속에서 당신의 모습은 컴퓨터나 뭐 이런 것들이었습니다."

"정말 컴퓨팅 기기일 수도 있습니다." 뉴턴이 말했다. "당신의 장비는 뭔가요, 베네딕트 씨?"

베네딕트는 조롱거리가 될까 봐 걱정스러운 듯 그를 잠시 바라보았다. 브라이스는 아마 그렇게 될 거라고 추측했다.

"저는 퓨처스 언리미티드 소속입니다. 용기나 그릇 같은 플라스틱 제품으로도 일부 작업을 처리하긴 하지만 대개는 화학 전쟁 업무를 하지요." 그는 분위기를 부드럽게 풀어 보려 허리를 가볍게 숙이며 뉴턴을 떠받들었다. "오, 당신은 이 분야의 신 같은 존재이십니다."

"고맙습니다." 뉴턴이 말했다. 그는 바(Bar)로 이어지는 문을 향해 발을 내디뎠다. "아주 근사한 곳이군요."

"저희도 그렇게 생각합니다. 전부 저희가 마련한 것이지요." 뉴턴이 자리를 벗어나려 하자 그가 말했다. "마실 것 좀 가져올게요, 뉴턴 씨. 저희 손님들 좀 만나 보시면 좋을 것 같은데요." 베네딕트는 키만 멀대같이 큰 이 기이한 남자와 뭘 어떻게 해야 할지 확신이 서지 않았지만, 한편으로는 이대로 뉴턴을 놓칠까 봐 두려움이 앞섰다.

"아닙니다, 베네딕트 씨." 뉴턴이 말했다. "잠시 뒤에 다시 합류하도록 하죠."

베네딕트는 그 말을 달가워하지 않았으나 별다른 이의를 제기하지도 않았다.

바가 있는 곳으로 들어가자 브라이스가 말했다. "당신이 이렇게 유명한지 몰랐습니다. 1년 전 당신을 찾으려고 했을 때는 당신에 대해 아는 사람이 아예 없었어요."

"비밀을 영원히 간직할 수는 없죠." 이번에 그는 미소를 짓지 않았다.

바가 있는 방은 다른 방들보다 작았지만 우아한 분위기는 마찬가지였다. 반들반들 윤이 나는 바 위쪽에 마네의 〈풀밭 위의 점심 식사〉가 걸려 있었다. 나이가 지긋한 백발의 바텐더는 다른 방들에 있는 과학자나 사업가들보다 훨씬 더 기품 있어 보였다. 브라이스는 바에 앉아 있다가 4년 전 백화점에서 구입한 자신의 회색 정장이 허름하다는 걸 인식했다. 셔츠의 옷깃도 해져 있고 소매도 축 늘어져 있었다.

브라이스는 마티니를 주문했고, 뉴턴은 얼음 뺀 생수를 주문했다. 바텐더가 음료를 준비하는 동안 브라이스가 방을 둘러보며 말했다. "가끔은 박사 학위를 땄을 때 다른 동료들처럼 회사에 취직했어야 했다는 생각이 들곤 합니다." 그가 메마른 웃음을 지었다. "지금은 1년에 8만 달러를 버니까 이렇게 살 수 있는 거겠죠." 그러면서 아름답게 차려입은 중년의 여자에게, 작정하고 돈과 쾌락을 좇으려는 표정과 몸매의 그녀에게 잠시 시선을 고정하고 그쪽을 향해 손짓했다. 초록색 아이섀도와 섹스를 갈망하는 입이 그의 눈에 들어왔다. "인형 브랜드 큐피의 인형을 제작하는 데 쓰일 신소재 플라스틱이나 선외 모터의 윤활유 같은 걸 개발할 수 있었을 텐데……."

"또는 독가스요?" 뉴턴이 물을 건네받고 작은 은색 케이스를 열어 알약을 꺼냈다.

"안 될 이유 없죠." 브라이스는 마티니를 쏟을까 봐 조심스레 받아 들었다. "누군가는 독가스를 만들어야 할 겁니다." 그는 술을 홀짝였다. 마티니는 너무 드라이했다. 목구멍과 혀가 타는 것 같아서 목소리를 한 옥타브 밀어 올렸다. "전쟁을 막기 위해서는 독가스 같은 것들이 필요하다고들 하지 않나요? 이미 증명된 사실입니다."

"그래요?" 뉴턴이 반문했다. "대학에서 강의하기 전 수소 폭탄과 관련된 일을 하지 않았습니까?"

"했습니다. 어떻게 아셨죠?"

뉴턴이 그에게 미소를 지었다. 늘 짓던 자동반사적인 미소가 아니라 진심으로 즐거워하는 미소였다. "당신을 조사해 봤습니다."

브라이스는 마티니를 크게 한 모금 마셨다. "무엇 때문에요? 제 충성심을 확인하려고요?"

"오…… 흥미로운 발상이군요." 뉴턴은 잠시 아무 말 하지 않다가 다시 물었다. "왜 폭탄 관련 일을 한 거죠?"

브라이스는 1분간 생각에 잠겼다. 그러다 문득 여기 바에 앉아서 자기가 이 화성인의 고해 성사를 들어 주는 사제 역할을 하고 있다는 생각이 들어 피식 웃음이 났다. 한편으로는 꽤 그럴듯하기도 했다. "처음에는 내가 하고 있는 일이 폭탄을 제조하는 거라는 사실을 몰랐습니다." 그가 말했다. "그때는 순수 과학이라 믿었어요. 별에 도달하기 위한 과학. 원자의 비밀이라고 믿었죠. 혼란스러운 세상에서 우리의 유일한 희망이었습니다." 브라이스는 마티니를 전부 들이켰다.

"그럼 이제 더는 그런 걸 믿지 않나요?"

"네."

다른 방에서 흐르던 음악이 마드리갈*로 바뀌었다는 걸 그

---

* 14세기 이탈리아에서 일어난 자유로운 형식의 가요. 명랑하고 즐거운 분위기의 노래가 많으며 보통 반주가 없고 합창으로 부른다.

는 어렴풋이 인식했다. 옛 다성 음악이 그의 순진함이 빚은 잘못된 결과를 암시하는 것처럼 섬세하고 복잡하게 진행되고 있었다. 그 결과는 잘못된 것이 맞을까? 순수 예술과 복잡한 예술이란 것이 정말 없었을까? 그렇다면 타락한 예술은? 예술이 그러하듯 과학도 그렇지 않을까? 화학이 식물학보다 더 타락할 수도 있지 않았을까? 하지만 그렇지 않았다. 사용 목적, 그리고 최종 목표가 문제였다…….

"제 생각에도 믿지 않을 것 같군요." 뉴턴이 말했다.

"마티니를 한 잔 더 마셔야겠습니다." 브라이스가 말했다. 훌륭하지만 확실히 타락의 맛이 느껴지는 마티니였다. 마음속 어딘가에서 '믿음이 적은 자들아*.'라는 말이 떠올랐다. 그는 샐쭉 웃으며 뉴턴을 바라보았다. 뉴턴은 허리를 꼿꼿하게 세우고 앉아 물을 마시고 있었다.

두 번째 마티니는 목구멍을 그렇게 심하게 얼얼하게 만들지 않았다. 한 잔 더 주문했다. 어쨌든 화학 전쟁 남자가 다 지불했다니까. 아니면 납세자, 즉 그 회사 대표가 냈거나. 어떻게 보느냐에 달린 문제였다. 그는 어깨를 들썩였다. 어쨌거나 누구나, 다들 돈을 낼 터였다. 매사추세츠에서도 화성에서도. 어디에서든 누구나 돈을 내야 했다.

"다른 방으로 가시죠." 브라이스는 새로운 마티니를 손에

---

* 성경에 나온 구절로, 예수 그리스도가 제자들에게 하는 말이다. 예수가 제자들에게 믿음의 부족을 비판하고 믿음을 가질 수 있도록 격려하는 의미를 담고 있다.

들고 쏟아지지 않게 조심히 홀짝였다. 코트 밖으로 다 해진 두꺼운 손목 밴드처럼 생긴 셔츠 소매가 볼썽사납게 비죽 튀어나와 있다는 것 정도는 알고 있었다.

두 사람이 바가 있는 방문을 지나 큰 방으로 들어가는데, 키가 작고 통통한 남자가 약간 취해서 떠들어 대며 그들 앞을 막았다. 브라이스는 남자가 그를 알아보지 못하길 바라며 재빠르게 돌아섰다. 남자는 아이오와 펜들리의 펜들리 대학 교수인 월터 카누티였다.

"브라이스!" 카누티가 소리쳤다. "세상에, 이럴 수가! 네이선 브라이스!"

"안녕하세요, 카누티 교수님." 브라이스는 마티니 잔을 왼손으로 어정쩡하게 옮기고 악수를 했다. 카누티의 얼굴은 이미 불긋불긋했다. 꽤 취한 모양이었다. 그는 초록색 실크 재킷에, 옷깃에 단정한 주름 장식이 있는 황갈색 셔츠를 입고 있었다. 나이에 어울리지 않는 지나치게 발랄한 옷이었다. 흐물흐물한 선분홍빛 얼굴만 빼면 남성 패션 잡지 표지에 나오는 마네킹 같아 보였다. 브라이스는 목소리에 혐오감이 배어 나오지 않도록 노력했다. "만나서 반갑습니다!"

카누티는 뉴턴을 미심쩍은 눈으로 바라보고 있었고, 브라이스는 뉴턴과 카누티, 이 두 사람을 서로에게 소개할 수밖에 없어서 둘의 이름을 더듬더듬 겨우 뱉어 냈다. 어색함을 떨치지 못하는 자신에게 갑작스레 분노가 몰아쳤다.

카누티는 뉴턴의 이름을 듣고 조금 전의 그 남자, 베네딕트보다 더 감명받은 눈치였다. 카누티가 두 손으로 뉴턴의 손을 와락 붙잡고 흔들며 말했다. "아아. 당연히 알죠. 월드 엔터프라이즈요. 제너럴 다이내믹스* 이후 가장 대단한 회사 아닙니까!" 그는 월드 엔터프라이즈가 펜들리 대학과 다양한 연구 계약을 맺게 하려는지 지나치게 아부를 떨었다. 브라이스는 교수들이 연구 계약이 끝나갈 때마다 사업가들에게—교수들끼리의 사적인 자리에서는 조롱하곤 했던 그 사업가들에게—알랑거리는 모습을 늘 끔찍하게 여겼다.

뉴턴이 부드럽게 웃으며 웅얼댔고, 카누티는 드디어 손을 풀고 소년처럼 씩 웃으려 노력하며 "자!" 하고 브라이스의 어깨 위로 팔을 툭 얹고는 말했다. "자, 이미 지나간 일이 너무 많지, 네이트." 문득 어떤 생각이 떠올라 브라이스는 불안감에 움찔했다. 카누티가 두 사람을, 브라이스와 뉴턴을 바라보며 말했다. "자네가 왜 월드 엔터프라이즈에서 일하고 있지, 네이트?"

브라이스는 다음에 무슨 말이 나올지 알면서도 답하지 않았다.

---

* General Dynamics. 미국의 군수산업체이며 원자력 잠수함, 전투기, 폭격기, 미사일 등을 만드는 회사

뉴턴이 말했다. "브라이스 박사가 저희와 일한 지는 1년이 넘었습니다."

"저런……." 주름진 옷깃 위의 카누티 얼굴이 한층 더 벌게 졌다. "이럴 수가. 월드 엔터프라이즈와 함께 일하고 있다니!" 투실투실한 그의 얼굴에 억제되지 않는 웃음이 퍼졌고, 브라이스는 마티니를 단숨에 삼키며 저 상판대기에 뒤꿈치를 박아 버렸으면 좋겠다고, 충분히 그럴 수 있겠다고 생각했다. 카누티의 웃음이 트림 섞인 킬킬댐으로 바뀌었다. 카누티가 뉴턴에게 돌아서서 말했다. "정말 재밌는 일입니다. 이 말을 꼭 해야겠군요, 뉴턴 씨." 그는 또 킬킬댔다. "이제 다 지나갔으니까 네이트도 신경 쓰지 않을 겁니다. 뉴턴 씨, 혹시 알고 있습니까? 네이트가 펜들리 대학을 떠날 때, 당신이 월드 엔터프라이즈에서 하는 일에 대해, 아마 네이트가 지금 그 일을 돕고 있겠지만, 아무튼 그 일에 걱정을 꽤 많이 했습니다."

"그렇습니까?" 뉴턴이 침묵의 틈을 채웠다.

"하지만 중요한 건 이거죠." 카누티가 손을 어설프게 내밀어 브라이스의 어깨에 툭 올렸다. 브라이스는 그의 손을 물어뜯고 싶었지만, 앞으로 다가올 일을 알고 있었기에 말문이 막혔고, 그저 가만히 듣고만 있었다.

"중요한 건, 예전의 네이트는 당신이 만든 모든 것들이 주술이나 마법 같은 거로 개발되었다고 생각했다는 것입니다.

안 그런가, 네이트?"

"맞습니다." 브라이스가 말했다. "주술."

카누티가 웃었다. "네이트는 이 분야의 최고 인재 중 한 사람이지요. 분명히요. 하지만 뉴턴 씨, 네이트의 머릿속에는 당신이 만든 컬러 필름이 화성에서 발명되었다는 생각이 있었답니다."

"오호?" 뉴턴이 반응했다.

"맞아요. 화성이나 어디 다른 곳이었죠. '외계'라고 말했었습니다."

카누티는 악의가 없다는 뜻으로 브라이스의 어깨를 꽉 쥐었다. "내가 장담하는데, 네이트는 당신을 만나기 전 머리가 세 개이거나 촉수 달린 생명체를 기대했을 겁니다."

뉴턴이 다정하게 웃었다. "정말 재밌군요." 그러더니 브라이스를 바라보았다. "본의 아니게 실망시켰네요. 미안합니다."

브라이스는 시선을 피했다. "전혀 실망하지 않았습니다." 그의 손이 떨리고 있었다. 잔을 테이블 위에 내려놓고 손을 황급히 재킷 주머니에 쑤셔 넣었다.

카누티는 또 이야기를 시작했다. 이번에는 그가 전에 읽은 적이 있는 월드 엔터프라이즈가 국민총생산에 기여한 정도를 다룬 잡지 기사였다. 브라이스가 불쑥 끼어들었다. "실례합니다만," 그가 말했다. "술을 더 받아 와야겠습니다." 그러더니 뒤로 휙 돌아 지금까지와는 다르게 두 사람에게 눈길조차 주지 않은 채 서둘러 바가 있는 방으로 갔다.

막상 술을 새로 받고 나니 별로 마시고 싶지 않아졌다. 바가 무척 답답하게 느껴졌고, 아까 그 바텐더는 더 이상 기품 있어 보이지 않았다. 허세나 부리는 아첨꾼 같았다. 다른 방에서 들리는 음악도—이번엔 모테트*였다—날카로운 소음처럼 들려서 신경에 거슬렸다. 그리고 사람도 너무 많았고 시끄러웠다. 브라이스는 절망스러워하며 주변을 돌아보았다. 그곳의 남자들은 전부 잘빠진 옷차림에 의기양양한 모습이었고 여자들은 하피** 같았다. 끔찍하군. 그가 생각했다. 전부 다 끔찍하다고. 그는 손도 대지 않은 술을 남겨 둔 채 바에서 나와 성큼성큼 걸어서 다시 메인 공간으로 돌아갔다.

뉴턴이 혼자 그를 기다리고 있었다.

브라이스는 애써 태연한 척하며 그의 두 눈을 똑바로 쳐다보았다. "카누티 교수는 어딨습니까?" 브라이스가 물었다.

"그 교수에게 이제 우리는 가 봐야 한다고 말했습니다." 뉴턴은 어깨를 들썩이며 어울리지도 않는 프랑스식 제스처를

---

* 중세 유럽에서 기원한 다성 음악 양식으로, 서양 음악사에서 매우 중요한 위치를 차지하고 있다.
** 그리스 신화에 등장하는 괴물로, 날개 달린 정령 또는 여자 얼굴을 한 새로 묘사된다. 바람처럼 빨리 날아다니며 약탈을 하고 어린아이나 죽은 자의 영혼을 날카로운 발톱으로 낚아채 간다.

취했다. 전에도 그가 그런 제스처를 하는 걸 본 적이 있었다. "공격적인 사람이더군요, 안 그렇습니까?"

브라이스는 한동안 뉴턴을, 해석할 수 없는 그의 눈을 올려다보았다. 그리고 말했다. "여기에서 나가시죠."

두 사람은 밖으로 나와 아무 말 없이 나란히 걸으며, 기다랗고 두툼한 카펫이 깔린 복도를 따라 내려가 호텔방으로 갔다. 브라이스가 열쇠로 문을 열었다. 그리고 방문을 닫은 뒤 입을 열었다. 이제 그의 목소리는 고요하고 침착해졌다. "음, 맞습니까?"

뉴턴은 침대 끝에 걸터앉아 그를 바라보며 피곤한 듯 미소를 지었다. "맞습니다."

할 말이 없었다. 브라이스는 어느새 중얼대고 있었다. "오 맙소사. 이럴 수가." 그는 안락의자에 앉아 발끝만 바라보았다. "말도 안 돼."

한참을 그렇게 앉아 자신의 발만 응시했다. 이미 알고 있던 사실이었지만 그 말을 직접 당사자의 입에서 듣는 건 또 다른 문제였다.

뉴턴이 입을 열었다. "뭐 좀 마실래요?"

브라이스가 고개를 들더니 불쑥 웃었다. "이런 세상에, 좋습니다."

뉴턴은 전화기 옆으로 손을 뻗어 룸서비스를 요청했다. 진

두 병과 베르무트, 얼음을 주문하고 수화기를 내려놓으며 말했다. "같이 취해 봅시다, 브라이스 박사님. 잘됐군요."

벨보이가 술과 얼음, 마티니 병이 올려진 카트를 끌고 올 때까지 두 사람은 아무 말도 하지 않았다. 쟁반 위에 칵테일 양파와 레몬 껍질, 초록색 올리브가 담긴 접시와 견과류 접시가 있었다. 벨보이가 물러나자 뉴턴이 말했다. "술 한 잔 따라 주시겠습니까? 진으로요." 그는 여전히 침대 끄트머리에 앉아 있었다.

"물론이죠." 브라이스는 약간 어지러움을 느끼며 자리에서 일어섰다. "화성입니까?"

뉴턴의 목소리가 이상하게 들리는 것 같았다. 아니면 술에 취해서 그렇게 느껴지는 것뿐일까? "무슨 차이가 있나요?"

"당연히 있죠. 당신은 이…… 태양계에서 왔나요?"

"네. 제가 아는 한 다른 곳은 없습니다."

"다른 태양계가 없다고요?"

뉴턴은 브라이스가 건넨 술잔을 받고 뭔가를 가늠하는 듯했다. "항성들뿐이죠." 그가 말했다. "다른 행성은 없습니다. 제가 알기로는요."

브라이스는 마티니를 젓고 있었다. 그의 손은 이제 완전히 안정을 되찾았다. 일종의 고비를 넘긴 상황이었고, 이제는 그 무엇도 그를 흔들지 않을 것 같은, 어떤 것에도 동요되지 않을 것 같은 기분이었다. "여기에 온 지 얼마나 됐습니까?" 그는 마티니를 저으며 유리병 벽면에 부딪히는 얼음의 달그락거리는 소리를 잠자코 듣고 있었다.

"그 정도면 충분히 섞이지 않았을까요?" 뉴턴이 물었다. "이제 마시는 게 좋을 것 같군요." 그가 잔에 담긴 술을 삼켰다. "지구에 온 지는 5년 됐습니다."

브라이스는 술을 그만 젓고 잔에 따랐다. 마음이 탁 트이는 걸 느끼며 올리브 세 개를 술잔에 톡 떨어뜨렸다. 카트의 하얀색 리넨 커버에 마티니가 살짝 튀어 얼룩이 생겼다. "더 머물 건가요?" 그가 물었다. 마치 파리의 한 카페에 앉아 있는 뉴턴에게 관광객이 다가와서 할 법한 질문 같았다. 뉴턴의 목에는 카메라가 걸려 있을 거고.

"네. 더 머물 겁니다."

이제 자리에 앉은 브라이스는 자신의 시선이 어느새 방 안을 거닐고 있다는 걸 인식했다. 연한 초록색 벽, 그리고 그 벽에 걸린 수수한 그림들. 기분 좋은 방이었다.

그는 다시 뉴턴에게 집중했다. 화성에서 온 토머스 제롬 뉴턴에게. 화성 아니면 다른 어딘가에서 온 그에게. "당신은 인간입니까?" 그가 물었다.

뉴턴의 술잔이 반쯤 비었다. "그건 정의의 문제입니다." 그가 내뱉었다. "어쨌든 지금 전 충분히 인간이라고 할 수 있지요."

브라이스는 어딜 봐서 충분히 인간입니까?라고 물으려다 그러지 않기로 했다. 가장 중요한 질문을 이미 했으니 두 번째 질문은 그냥 삼키는 편이 나을 것이다. "여기에는 왜 왔습니까?" 그가 물었다. "무슨 계획이십니까?"

뉴턴이 자리에서 일어나 잔에 진을 더 채우고 안락의자로 걸어가서 앉았다. 가느다란 손으로 술잔을 부드럽게 들고서 브라이스를 바라보았다. "제가 뭘 계획하고 있는지는 저도 정확히 모릅니다."

"정확히 모른다고요?" 브라이스가 되물었다.

뉴턴은 침대 옆 테이블에 잔을 내려놓고 신발을 벗기 시작했다. "처음에는 뭘 하려고 여기에 왔는지 알고 있다고 생각했습니다. 그런데 첫 2년 동안 저는 굉장히 바빴습니다. 정말 바빴죠. 그러다가 지난해에는 생각을 정리할 시간이 조금 더 생겼어요. 어쩌면 생각할 시간이 너무 많았는지도 모르겠군요." 신발을 벗어 침대 아래에 가지런히 두고는 침대보 밖으로 긴 다리를 쭉 뻗으며 베개에 등을 기댔다.

그 자세를 하고 있는 뉴턴은 충분히 인간다워 보였다. "우주선은 왜 만드는 겁니까? 그거 우주선 맞잖아요, 단순한 탐사선이 아니잖습니까?"

"우주선이죠. 더 정확하게는 우주 왕복선입니다."

아까부터, 카누티와 이야기를 나눈 뒤부터 브라이스는 기절할 것 같은 기분이었다. 모든 게 비현실적이었다. 그러나 이제는 다시 정신이 들어 서서히 파악되기 시작했고, 그의 내면에 살고 있는 과학자가 자신의 존재를 확고히 다지기 시작했다. 더는 술을 마시지 않기로 결심하고 잔을 내려놓았다. 정신을 맑게 유지하는 게 무엇보다 중요했다. 하지만 술잔을 내려놓는 그의 손은 또다시 떨리고 있었다.

"그러면 당신의…… 사람들을 여기로 더 데려올 계획입니까? 왕복선으로요?"

"네."

"여기 지구에 당신 말고 더 있나요?"

"아니요. 여기에는 저뿐입니다."

"그런데 우주선을 왜 만들죠? 당신이 살던 그곳에 분명 우주선이 있을 텐데요. 여기로 직접 타고 왔잖아요."

"네, 그랬죠. 하지만 1인 탑승용 우주선이었습니다. 문제는 연료였지요. 연료가 우리들 중 한 명만 겨우 보낼 수 있는 정도밖에 안 됐죠. 즉, 딱 한 대만 횡단할 수 있다는 뜻입니다."

"원자 연료요? 우라늄이나 그런 거 말하는 겁니까?"

"네, 물론입니다. 그런데 우리 행성에는 그런 연료가 거의 남아 있지 않아요. 석유도, 석탄도, 수력 발전도 없습니다." 그가 미소 지었다. "우리 행성에는 켄터키에서 건조 중인 우주선보다 훨씬 더 대단한 우주선이 아마 수백 대는 있을 겁니다. 그러나 여기로 가져올 방법이 없죠. 지구 년수로 500년 이상 사용되지 않은 채 방치되어 있어요. 제가 타고 온 우주선은 행성 간 왕복을 목적으로 만들어진 게 아니었어요. 원래는 응급 구조선으로 설계되었죠. 지구에 착륙한 후에 우주선의 엔진과 조종 장치를 전부 부숴 어느 들판에 선체만 남겨두었습니다. 신문에서 읽었는데, 어떤 농부가 사람들에게 50센트씩 받고 그 선체를 구경시켜 주고 있다더군요. 텐트 안에 선체를 놓고 음료수를 판다고 해요. 나는 그 농부가 잘됐으면 좋겠습니다."

"위험하지 않을까요?"

"FBI나 관련 사람들에게 내 정체가 들통날까 봐요? 난 그렇게 생각하지 않습니다. 그보다 더 최악은 일요 잡지 부록에 외부 세계의 침략자에 대한 말도 안 되는 내용이 실리는 거예요. 하지만 일요 신문이나 잡지를 보는 사람들에게는 켄터키의 한 들판에서 발견된 우주선 선체보다 더 흥미로운 읽을 거리가 많았죠. 아무도 그 기사의 중요성을 진지하게 받아들이지 않는 것 같더군요."

브라이스가 그를 꼼꼼하게 훑어보았다. "외부 세계의 침략자'가 말도 안 되는 내용이라고요?"

뉴턴이 셔츠 소매 단추를 풀었다. "네, 그렇게 생각합니다."

"그렇다면 당신들은 지구에 왜 오는 겁니까? 관광하려요?"

뉴턴이 웃었다. "꼭 그렇지는 않아요. 우리가 당신들을 도와줄 수도 있거든요."

　"어떻게요?" 브라이스는 뉴턴이 그런 식으로 말하는 게 어쩐지 마음에 들지 않았다. "어떻게 우리를 돕죠?"

　"우리가 최대한 빨리 일을 해낸다면, 당신들을 파멸에서 구해 줄 수 있을 겁니다." 브라이스가 무슨 말을 하려 하자 뉴턴이 계속 말을 이었다. "이야기를 조금 더 하죠. 이것에 대해 말하게 되어서, 즉 이렇게 길게 이야기하게 되어서 제가 얼마나 기쁜지 당신은 모를 겁니다." 그는 침대로 간 뒤부터 술잔을 들지 않았다. 배 위에 손을 포개어 놓고 브라이스를 그윽하게 바라보았다. "우리 행성에서도 전쟁이 있었습니다. 여기 지구에서보다 훨씬 잦았어요. 겨우 몇 명만이 전쟁에서 살아남았죠. 그때 방사능 물질 대부분이 폭탄 제조에 쓰였고, 그 폭탄을 갖게 된 우리는 강력한 존재가 되었어요. 아주 강력한 존재. 그러나 그 강력한 존재는 이미 오래전에 끝나 버렸습니다. 지금은 생존한 생명체가 거의 없어요." 무언가를 짐작하듯 그가 두 손을 내려다보았다. "다른 행성의 삶을 묘사한 창의적인 예술 작품들을 보면 대체로 각 행성마다 딱 하나의 종족과 한 종류의 사회, 하나의 언어, 하나의 정부만 있을 거라 추측하는데, 참 의아한 부분입니다. 안테아에는,─우리 행성 이름은 안테아입니다. 물론 지구의 천문학 책에는 나와 있지 않지만요—한때는 종족이 세 부류였고 주요 정부는 일곱 개나 있었어요. 결과적으로 지금은 한 부류의 종족만 남아 있고, 그게 제가 속한 종족입니다. 방사능 무기로 싸웠던 다섯 번의 전쟁을 치른 후 남은 생존자들이죠. 그렇게 많지 않습니다. 하지만 우리는 전쟁에 대해 아주 잘 알아요. 그리고 기술적인 지식도 많이 알고 있죠." 뉴턴의 눈은 여전히 손에 고정되어 있었고, 목소리는 마치 준비한 말을 낭독하듯 단조로웠다. "여기 지구에 온 지 5년이 되었고, 내 재산은 3억 달러가 넘습니다. 앞으로 5년 뒤에는 두 배가 넘을 겁니다. 그 역시 시작일 뿐이겠죠. 만약 우리의 계획이 실행된다면, 결국 월드 엔터프라이즈는 전 세계 주요 국가들과 동등한 존재가 될 거예요. 그러고 나면 정치를 시작하고, 군대도 지휘하겠죠. 우리는 무기와 방어술에 대해 잘 압니다. 당신들의 기술과 지식은 아직 한참 미숙해요. 예를 들어 우리는 레이더를 무력화할 수 있죠. 그 기술은 우주선을 지구에 착륙시킬 때 꽤 유용했습니다. 왕복선이 돌아올 때는 더욱 필요할 테고요. 그리고 우리는 반경 8킬로미터 이내의 모든 핵무기 폭발도 막는 에너지 시스템도 만들어 낼 수 있습니다."

"그거면 충분할까요?"

"글쎄요. 하지만 내 윗선은 어리석지 않습니다. 할 수 있을 거라 생각하는 듯합니다. 지구에 작은 국가를 건설해 남아도는 필수 식량을 조달하고 어딘가에서 산업을 시작하고, 어느 나라에는 무기를 주고 또 다른 나라에는 그것을 방어할 수단을 지원하면서 우리가 가진 장비와 지식을 남용하지 않고 꾸준히 통제하는 한은 가능할 거라 보는 거죠."

"그렇지만, 이런 제길, 당신들은 신이 아니잖습니까."

"우리는 신이 아니죠. 그러나 인간들이 믿는 신들이 당신들을 구해 준 적 있나요?"

"모르죠. 아니, 당연히 없죠." 브라이스가 담배에 불을 붙였다. 손이 부들대는 바람에 세 번이나 시도해야 했다. 진정하려고 숨을 깊이 들이마셨다. 인간의 운명에 대해 토론하는 대학교 2학년이 된 기분이 들었다. 하지만 이건 분명 추상적인 철학 주제가 아니었다. "인류는 자신의 파괴 형태를 선택할 권리가 없다는 뜻입니까?" 그가 물었다.

뉴턴은 잠시 기다렸다가 입을 열었다. "인류에게 정말 그런 권리가 있다고 믿어요?"

브라이스는 피우다 만 담배를 옆에 있는 재떨이에 비벼 껐다. "네. 그리고 아니요. 사실 모르겠습니다. 인간의 운명 같은 건 진정 없는 겁니까? 우리 자신을 만족시키고 자신의 삶을 영위하고 자신의 결과를 받아들일 권리는요?" 그런 말을 하고 있는데, 갑자기 뉴턴이—어디라고 했지……? 아,—안테아와의 유일한 연결 고리라는 사실이 뇌리를 스쳤다. 만약 뉴턴이 파멸된다면 그 계획은 실행되지 않고 끝나 버릴 것이다. 게다가 뉴턴은 쇠약했다. 무척 쇠약했다. 브라이스는 잠시 생각에 사로잡혀 있었다. 잘하면 브라이스가 모든 영웅들의 영웅이 될 수도 있다. 아주 세게 일격을 가한다면, 어쩌면 정말 세계를 구한 남자가 될 수도 있다. 놀라운 일이겠지. 하지만 꼭 그렇지만은 않았다.

"인류의 운명, 뭐 이런 게 있긴 할 겁니다." 뉴턴이 말했다. "그러나 그건 오히려 나그네비둘기*의 운명과 꽤 비슷하다고 생각합니다. 또는 뇌가 작은 커다란 생명체의 운명과 비슷할 수도 있고요. 그런 생명체를 공룡이라고 하는 것 같더군요."

약간 거만한 태도였다. "인간이 꼭 멸종되는 건 아닐 겁니다. 핵무기 축소가 이미 협상 중이니까요. 우리 인간들 모두가 미친 건 아니거든요."

"하나 대개는 미쳤죠. 꽤 많은 인간들이 그렇습니다. 미친

사람은 적절한 장소에 몇 명만 있어도 될 뿐인데도 말이죠. 당신 인간들의 히틀러가 수소 폭탄과 대륙 간 미사일을 소유하고 있었다고 가정해 봅시다. 결과가 어떻든 간에 히틀러가 과연 그 무기들을 사용하지 않았을까요? 히틀러는 마지막까

---

* 비둘기는 둥지를 자주 이동하며 찾아다니는 습성이 있기 때문에 '나그네비둘기'라고도 불린다.

지 않을 게 없었죠."

"당신들이, 안테아인들이 히틀러처럼 되지 않으리라는 걸 어떻게 알 수 있죠?"

뉴턴이 눈길을 돌렸다. "그럴 가능성도 있겠지만 희박합니다."

"그곳은 민주주의입니까?"

"안테아에는 민주주의 같은 것이 없습니다. 민주적인 사회 제도도 없고요. 설령 우리가 할 수 있다 해도 우리는 인간들을 지배할 생각이 없습니다."

"그렇다면 이건 뭐라고 부르시겠습니까?" 브라이스가 물었다. "안테아인 무리가 지구의 모든 정부와 인간을 조종할 계획을 갖고 있다면, 그걸 한 단어로 뭐라고 부를 건가요?"

"당신이 방금 전에 한 말을 그대로 쓰겠죠. 조종한다, 아니면 안내한다. 그러나 그렇게 되지 않을 겁니다. 절대 그렇게 되지 않을 거예요. 그 전에 인간들이 먼저 세상을 산산조각 내거나 아니면 우리를 찾아내 마녀 사냥을 벌이겠죠. 아시다시피 우리는 약한 존재니까요. 설령 우리가 대단한 힘을 얻게 된다 해도 우리는 모든 사건을 통제할 수 없습니다. 하지만 히틀러가 될 확률을 줄일 수 있고, 인간의 주요 도시들이 파괴되는 걸 막을 수 있습니다. 더군다나," 그가 어깨를 들썩였다. "인간들은 그렇게 할 수 있는 능력도 없지요."

"그렇다면 당신들은 단지 우리를 도와주고 싶어서 이런다는 겁니까?" 브라이스는 자신의 목소리에 깃든 빈정거림을 뉴턴이 눈치채지 않길 바랐다.

뉴턴은 눈치를 챘는지 아닌지 아무 표정도 내비치지 않았다. "당연히 아닙니다. 우리는 우리 자신을 구하기 위해 여기로 오려는 겁니다. 하지만," 그가 미소 지었다. "우리가 정착한 뒤 인디언들이 우리 구역을 불태우지 않길 바랄 뿐이죠."

"대체 무엇으로부터 당신들을 구하려는 거죠?"

"파멸 때문입니다. 우리 행성에는 물도 연료도 천연자원도 바닥이 났습니다. 그나마 태양 에너지가 미세하게 있어서— 우리 행성은 태양에서 무척 멀기 때문에 아주 미세한 양의 태양열만 받을 수 있죠—다행히 아직은 식량을 대량 비축하고 있긴 합니다. 하지만 점점 줄어들고 있어요. 생존한 안테아인이 300명도 채 되지 않고요."

"300명도 안 된다고요? 세상에, 거의 전멸이나 다름없군요!"

"그렇습니다. 우리가 지구로 오지 않으면 인간들도 머지않아 그렇게 될 거고요."

"당신들이 정말 와야 할 수도 있겠네요. 와야 할 수도 있겠어요." 브라이스는 목구멍이 팽팽해지는 걸 느꼈다. "그런데 우주선이 완성되기 전에 당신들에게 무슨…… 일이 생기면요? 그럼 끝 아닙니까?"

"네. 그러면 끝입니다."

"남은 우주선을 위한 연료는 없습니까?"

"없어요."

"그렇다면," 브라이스는 긴장감을 느꼈다. "이런 것들을, 그러니까 침략이나 조종을 멈추게 할 방법이 뭐죠? 내가 당신들을 죽여야 할까요? 말 그대로 당신들은 쇠약하니까요. 베티 조가 말했듯 저는 당신의 뼈가 새의 뼈 같다고 생각하거든요."

뉴턴의 얼굴은 전혀 흔들리지 않았다. "제가 멈추길 바랍니까? 당신 말도 맞습니다. 닭 모가지 비틀듯 제 목을 움켜잡을 수 있겠죠. 그러고 싶은가요? 이제 당신은 내 이름이 룸펠슈틸츠헨이라는 걸 알아냈습니다. 그러니 이제 날 성에서 쫓아내고 싶은 건가요?"

"모르겠습니다." 브라이스는 바닥을 내려다보았다.

뉴턴의 목소리는 부드러웠다. "룸펠슈틸츠헨은 짚을 짜서 금을 만들어 냈어요."

브라이스가 고개를 번뜩 들었다. 문득 화가 치밀었다. "네. 그리고 여인의 아이를 훔치려고 했죠."

"물론 그랬죠." 뉴턴이 답했다. "하지만 룸펠슈틸츠헨이 짚을 금으로 짜지 않았다면, 여인은 죽었을 겁니다. 그러면 아이를 갖는 건 꿈도 꿀 수 없었겠죠."

"맞는 말이군요." 브라이스가 받아쳤다. "이 세상을 구하기 위해서라면 당신 목을 비틀지는 말아야겠군요."

"그거 아십니까?" 뉴턴이 물었다. "저는 이제 당신이 그렇게 하기를 바랍니다. 그러면 일이 훨씬 쉬워질 테니까요." 그는 잠시 멈췄다가 다시 말을 이었다. "하지만 당신은 할 수 없어요."

"왜 못 합니까?"

"정체가 들통날 것에 대한 아무런 대비도 없이 당신의 세계까지 온 게 아닙니다. 사실 지금 당신에게 한 이야기를 누군가에게 하게 될 거라고는 예상하지 못했지만요. 그런데 예상치 못했던 큰일이 벌어지고 말았군요." 그는 손을 또 내려다보았다. 손톱을 가만히 살펴보는 것 같았다. "아무튼 저는 무기를 가지고 다닙니다. 항상 소지하고 있죠."

"안테아의 무기입니까?"

"네. 무척 효율적인 물건입니다. 당신은 절대로 여기 이 바닥을 지나 내가 있는 침대로 올 수 없을 겁니다."

브라이스가 다급하게 숨을 들이마셨다. "그게 어떻게 가능하죠?"

뉴턴이 씩 웃었다. "그건 신도 모르죠." 그가 덧붙였다. "앞으로는 이 말을 당신에게 써야겠군요."

뉴턴이 방금 내뱉은 수준 높은 관용구에—그 발언 자체가 반어적이거나 질 떨어지는 문구는 아니었지만 뉴턴의 태도는 다소 특이했다—브라이스는 무엇보다 자기가 사람이 아닌 어떤 생명체와 이야기하고 있다는 걸 새삼 상기했다. 뉴턴의 그런 행동은 그동안 그가 추측하고 열심히 연습한 인간다움의 껍데기일 뿐일 것이다. 아주 얇디얇은 껍데기. 그 껍데기 아래에 무엇이 있든 간에 뉴턴의 본질적인 부분은, 특히 안테아인의 본성은 브라이스 또는 지구상의 누구도 접근하기 아주 어려울 것이다. 뉴턴이 실제로 느끼고 생각하는 방식은 브라이스가 이해할 수 있는 범위를 넘어 완전히 불가능한 것일지 모른다.

"당신의 무기가 무엇이든," 브라이스가 더 조심스럽게 말을 꺼냈다. "나는 당신이 그걸 사용하지 않길 바랍니다." 그러고는 뉴턴의 주위를, 커다란 호텔방을 다시 둘러보았다. 거의 손도 대지 않은 술이 올려진 쟁반과 침대에 비스듬히 누워 있는 뉴턴을 돌아보았다. "이런, 세상에." 그가 내뱉었다. "정말 믿기 어렵군요. 이 방에 앉아서 다른 행성에서 온 남자와 이야기를 하고 있다는 게요."

"그렇죠." 뉴턴이 말했다. "저도 그 생각을 했었습니다. 아시다시피 저 역시 다른 행성의 남자와 대화 중이니까요."

브라이스가 자리에서 일어나 몸을 쭉 폈다. 그러고는 창가로 다가가 커튼을 젖히고 길을 내려다보았다. 사방에 널린 자동차 헤드라이트들은 멈춰 있었다. 호텔 바로 맞은편 눈부신 거대한 전광판에서 산타클로스가 코카 콜라를 먹고 있었다. 깜빡이는 수많은 전구가 산타의 눈을 빛나게 했고, 음료를 반짝거리게 했다. 어디선가 〈참 반가운 신도여〉 노래가 희미하게 들렸다.

브라이스가 꼼짝 않고 있는 뉴턴에게 돌아섰다. "왜 제게 말했습니까? 그럴 필요 없었을 텐데요."

"당신에게 말하고 싶었습니다." 그가 미소 지었다. "작년 한 해 동안 이 계획의 실행 동기에 대한 확신이 전혀 없었어요. 당신에게 왜 말하고 싶었는지는 정확히 모르겠습니다. 안테아인이라도 꼭 모든 걸 다 알고 있는 건 아닙니다. 그건 그렇고, 당신은 이미 나에 대해 알고 있었군요."

"카누티 교수가 한 말 때문에 그러시나요? 제 입장에서는 그 양반한테 그냥 한 방 맞은 것뿐입니다. 그 이상은 아무것도 아니에요."

"카누티 교수가 한 말은 신경도 쓰지 않았습니다. 당신의 반응이 재밌긴 했지만요. 카누티 교수가 '화성'이라는 말을 했을 때, 나는 당신이 놀라 자빠질 줄 알았어요. 그자는 내가 아니라 당신을 몰아세우고 있었으니까요."

"왜 당신한테 그러지 않았을까요?"

"음, 브라이스 박사님. 당신과 나 사이에는 다른 점이 굉장히 많습니다. 당신은 인식하기 어렵겠지만요. 그중 하나는 내 시력이 당신보다 월등히 뛰어나고 유효 주파수 범위가 상당히 넓다는 겁니다. 다시 말해 나는 당신처럼 빨간색을 볼 순

없지만 X선은 볼 수 있죠."

브라이스는 입을 열었으나 아무 말도 하지 않았다.

"처음 플래시를 봤을 때는," 뉴턴이 말을 이었다. "당신이 무얼 하는지 알아내기가 어려웠어요." 그는 호기심 가득한 눈으로 브라이스를 바라보았다. "사진은 어땠습니까?"

브라이스는 자신이 함정에 빠진 아이처럼 어리석게 느껴졌다. "사진은…… 놀라웠습니다."

뉴턴이 고개를 끄덕였다. "상상이 가는군요. 제 배 속 장기를 봤다면 놀랐겠어요. 뉴욕에서 자연사 박물관에 간 적이 있어요. 음…… 관광객에게는 아주 흥미로운 곳이더군요. 그런데 그 박물관에서 가장 특이한 생물학적 표본은 바로 나이지 않나라는 생각이 들었습니다. 소금에 절여진 채 '외계의 휴머노이드'라는 라벨을 달고 유리병에 보관되어 있는 내 모습이 상상되더군요. 그래서 서둘러 그곳을 빠져나왔습니다."

브라이스는 웃음이 나왔다. 그럴 수밖에 없었다. 툭 터놓고 고백했기 때문에 뉴턴은 이제 있는 그대로의 꾸밈없는 모습이었고, 자신이 인간이 아니라고 분명히 말한 지금이 오히려 역설적으로 더 '인간' 같아 보였다. 여태 봐 왔던 것보다 뉴턴의 표정은 더 풍부해졌고, 행동도 자연스러워졌다. 그러나 또 다른 뉴턴의 모습도 여전했다. 접근하기 어렵고 이질적인 뉴턴. 뼛속까지 안테아인인 뉴턴. "당신 행성으로 돌아갈 계획입니까?" 브라이스가 물었다. "우주선을 타고요."

"아니요. 반드시 그렇게 할 건 아닙니다. 우주선은 안테아에서 여기로 알아서 올 테니까요. 물론 지구에서 영원한 망명자가 될까 봐 두려운 마음도 들긴 합니다."

"가족들은…… 가족들이 그립진 않나요?"

"그립죠."

브라이스가 의자로 돌아가서 자리에 앉았다. "가족들을 곧 만나게 될 것 같나요?"

뉴턴은 망설였다. "아마도요."

"왜 아마도죠? 뭐가 잘못될 수도 있습니까?"

"그런 생각은 안 했습니다. 아까도 말했듯이 앞으로 뭘 할 계획인지 저도 확신이 서지 않아서요."

브라이스는 혼란스러운 표정으로 그를 바라보았다. "무슨 뜻인지 이해가 가지 않습니다."

"음," 뉴턴이 옅은 미소를 지었다. "계획을 완수하지 말까, 우주선을 어디에도 보내지 말까, 우주선 제작 자체도 마무리하지 말까, 라는 생각을 요즘 들어 하고 있습니다. 내가 말 한마디만 하면 될 일들이죠."

"도대체 왜죠?"

"아, 우리의 계획은 절박하면서도 지적인 능력을 요하는 것이었습니다. 하지만 우리가 무엇을 더 할 수 있을까요?" 뉴턴이 브라이스를 바라보았지만 정확히 그를 보고 있는 것 같진 않았다. "시간이 갈수록 궁극적 가치에 대한 의심이 조금씩 자라나기 시작했어요. 안테아인이 알지 못하는 인간들의 문화와 사회에 관한 것이었죠. 브라이스 박사님, 당신은 알고 있었나요?" 그가 침대에서 자세를 바꿔 브라이스에게 더 가까운 곳에 몸을 기댔다. "내가 몇 년 안에 미쳐 버릴지도 모른다는 생각을 한다는 걸요? 우리 안테아인들이 당신들 세계에서 잘 견디며 살아갈 수 있을지 확신이 서지 않습니다. 우리는 아주 오랫동안 상아탑에서 살아왔거든요."

"하지만 당신은 세상으로부터 자신을 격리할 수 있잖습니까. 돈이 있으니까요. 당신은 자신을 유지하면서 본인 소유의 사회를 건설할 수 있어요." 안테아인의…… 침략을 막아야 하는데 지금 무슨 소리를 하고 있는 걸까? 조금 전 안테아인의 침략 가능성 때문에 겁에 질려 기절할 뻔했으면서……. "켄터키에 당신의 도시를 만들 수도 있을 텐데요."

"그런 다음 폭탄이 떨어지길 기다릴까요? 우린 안테아에서 사는 게 더 나을 겁니다. 최소 50년은 더 살 수 있거든요. 만약 우리가 여기 지구에 산다면, 어느 한 곳을 장악해 외계인들이 고립되어 사는 거주지로 만들지는 않을 겁니다. 우리는 전 세계로 흩어져 살아야 합니다. 영향력 있는 위치에 자리를 잡아야 할 거예요. 그렇게 하지 않는다면, 여기로 오는 건 어리석은 일이겠죠."

"당신이 무얼 하든 당신들은 매우 큰 위험을 감수해야 할 겁니다. 우리와의 긴밀한 접촉이 두려운 거라면, 우리가 우리의 문제점을 스스로 해결할 수도 있다는 걸 믿을 순 없습니까?" 브라이스가 쓴웃음을 지었다. "우리의 손님이 되어 주시죠."

"브라이스 박사님." 뉴턴은 이제 얼굴에 웃음기를 뺐다. "우리는 당신들보다 훨씬 더 박식합니다. 제 말을 믿으세요. 당신들이 생각하는 것 이상으로 훨씬 더 아는 게 많죠. 당신들만 여기에 남겨진다면, 이 세계는 30년이 채 지나가기도 전에 핵무기 잔해 더미에 짓눌릴 겁니다. 그 어떤 의심 없이 확신합니다." 그는 단호하게 말을 이어 갔다. "솔직히 말해서 이렇게 아름답고 비옥한 세상에서 당신들이 하려는 짓들을 보고 있으면 무척 경악스럽습니다. 우리는 아주 오래전에 우리의 세상을 파괴했지만, 그때 우리에겐 자원이 여기 당신들이 가지고 있는 것보다 훨씬 적었어요." 그의 목소리는 어느새 흥분되었고, 태도 역시 격양된 상태였다. "당신들이 지구의 문명을 망가뜨릴 뿐만 아니라 인간들까지 죽음으로 내몰 거란 말을 이제 알아듣겠습니까? 강의 물고기들과 나무의 다람쥐들, 수많은 새와 토양, 물까지 전부를요. 가끔 당신들을 보면, 박물관에서 풀려난 유인원이 칼을 들고서 캔버스를 쫙쫙 그어 버리고 망치로 조각상을 부수는 것처럼 보일 때가 있습니다."

브라이스는 잠시 아무 말도 하지 않았다. 그러더니 "그렇지만 캔버스에 그림을 그리고 조각상을 만든 이들도 모두 인간입니다."라고 받아쳤다.

"그건 극소수의 인간들뿐이죠." 뉴턴이 말했다. "아주 극소수요." 그가 불쑥 자리를 박차고 일어나더니 물었다. "시카고에는 이제 있을 만큼 있던 것 같군요. 집으로 돌아갈까요?"

"지금요?" 브라이스는 시계를 확인했다. 세상에, 새벽 2시 30분이었다. 크리스마스는 이미 지나갔다.

"그나저나 오늘 밤에 눈이라도 좀 붙일 수 있겠습니까?" 뉴턴이 물었다.

브라이스는 어깨를 으쓱했다. "글쎄요, 안 될 것 같군요." 그러고는 베티 조가 했던 말을 떠올렸다. "잠을 아예 자지 않으시죠?"

"가끔은 잡니다." 뉴턴이 답했다. "자주는 아니지만요." 그러고는 전화기 옆에 앉아 말했다. "비행기 조종사를 깨워야겠네요. 우리를 공항까지 바래다줄 차도 필요할 테고요……."

공항까지 가는 차를 구하는 일은 어려웠다. 그들은 4시까지도 공항에 도착하지 못했다. 그 시각 브라이스는 슬슬 현기증이 나기 시작했고, 웅웅대는 소리가 귓속에서 희미하게 번져갔다. 뉴턴은 피곤한 기색이 전혀 없었다. 그의 얼굴을 봐도 늘 그렇듯 무슨 생각을 하고 있을지 짐작조차 할 수 없었다.

공항은 혼란스러웠고, 이륙 허가가 지체되는 경우도 더러 있었다. 때마침 두 사람은 시카고를 떠날 수 있게 되어 미시간 호수 너머 하늘 위를 가로질렀고, 분홍빛의 잔잔한 여명이 형태를 이루고 있었다.

두 사람이 켄터키에 도착했을 때는 햇빛이 밝게 내리쬐며 청명한 겨울날이 시작되고 있었다. 착륙 중 그들이 가장 먼저 본 것은 눈부시게 빛을 발하는 우주선—뉴턴의 왕복 우주선—이었고, 그것은 마치 기념비처럼 아침 햇살을 받아 광을 내고 있었다. 비행장에 들어온 두 사람은 무언가를 보고 깜짝 놀랐다. 활주로 저 끝 뉴턴의 격납고 옆에 그들이 타고 온 비행기보다 두 배 정도 큰 아름다운 유선형 모양의 하얀 비행기가 우아한 자태를 뽐내며 서 있었다. 비행기 날개에는 미국 공군 마크가 있었다. "음," 뉴턴이 입을 열었다. "누가 우릴 찾아왔는지 궁금하군요."

모노레일로 가려면 하얀 비행기 옆을 지나가야만 했다. 비행기를 스쳐 지나며 브라이스는 그것의 아름다움에, 섬세한 균형과 우아한 라인에 감탄하지 않을 수 없었다. "그야말로 아름다움의 결정체네요." 그가 말했다.

뉴턴도 비행기를 보고 있었다. "그러게 말입니다."

두 사람은 침묵 속에 모노레일을 탔다. 수면 욕구 때문에 브라이스는 팔다리가 욱신거렸다. 그러나 그의 마음은 날카

롭고 조급한 이미지와 아이디어, 반쯤 형성된 생각으로 가득
차 있었다.

브라이스는 서둘러 집으로 갔어야 했지만, 뉴턴이 아침 식
사에 초대하자 그냥 받아들이기로 했다. 아침을 직접 차려 먹
는 것보단 더 나을 테니.

베티 조는 주황색 기모노를 입고 머리에 바부시카*를 쓰고
있었다. 그녀의 얼굴에 걱정이 번져 있었다. 눈이 벌게져 있
고, 눈의 아랫부분도 부어 있었다. 그녀가 문을 열며 말했다.
"사람들이 찾아왔어요, 뉴턴 씨. 무슨 일인지 모르겠어요……."
그녀가 말끝을 흐렸다. 두 사람이 그녀를 지나 거실로 들어서
자 의자에 남자 다섯이 앉아 있었다. 그들은 두 사람이 들어
오자 즉각 자리에서 일어섰다.

브리나르데가 그들 가운데에 있었다. 정장 차림의 남자 셋,
그리고 네 번째 남자는 파란색 유니폼을 입고 있었는데, 공군
비행기 조종사인 것 같았다. 브리나르데가 능숙하게 그들을
소개했다. 소개가 끝나자 아직 서 있던 뉴턴이 말했다. "오래
기다리셨습니까?"

"아닙니다." 브리나르데가 말했다. "아니요. 사실 저희가 여

* 러시아 여성들이 쓰는 스카프의 일종

기에 도착하기 전까지 당신이 시카고 공항에서 지체하도록 일부러 손을 써 놨습니다. 타이밍이 아주 좋았어요. 시카고 공항에서 대기하는 동안 너무 불편하지 않으셨기를 바랍니다."

뉴턴은 어떤 감정도 내비치지 않았다. "어떻게 그게 가능하죠?"

"음, 뉴턴 씨." 브리나르데가 말을 시작했다. "저는 연방수사국(FBI) 소속입니다. 여기 이분들은 제 동료이고요."

뉴턴은 살짝 머뭇거렸다. "아주 흥미롭군요. 그러니까 당신이…… 스파이였던 겁니까?"

"네, 그런 셈이죠. 아무튼 뉴턴 씨, 당신을 체포해 연행하라는 지시를 받았습니다."

뉴턴은 천천히 깊게, 매우 인간 같은 호흡을 내쉬었다. "무엇 때문에 날 체포합니까?"

브리나르데가 공손히 씨익 웃었다. "당신은 불법 입국 혐의를 받고 있습니다. 그리고 저희는 당신이 외계인이라 믿고 있죠, 뉴턴 씨."

뉴턴은 잠시 우두커니 서 있었다. 그러고는 "일단 아침 식사부터 해도 되겠습니까?"라고 물었다.

브리나르데는 주저하다가 놀라울 만큼 상냥하게 미소 지었다. "안 될 이유 없죠, 뉴턴 씨." 그가 답했다. "저희도 함께 음식을 좀 먹으면 좋겠군요. 다들 이 체포 건 때문에 루이빌에서 새벽 4시에 일어났거든요."

베티 조가 스크램블드에그와 커피를 준비했다. 다들 식사를 하던 중 뉴턴은 변호사를 불러도 되겠냐며 무심하게 물어보았다.

"유감이지만 그건 어려울 것 같습니다." 브리나르데가 답했다.

"헌법상의 권리가 없는 겁니까?"

"있죠." 브리나르데가 커피잔을 내려놓았다. "하지만 당신은 그 어떤 헌법상의 권리도 없습니다. 아까 말씀드렸듯이 저희는 당신을 미국인이라고 생각하지 않습니다."

6

뉴턴은 책을 내려놓았다. 몇 분 안에 의사가 올 테니 어쨌든 독서 같은 걸 할 기분은 아니었다. 2주간 갇혀 있으면서 거의 아무것도 하지 않았지만 그래도 책은 읽었다. 내과 의사들, 인류학자들, 정신과 의사들한테 또는 틀림없이 국가 공무원인 수수한 정장 차림의 남자들한테 심문을 받거나 진찰을 받지 않을 때만 독서를 했다. 스피노자와 헤겔, 슈펭글러, 키츠의 책과 신약 성경을 읽고 또 읽었고, 지금은 언어학에 관한 새로운 책들을 읽는 중이었다. 그들은 그가 요청하는 건 상당히 신속하고 예의 있게 무엇이든 제공해 주었다. 그가 갇힌 공간에는 전축도 있었는데 사용하는 일이 거의 없었고, 영화들이 수집된 서재와 월드 엔터프라이즈 텔레비전, 바(Bar)도 있긴 했지만, 창문이 아예 없어서 워싱턴 경치를 내다볼 수는 없었다. 그들은 그에게 도시 근처의 어딘가에 있다고 했으나 얼마나 가까이에 있는지 자세히 알려 주지는 않았다. 저녁이면 향수에 젖어서 가끔씩 호기심에 텔레비전을 보곤 했다. 간혹 뉴스에서 그의 이름이 언급되기도 했는데, 재산이 그렇게나 많은 남자가 아무런 언론의 보도 없이 정부에 의해 감금되기란 불가능하기 때문이었다. 하지만 그런 뉴스는 익명의 공식 소식통에서 나온 것이었고, '의문투성이'와 같은 문구와 함께 보도되었기에 언제나 애매모호하게 넘어갔다. 그 말은 즉 그가 '등록되지 않은 외계인'이란 뜻이었다. 그러나 어떤 정부 소식통도 그가 어디에서 왔는지—그가 어디에서 왔다고 생각하는지—명확하게 밝히지 않았다. 건조한 유머 감각으로 유명한 어느 텔레비전 해설자가 어느 날 "워싱턴이 전부 알리겠지만, 현재 감금 또는 구류 중인 뉴턴은 틀림없이 몽골국이나 외계 행성에서 온 방문자일 겁니다."라고 거칠게 뱉어 냈다.

또한 뉴턴은 저 방송국들이 안테아에 있는 그의 윗선들에게 감시당하고 있으리란 것도 이미 눈치채고 있었다. 대체 무슨 일인지 알아내려는 윗선의 호기심과 뉴턴의 현재 상황을 마주한 순간 그들이 경악할 것을 생각하니 내심 재밌다는 생각이 들었다.

그나저나 정말 무슨 일인지 그 자신도 제대로 알지 못했다.

보아하니 정부는 브리나르데가 지난 1년 반 동안 비서로 일하면서 제공했을 정보로 뉴턴을 무척이나 의심했던 모양이다. 그리고 뉴턴 프로젝트의 오른팔이었던 브리나르데는 뉴턴의 활동과 프로젝트 그 자체에 대한 방대한 정보를 정부의 손에 넣기 위해 분명히 스파이를 곳곳에 배치해 두었을 것이다. 그러나 뉴턴은 브리나르데와 거리를 유지했기 때문에 그가 알아낼 수 없는 부분들도 더러 있었다. 안테아인들이 무엇을 할 계획인지 알아내는 건 여전히 불가능했다. 질문자들에게 "사실 나는 외계 행성에서 왔고, 세계를 정복할 계획입니다."라고 답하면 무슨 일이 벌어질지 간혹 궁금하기도 했다. 퍽 재미있는 반응이 일어날 터였다. 하지만 그 반응들 중 곧이곧대로 '믿는' 경우는 없을 것이다.

때때로 뉴턴은 월드 엔터프라이즈에는 무슨 일이 벌어졌을지 궁금했다. 지금은 월드 엔터프라이즈와의 연락이 완전히 끊긴 상태였다. 판스워스가 회사를 운영하고 있을까? 편지도 전화도 전혀 없었다. 거실에 전화기가 있었지만 단 한 번도 울리지 않았고, 그 전화기로 외부에 전화를 거는 것 역시 허용되지 않았다. 연한 파란색 전화기는 마호가니 테이블에 놓여 있었다. 전화 걸기를 여러 번 시도해 보았으나, 수화기를 들면 늘 같은 목소리로—녹음된 음성 같았다—"죄송합니다. 이 전화기는 제한되어 있습니다."라고 나올 뿐이었다.

인공적이고 상냥한 여자 목소리였다. 그러나 어떤 것에 제한되어 있는지는 한 번도 알려 주지 않았다. 가끔 외롭거나 살짝 취했을 때—예전처럼 술을 많이 마시지 않았다. 그리고 싶은 마음도 어느새 사라졌다—수화기를 들고 "죄송합니다. 이 전화기는 제한되어 있습니다."라는 목소리를 가만히 듣고만 있기도 했다. 목소리는 아주 부드럽고 공손했으며, 이 기기가 무언가 대단한 전자 제품이라는 걸 암시하고 있었다.

의사는 변함없이 시간을 칼같이 지켰다. 경호원이 정확히 11시에 그를 들여보냈다. 의사가 가방을 들고, 의도적으로 표정을 없앤 간호사와 함께 들어왔다. 간호사의 표정은 "당신이 뭐 때문에 죽든 나는 상관없어요. 그저 내 일을 효율적으로 해낼 뿐입니다."라고 말하는 듯했다. 그녀는 금발에, 인간 기준에서 예쁜 얼굴이었다. 의사의 이름은 마르티네스였으며 생리학자였다.

"좋은 아침입니다." 뉴턴이 인사를 건넸다. "제가 뭘 하면 됩니까?"

의사는 숙련되고 무심한 미소를 지었다. "다른 검사가 있습니다, 뉴턴 씨. 간단한 검사입니다." 그의 억양에 스페인어가 희미하게 배어 있었다. 뉴턴은 오히려 마음에 들었다. 그가 지금껏 대했던 대부분의 사람들보다 덜 형식적이었으니.

"지금쯤이면 나에 대해 원했던 모든 걸 알고 있을 거라 생각합니다." 뉴턴이 말을 꺼냈다. "엑스레이 촬영도 했고, 혈액과 림프도 채취했고, 뇌파도 기록했고, 내 몸을 측정하며 뼈와 간, 신장에서 직접 샘플도 채취했잖습니까. 이제 더는 당신을 놀라게 할 게 없을 텐데요."

의사가 고개를 저으며 형식적으로 웃었다. "우리가 발견한 바에 의하면 당신은…… 정말 흥미롭습니다. 특히 장기들은 도무지 믿기지가 않아요."

"저는 괴물이니까요."

의사가 또 웃었다. 그러나 이번 웃음은 부자연스러웠다. "당신에게 맹장염 같은 게 생기면 어떻게 해야 할지도 아직 모르겠습니다. 어디를 살펴봐야 할지 제대로 알아내지 못했죠."

뉴턴이 그를 향해 싱긋 웃었다. "신경 쓸 필요 없을 겁니다. 저는 맹장이 없거든요." 그러고는 의자에 등을 기댔다. "어쨌거나 당신은 나를 수술하겠죠. 내 배를 열고 또 어떤 새롭고 흥미로운 걸 찾아낼 수 있을지 들여다보면 당신은 아마도 기분이 좋아질 거고요."

"오, 글쎄요." 의사가 받아쳤다. "사실 발가락 수를 센 뒤 우리가 당신에 관해 가장 먼저 알아낸 것들 중 하나는 충수가 없다는 사실이었습니다. 솔직히 그 외에도 많은 장기들이 없죠. 아시다시피 우리는 굉장히 발전된 장비를 사용해 왔는데 말이에요." 그러더니 갑자기 간호사에게 돌아서서 "뉴턴 씨에게 넴뷰카인 좀 줄래요?"라고 지시했다.

뉴턴이 움찔했다. "저기요," 그가 말을 꺼냈다. "전에도 말했지만 내 신경계는 두통을 일으킬 때를 제외하고는 그 어떤 마취제에도 반응하지 않아요. 날 고통스럽게 할 작정이라면, 어차피 지금보다 더 고통스럽게 해 봤자 아무 소용없습니다."

간호사가 그의 말을 완전히 무시하고 피하 주사기 준비를 시작했다. 마르티네스는 약에 대해 이해해 보려는 환자의 어설픈 노력에 응해 주는 듯 거드름을 피우며 웃었다. "마취제를 사용하지 않으면 얼마나 아픈지 모르실 겁니다."

뉴턴은 화가 치밀어 올랐다. 지난 몇 주간 호기심 많고 거만한 원숭이들에 둘러싸여 있느라 지성을 갖춘 인간이 된 그의 감각이 아주 예민해졌다. 물론 원숭이들이 들락날락거리며 그를 살펴보고 박식해 보이려 애쓰는 동안 그는 우리 안에 갇혀 있었다. "저기," 뉴턴이 입을 열었다. "제 지능 검사 결과 못 봤습니까?"

의사는 책상에 있는 서류 가방을 열고 서류 몇 장을 꺼냈다. 서류마다 '일급비밀' 도장이 선명하게 찍혀 있었다. "지능 검사는 제 전문 분야가 아닙니다, 뉴턴 씨. 그리고 아시겠지만 모든 정보는 극비입니다."

"그렇죠. 하지만 당신은 알고 있잖습니까."

의사가 목청을 가다듬고 서류의 빈칸을 날짜와 검사 종류 등으로 채우기 시작했다. "음, 헛소문이 좀 있었나 보네요."

뉴턴은 이제 화가 났다. "저도 그렇게 생각합니다. 그리고 내 지능이 당신 지능보다 두 배 정도 높다는 걸 당신도 알 거라 생각하고요. 국소 마취가 나한테 효과가 있는지 없는지 알고 있다는 내 말, 안 들려요?"

"우리는 당신의 신경계 배열에 대해 철저하게 연구했습니다. 그래서 당신이 넴뷰카인에 반응하지 않을 이유가 없을 거라고 봅니다. 당신뿐만 아니라 다른 누구에게도 마찬가지이고요."

"당신이 생각보다 신경계 분야에 대해 그렇게 잘 아는 게 아닐 수도 있지요."

"그럴 수도 있겠군요." 의사는 서류 작성을 마치고 연필이 문진 역할을 하도록 서류 위에 내려놓았다. 그러나 창문도 없고 바람도 없으니 문진 같은 건 필요하지 않았다. "정말 그럴 가능성도 있겠네요, 어쨌거나 이건 제 전문 분야가 아니니까요."

뉴턴은 주사 바늘 준비를 마친 간호사를 흘끗 쳐다보았다. 그녀는 두 사람의 대화를 못 알아듣는 척하느라 애쓰는 듯했다. 의료진들이 뉴턴과 같은 별난 죄수에 대해 어떻게 계속 입을 다물고 있을 수 있는지, 또 기자들을 어떻게 멀리할 수 있는 건지, 친구들과의 브리지 게임*을 어떻게 하지 않을 수 있는지, 그는 문득 궁금해졌다. 정부가 격리 시설에 갇힌 그

---

* 콘트랙트 브리지를 뜻하며, 일종의 카드 게임으로 유럽에서는 4명만 모이면 종종 즐기는 게임이다.

를 위해 일하는 모든 사람을 관리할 가능성도 있다. 하지만 그건 복잡하고 불편할 터였다. 어쨌든 그들은 분명 뉴턴과 마찬가지로 엄청난 고통을 겪고 있을 것이다. 그는 자신의 기이한 특징을 아는 몇몇 사람들 사이에서 틀림없이 엉뚱한 추측이 난무하고 있을 거라 생각했고, 그런 상상이 나름 재밌기도 했다.

"그럼 당신의 전문 분야는 뭡니까?" 뉴턴이 물었다.

의사가 어깨를 들썩였다. "주로 뼈와 근육 쪽입니다."

"음, 좋군요." 뉴턴은 체념했다. 의사가 간호사에게 주사를 받아 소매를 걷어 올렸다.

"윗옷을 벗는 게 낫겠어요." 의사가 말했다. "등을 살펴볼 거라서요. 이번에는요."

뉴턴은 순순히 셔츠 단추를 풀었다. 셔츠를 반쯤 풀었을 때 간호사가 숨을 한 움큼 들이마시는 소리가 들렸다. 그는 간호사를 올려다보았다. 털과 젖꼭지가 없는 그의 가슴팍에 눈길을 보내지 않으려 부단히 애쓰는 그녀를 보니, 의료진들이 그녀에게 별 이야기를 하지 않은 것 같았다. 의료진은 당연히 뉴턴의 변장을 일찍부터 밝혀냈고, 그는 더 이상 변장을 할 필요가 없었다. 간호사가 그의 눈동자를 알아볼 만큼 아주 가까이에 오면 어떤 반응을 보일지 몹시 궁금했다.

셔츠를 벗자 간호사가 척추의 양쪽 근육에 주사를 놓았다. 그녀는 주사 바늘을 부드럽게 찌르려 노력했지만 그가 느끼는 고통은 상당했다. 주사가 다 끝났을 때 그가 내뱉었다. "자, 이제 뭘 할 겁니까?"

의사가 서류에 주사 시간을 기록했다. "먼저 넴뮤카인 반응이 나타날 때까지 20분간 기다릴 겁니다. 그런 다음 골수 샘플을 채취할 예정이고요."

뉴턴은 아무 말 없이 그를 가만히 쳐다보았다. 그러고는 이렇게 말했다. "모르셨습니까? 내 척추에는 골수가 없습니다. 비어 있어요."

의사가 눈을 깜빡였다. "자자," 그가 입을 열었다. "골수는 분명 있을 겁니다. 혈액 속의 적혈구가—"

뉴턴은 사람 말을 가로막는 것에 익숙하지 않았지만 이번에는 그의 말을 막을 수밖에 없었다. "적혈구와 골수에 대해선 저도 잘 모릅니다. 그러나 생리학에 관해서는 아마 저도 당신만큼 잘 알 겁니다. 어쨌든 내 뼈에는 골수가 없어요. 그리고 당신 또는 당신의 상사일 수도 있지만 누구든, 당신들이 나의…… 특이성을 파헤치면서 만족감을 느끼게 하기 위해 당신들이 요구하는 이런 고통스러운 검사에 복종하고 싶은 마음 따위 추호도 없습니다. 수십 번도 더 얘기했듯, 저는 돌연변이입니다. 괴물이라고요. 이래도 내 말을 못 믿겠습니까?"

"미안합니다." 의사가 말했다. 그는 정말 미안해하는 것 같았다.

순간 뉴턴의 시선이 의사의 머리를 넘어 형편없이 복제된 반 고흐의 〈아를의 여인〉에 닿았다. 미국 정부는 아를의 여인을 데리고 무얼 할 수 있을까? "언젠가는 당신의 상사를 만나고 싶군요." 뉴턴이 말했다. "어차피 내 몸에 전혀 영향을 미치지 않을 넴뷰카인의 약효를 기다리는 동안 나만의 마취제를 써 보고 싶어요."

의사의 얼굴이 하얗게 질렸다.

"진 말입니다." 뉴턴이 말했다. "진과 물이요. 같이 마시겠습니까?"

의사가 반사적으로 미소를 지었다. 모든 훌륭한 의사들은 환자의 재치 있는 말에 웃곤 한다. 제아무리 성실함이 입증된 생리학 연구가라 할지라도 미소를 띠게 된다. "미안합니다." 그가 답했다. "지금은 근무 중이어서요."

뉴턴은 자기도 모르게 끓어오르는 부아에 흠칫했다. 그는 자기가 마르티네스 의사를 좋아하는 줄 알았다. "저기, 이봐요. 당신은 분명…… 당신 전문 분야에서 몸값이 아주 비싼 의사겠죠. 당신의 진료실에는 마호가니 나무로 만든 고급스러운 바가 있을 거고요. 그리고 나는 당신이 내 척추를 탐색할 때 손이 떨릴 만큼 술을 많이 권하지도 않을 겁니다. 약속하죠."

"전 진료실이 없습니다." 의사가 말했다. "연구실에서 일하죠. 보통 근무 중에는 술을 마시지 않아요."

뉴턴은 이유 같지 않은 이유를 듣고 그를 가만히 쳐다보았다. "아니요, 아닐 것 같은데요." 뉴턴이 간호사를 바라보더니, 마침 그녀가 난처해하며 입을 열려 할 때 그가 먼저 말을 내뱉었다. "그게 아니라 규정 때문이겠죠." 그러더니 자리에서 일어나 그들을 내려다보며 미소 지었다. "그럼 혼자 마시죠." 뉴턴은 자기가 그들보다 키가 큰 점이 마음에 들었다. 곧바로 코너에 있는 바(Bar)로 다가가 큰 컵에 진을 가득 따랐다. 조금 전 그가 이야기를 하는 동안 간호사가 테이블에 펼쳐 놓은 시트 위에 수술용 도구를 준비하고 있었기에 물은 생략하기로 했다. 주사 바늘 몇 개와 작은 칼들, 쪽쇠 같은 도구들은 전부 스테인리스 스틸 재질이었다. 그 도구들은 아름답게 반짝이고 있었다……

*

의사와 간호사가 떠난 뒤 그는 1시간이 넘도록 침대에 얼굴을 파묻은 채 엎드려 있었다. 셔츠가 다시 입혀져 있지 않은 그의 등에는 붕대 이외엔 아무것도 없었다. 쌀쌀함이 희미하게 느껴졌다. 그에게는 특이한 감각이었는데도 그는 몸을 덮으려 움직이지 않았다. 이제는 괜찮아졌지만 조금 전까지만 해도 몇 분간 극심한 통증이 몰려왔고, 통증으로 인한 두려움과 통증 이전에 느낀 공포에 완전히 녹초가 된 상태였다. 뉴턴은 어렸을 때부터 예상 가능한 통증을 두려워하며 살아왔다.

뉴턴은 그들이 그에게 가한 고통을 본인들도 알고 있을 거라고, 잘못된 형태의 세뇌와 그의 마음을 처참히 무너뜨린 그들의 희망 때문에 그를 이토록 고문하는 걸지도 모른다고 생각했다. 그러나 생각만으로도 몸서리치게 무서웠다. 만약 그 생각이 맞다면 이제 막 시작인 것일 테니까. 하지만 그럴 가능성은 없었다. 오랜 시간 끊임없이 반복된 냉전이라는 핑곗거리에도 불구하고, 그 당시 민주주의에서조차 용인되었던 지독한 독재에도 불구하고, 인간들은 그런 끔찍한 것들에게서 벗어나기를 무척 어려워했다. 그리고 그 해는 선거가 있는 해였는데, 이미 집권당의 우위를 암시하는 캠페인 연설이 간혹 진행되었고, 그런 연설에서 뉴턴의 이름이 언급되기도 했다. 그럴 때마다 '은폐'라는 말이 여러 번 사용되었다.

그를 고통스러운 검사에 복종시키는 유일하고 논리적인 이유는 분명 어떠한 형태의 관료적 호기심이었을 것이다. 그가 인간이 아니라는 것을 결정적으로 증명하고자 하는, 그들의 의심이 사실이었다는 걸 증명하려는 욕망이 아마도 정의로 둔갑했을 것이다. 하지만 그 의심은 불합리했기 때문에 인정될 수 없었다. 만일 그들 생각대로 흘러갔고 그럴 가능성이

컸다면, 그들은 처음부터 명백한 오류 속에 있었을 것이다. 그들이 뉴턴에게서 어떤 비인간적인 속성을 알아냈든지 간에, 그가 다른 행성에서 왔다는 결론보다 그의 몸이 신체적으로 다른 인간과 다른, 돌연변이이자 괴물인 쪽이 더 그럴싸하게 보이리라 판단했을 거다. 그럼에도 그들은 어려움을 인식하지 않는 것 같았다. 대체 어떤 구체적인 부분을 알아내려고 이러는 걸까? 어떤 부분을 자세하게 알고 싶은 걸까? 그리고 무엇을 증명하려는 걸까? 마지막으로, 그것을 확실하게 증명해 낸다면, 그다음에 그들은 무얼 할 수 있을까?

그러나 뉴턴은 크게 신경쓰지 않았다. 그들이 무엇을 발견했든 상관하지 않았고, 20년 전 태양계의 또 다른 행성에서 구상된 아주 오래되고 오래된 계획이 현재 어떻게 돌아가고 있는지 관심조차 기울이지 않았다. 그는 그 부분에 대해 그리 깊게 생각하지 않았다. 어쨌거나 그 계획은 이제 다 끝났다고 여길 뿐이었다. 그러자 안도감보다 조금 더 나은 안온함이 느껴졌다. 그가 가장 관심을 두는 부분은 지긋지긋한 실험과 검사, 심문이 다 끝난 뒤 그들이 그를 혼자 두는 것, 그것이었다. 다시 수감자 신세가 되는 것쯤은 그에게 아무런 문제가 되지 않았다. 이런 삶은 여러 방면에서 그의 생활 방식에 오히려 더 가까웠고, 자유보다 더 만족스러웠다.

7

FBI는 굉장히 친절하고 신사적이었지만, 브라이스는 말도 안 되는 심문을 이틀 연속으로 받은 후 완전히 지쳐 버려서 그들의 친절 뒤에 가려진 경멸에 화조차 낼 수 없었다. 사흘이 지나도 풀어 주지 않자 세상이 끝난 것 같은 기분이었다. 그래도 그들이 특별히 심하게 압박한 건 아니었다. 사실 그의 존재를 별로 중요하게 여기는 것 같지도 않았다.

사흘째 날 아침, 여느 때와 같이 한 남자가 안으로 들어와 YMCA에 있는 그를 태우고 네 블록 너머에 있는 신시내티 시내의 연방수사국 본사로 데려갔다. YMCA에서의 체류는 사실 그를 지치게 만드는 요인이었다. 그가 FBI가 충분한 상상력이 있다고 여겼다면 그는 FBI가 자신을 우울하게 만들기 위해 고의로 공용실 안 가득 때 묻은 오크 나무 가구들과 읽지도 않는 기독교 소책자들을 넣어 놓았음을 비난했을 것이다.

남자는 이번엔 그를 연방수사국 본사의 새로운 방으로 데리고 갔다. 치과 진료실 같은 방 안에서 한 전문가가 그에게 주사를 놓고, 심장 박동과 혈압을 측정하고, 심지어 두개골 엑스레이까지 촬영했다. 누군가 '일반적인 신원 확인 절차'라고 설명했던 것들이 전부 행해졌다. 브라이스는 심장 박동 속도가 신원 확인과 무슨 연관이 있는지 당최 짐작이 가지 않았지만 물어보지 않는 편이 나으리라 생각했다. 갑자기 모든 절차가 끝났고, 그를 데려온 남자가 FBI와 관련한 부분들은 이제 완전히 자유로워졌다며 가도 된다고 했다. 그가 손목시계를 확인했다. 오전 10시 30분이었다.

방을 나와 복도를 따라 내려가며 주 출입구로 가는 길에 또한 번 충격을 받았다. 나이가 지긋한 간호사가 조금 전 그가 나온 방으로 누군가를 안내하고 있었다. 다름 아닌 베티 조였다. 그녀는 브라이스를 보고 슬며시 미소 지었지만 말은 하지 않았다. 간호사가 그를 지나가게 하고는 베티 조를 재촉하며 방으로 데리고 들어갔다.

브라이스는 본인의 반응이 상당히 놀라웠다. 지칠 대로 지쳤음에도 불구하고 그녀를 보았다는 기쁨에, 무엇보다도 터무니없이 무겁고 엄격한 연방수사국 본사의 복도에서 천진난

만한 표정의 투실투실한 그녀를 만났다는 반가움에 뱃속이 팽팽해지는 느낌이었다.

본사 건물 밖에서 그는 차가운 12월의 햇살을 받으며 계단에 앉아 그녀가 나오길 기다렸다. 정오가 다 되어 가는 시각, 그녀가 나와 수줍은 듯 느릿느릿 그의 옆에 앉았다. 차가운 공기 때문인지 그녀의 향수 향기가 따뜻하고 달콤하고 강하게 느껴졌다. 바빠 보이는 한 청년이 서류 가방을 들고 두 사람을 보지 않는 척하며 계단을 성큼성큼 올라갔다. 브라이스는 베티 조에게 고개를 돌렸다가 조금 전까지 울고 있었던 것처럼 부어 있는 눈을 보고 깜짝 놀랐다. 그는 걱정스러운 마음에 그녀를 흘긋 쳐다봤다. "저들이 당신을 대체 어디에 가둬 둔 겁니까?"

"YWCA에요." 그녀가 몸서리를 쳤다. "그렇게 크게 신경 쓸 일은 아니었어요."

그들이 베티 조를 그곳에 머물게 한 건 그럴 법한 일이었지만, 정말 그럴 줄은 예상도 하지 못했었다. "저는 다른 데 있었습니다." 그가 말했다. "YM에요. 그자들이 당신을 어떻게 대했습니까? 그러니까 FBI가요." YMCA, FBI. 이런 이니셜을 쓰는 게 어쩐지 우습게 느껴졌다.

"음, 기억해 볼게요." 베티 조는 머리를 젓더니 입술에 침을 발랐다. 브라이스는 그런 그녀의 행동이 좋았다. 그녀의 입술은 도톰했고, 립스틱을 바르지 않았는데도 차가운 공기 때문에 불그스름한 색을 띠었다. "질문을 정말 많이 했어요. 토미에 관해서요."

뉴턴에 대한 언급에 그는 살짝 당황했다. 지금은 그 안테아인에 대해 이야기하고 싶지 않았다.

그녀는 그의 당혹감을 눈치챈 듯했다. 또는 그녀 역시 당황했거나. 잠시 후 그녀가 말했다. "점심 먹으러 갈래요?"

"좋은 생각입니다." 그가 자리에서 일어나 오버코트를 여몄다. 그리고 몸을 숙여 그녀의 두 손을 잡아 일어서는 걸 도와주었다.

다행히 둘은 조용하고 괜찮은 레스토랑을 찾아냈고, 음식을 배부르게 먹었다. 음식은 전부 합성 조미료가 들어가지 않은, 천연 재료로 만든 음식이었고 후식으로 나온 고작 35센트밖에 안 되는 커피마저 진짜 원두로 내린 것이었다. 어쨌거나 두 사람에게 돈은 충분했다.

그들은 식사를 하는 동안 대화를 거의 나누지 않았고, 뉴턴을 입에 올리지도 않았다. 브라이스가 그녀에게 계획을 물었고, 그녀도 아직 아무 계획이 없다는 걸 알아냈다. 식사를 다 마치자 그가 물었다. "이제 뭐 할까요?"

그녀는 이제 조금 나아 보였다. 더 안정되고 생기가 도는 듯했다. "동물원에 갈래요?" 그녀가 물었다.

"좋죠." 좋은 생각인 것 같았다. "택시를 타면 되겠군요."

크리스마스 시즌이라 그런지 동물원에 사람이 거의 없었다. 브라이스에겐 딱이었다. 동물들은 모두 실내에 있고, 두 사람은 이쪽 관에서 저쪽 관을 기분 좋게 거닐었다. 브라이스는 몸집이 크고 발칙한 고양잇과 동물들을 좋아했는데 특히 검은 표범이 마음에 들었다. 그녀는 새들 중 색이 밝고 다채로운 종을 좋아했다. 그는 원숭이를 음탕한 작은 생물체라고 여겼기 때문에 그녀가 자기보다는 원숭이에 관심을 많이 보이지 않아 참 다행이란 생각이 들었고, 내심 기분이 좋았다. 그녀가 다른 많은 여자들처럼 원숭이를 귀엽고 재밌는 동물이라고 생각했으면 실망했을 것이다.

또 그는 아쿠아리움 입구에 있는 가판에서 맥주를 살 수 있어서 기분이 좋았다. 두 사람은 맥주를 들고 안으로 들어가—음식물을 갖고 들어가지 말라고 표지판에 분명하게 쓰여 있긴 했지만—거대한 메기들이 들어 있는 커다란 수조 앞 어스름한 조명 아래에 앉았다. 오렌지색 수염과 두툼한 회색 피부를 가진 메기들은 건강하고 튼실하며 평온해 보였다. 둘은 맥주를 마시며 메기들을 처연하게 바라보았다.

두 사람이 메기를 구경하며 한동안 조용히 앉아 있던 중, 베티 조가 입을 열었다. "그 사람들이 토미를 어떻게 할까요?"

브라이스는 그녀가 그 주제를 꺼내길 기다리고 있었다. "모르겠습니다." 그가 답했다. "해를 가하지는 않을 거예요."

베티 조가 맥주를 홀짝였다. "그자들은 그가…… 미국인이 아니라고 했어요."

"그렇죠."

"알고 있었어요, 브라이스 박사님?"

그는 그녀를 가만히 바라보며 자기를 네이선이라 부르라고 하려 했지만, 지금은 그럴 타이밍이 아닌 것 같았다. "그 말이 맞을 거예요." 브라이스는 만약 그들이 모든 걸 알아냈다면 대체 뉴턴을 어떻게 추방할 수 있을지 궁금했다.

"그들이 뉴턴 씨를 오래 데리고 있을까요?"

브라이스는 FBI가 치과 진료실 같은 자그마한 방에서 뉴턴의 뼈대 엑스레이 사진과 자기 몸을 빈틈없이 검사했던 게 떠올랐고, 갑자기 그들이 왜 그런 검사를 했는지 납득이 가기 시작했다. 그들은 브라이스가 안테아인이 아니라는 것도 확인하고 싶었던 것이다. "네," 그가 답했다. "아마 꽤 오랫동안 데리고 있을 겁니다. 최대한 오래요."

그녀가 대답하지 않자 그는 그녀를 돌아봤다. 그녀는 두 손으로 종이컵을 잡고 무릎 위에 올리고서 마치 컵 안으로 들어갈 것처럼 뚫어지게 내려다보았다. 메기 수조에서 번지는 어스름한 조명은 그녀의 얼굴에 그림자를 드리우지 않았다. 주름이 없는 단순한 이목구비와 의자에 앉은 침착하고 곧은 자세가 그녀의 모습을 섬세하고 단단한 조각상처럼 보이게 했다. 브라이스는 베티 조를 오랫동안 말없이 지켜보았다.

그리고 그녀가 그를 돌아보았을 때, 그는 조금 전 그녀가 울었던 이유를 명백하게 깨달았다. "뉴턴이 그리운가 봅니다." 그가 말했다. 그는 맥주를 전부 마셔 버렸다.

그녀의 표정은 여전히 그대로였지만, 목소리는 부드러웠다. "그럼요. 그립죠." 그녀가 답했다. "우리 다른 물고기도 보러 가요."

그들은 다른 물고기들을 구경했다. 그러나 나이 든 메기만큼 마음에 드는 물고기는 없었다.

택시를 타고 시내로 돌아가야 할 시간이 되었고, 그는 택시기사에게 전달할 주소, 그가 가야 할 목적지가 없다는 걸 깨달았다. 옆에서 햇살을 받고 서 있는 베티 조를 바라보았다. "어디에 머무를 예정이신가요?" 그가 물었다.

"글쎄요. 모르겠어요." 그녀가 답했다. "신시내티 주변에 아는 사람이 없어서요."

"당신 가족들한테 돌아갈 수 있지 않나요? 어디였죠?"

"어바인이요. 여기서 멀지 않아요." 그녀가 아쉬운 듯 그를 바라보았다. "하지만 가고 싶지 않아요. 사이가 좋은 것도 아닌데요, 뭐."

브라이스는 그 말의 의미를 골똘히 생각하며 물었다. "저와 함께 있을래요? 호텔이나 이런 데서요. 그런 다음에 방을 찾아보면 될 겁니다. 물론 당신이 원한다면요."

그녀는 순간 놀란 눈치였다. 그 말에 그녀가 모욕감을 느꼈을까 봐 걱정되었다. 하지만 그녀는 그에게 한 발짝 다가왔다. "세상에, 좋아요. 제 생각에 우리는 함께 있어야 할 것 같아요, 브라이스 박사님."

8

감금된 지 두 달째, 뉴턴은 다시 술을 진탕 마시기 시작했고 그 이유는 정확히 알 수 없었다. 외롭진 않았다. 브라이스에게 정체를 고백했기 때문에 그와의 동료애에 대한 희망의 불씨조차 느껴지지 않았다. 지난 몇 년간 고군분투했던 강렬한 긴장감도 느껴지지 않았다. 이제는 모든 상황이 더 단순해졌기에 책임감 같은 감정도 없는 거나 마찬가지였다. 폭음의 이유라고 할 수 있는 주요 문제점이 하나 있긴 했다. 만약 정부가 그의 계획을 받아들인다면 그걸 계속 이행하느냐 마느냐였다. 하지만 어떤 선택이든 그가 이행할 가능성이 희박해 보였기 때문에 술에 취해 있든 맨정신이든 그 문제에 골머리를 많이 썩이지는 않았다.

그는 여전히 독서를 자주 했고, 아방가르드한 문학, 즉 기성의 예술 관념이나 형식을 부정하고 혁신적인 예술을 내보이는 문학에 새로운 흥미가 생겼다. 특히 세스티나*, 전원시, 발라드 형식으로 구성된 어렵고 융통성이 없는 시에 흥미를 갖게 되었다. 그런 시들은 발상이나 통찰적 측면에서는 미약했지만, 언어학적으로는 매력적이었다. 심지어 그는 이탈리아 소네트 형식**으로 시를 직접 써 보기도 했지만, 머리를 쥐어짜며 소네트(14행시)의 첫 8행을 다 쓰기도 전에 자신이 시 쓰기에 놀라울 정도로 재능이 없다는 사실을 알게 되었다. 언젠가 안테아에서 다시 시도해 봐야겠다고 생각했다.

또한 과학과 역사 관련 서적도 많이 읽었다. 간수들은 그에게 진과 책을 제공하는 데 매우 관대했다. 음식을 제공하고 방을 청소해 주는 관리인이 그에게 눈썹을 치켜올린 적도 없었고, 요청한 게 무엇이든 지급이 하루라도 늦어진 적이 없었다. 그들은 감탄스러울 정도로 잘 대해 주었다. 어느 날은 어떻게 하나 보려고 책《바람과 함께 사라지다》아랍어 번역본을 요청했는데, 관리인은 전혀 개의치 않고 책을 5시간 뒤에 가져다주었다. 그러나 그는 아랍어를 읽을 수 없었으니 당연

---

* 행의 끝에 6개의 단어를 규칙적으로 써 가며 리듬감을 부여하는 중세 유럽의 독특한 시 형식

** 소네트 형식의 종류는 영국 소네트와 이탈리아 소네트가 있으며, 이탈리아 소네트는 14줄의 행이 첫 8줄과 마지막 6줄로 구분된다.

히 그 소설책에 관심을 갖지 않았고, 그냥 방구석 어느 책장의 북엔드로 사용했다. 그 책은 어이가 없을 정도로 무거워서 북엔드로 안성맞춤이었다.

감금에 대해 진지하게 이의를 제기할 부분은 가끔 찾아오는 문밖의 그리움뿐이었다. 그리고 간혹 베티 조나 네이선 브라이스를 만나고 싶기도 했다. 두 사람은 이 행성에서 그가 유일하게 친구라고 할 수 있는 자들이었다. 물론 안테아를 향한, 안테아에 있는 아내와 아이들에게도 그리움은 있었지만 그 감정은 흐리멍덩했다. 이제 더는 고향 생각이 자주 나지 않았다. 그는 지구인처럼 살고 있었다.

감금된 지 두 달이 다 되어 갈 때쯤, 그자들이 신체검사를 거반 끝낸 것 같았다. 신체검사는 그에게 조금 불쾌한 기억과 반복되는 은은한 요통을 남겼다. 그때까지 심문도 지루하게 되풀이되고 있었다. 이제 물어볼 거리가 다 떨어진 모양이었다. 그러나 그 누구도 가장 명백한 질문은 하지 않았다. 그 누구도 다른 행성에서 왔냐고 묻지 않았다. 그들은 분명 지금까지 계속 의심했을 테지만, 절대 직접적으로 묻지 않았다. 웃음거리가 될까 봐 두려운 걸까? 아니면 고도의 심리 기술인가? 가끔 그는 모든 진실을 털어놓아야겠다고 마음먹기도 했지만, 어차피 그들이 믿을 것 같지는 않았다. 아니면 아예 화성이나 금성에서 왔다고 주장하면서 그들이 그를 괴물이라고 확신할 때까지 그 주장을 밀고 나갈 수도 있었다. 그러나 그들이 그렇게 멍청할 리 없었다.

그러던 어느 날 오후, 그들이 갑자기 그를 조금은 색다른 기술로 대하기 시작했다. 상당히 놀라웠다. 그렇지만 결국에는, 안도감이 찾아왔다.

심문은 일반적인 방식으로 시작했다. 심문자인 보웬은 감금 초반부터 최소 일주일에 한 번씩 그를 심문하곤 했다. 비록 많은 공무원들 중 어느 누구도 뉴턴에게 사기들의 직위를 드러내지 않았지만, 보웬은 언제나 자신이 다른 공무원들보다 더 중요한 사람이라는 인상을 주었다. 보웬의 비서는 조금 더 유능했다. 옷도 다른 직원들보다 조금 더 비쌌고, 눈 아래 다크서클도 조금 더 진했다. 아마 보좌관이거나 CIA(중앙정보국)에 관련된 사람 같았다. 게다가 지능 또한 상당히 높아 보였다.

보웬이 안으로 들어오면서 뉴턴에게 반갑게 인사를 하고 안락의자에 앉아 담배에 불을 붙였다. 뉴턴은 담배 냄새를 좋아하지 않았지만, 담배 냄새에 저항하기를 포기한 지 이미 오래였다. 게다가 그 방에는 에어컨이 켜져 있었다. 보좌관은 뉴턴의 책상 앞에 앉았다. 다행히 보좌관은 담배를 피우지 않았다. 뉴턴은 두 사람을 상냥하게 맞이했으나 소파에서 일어나지는 않았다. 모든 게 고양이 쥐 게임 같다는 생각이 들었다. 뉴턴은 그 게임을 굳이 피하지 않았다.

보웬은 빠르게 본론으로 들어가는 스타일이었다. "솔직히 말씀드려야겠군요, 뉴턴 씨." 그가 입을 열었다. "당신은 우리를 무척 혼란스럽게 했습니다. 우리는 아직도 당신이 누구인지, 어디에서 왔는지 모릅니다."

뉴턴이 그를 똑바로 쳐다보았다. "제 이름은 토머스 제롬 뉴턴이고, 켄터키의 이들 크릭에서 왔습니다. 신체적으로 아주 기이한 특성을 갖고 있는 돌연변이죠. 바셋 주 버버원에서 제 출생 기록을 보셨을 겁니다. 1918년에 그곳에서 태어났어요."

"그렇다면 당신 나이는 지금 70세이겠군요. 하지만 당신은 40대처럼 보입니다."

뉴턴이 어깨를 으쓱했다. "말씀드렸듯이 저는 돌연변이입니다. 아마도 새로운 인종이겠죠. 그건 불법이 아닐 텐데요, 안 그렇습니까?" 전부 전에 했던 발언들이었다. 그러나 그런 말을 또다시 하는 것에 그는 거리낌이 없었다.

"불법은 아닙니다. 하지만 우리는 당신의 출생 기록이 위조되었다고 생각해요. 위조는 불법이죠."

"증거 있습니까?"

"아마 없을 겁니다. 뉴턴 씨, 당신은 당신 일에 굉장히 유능하죠. 만약 당신이 정말 월드 컬러 필름을 발명했다면 출생 기록 위조 정도야 충분히 할 수 있을 거라 봅니다. 물론 1918년 기록을 확인하기는 어려웠을 겁니다. 지금까지 살아 있는 사람도 없고요. 그렇다고 해도 당신의 어린 시절 지인을 전혀 찾아낼 수 없다는 건 여전히 문제로 남아 있죠. 게다가 더 이상한 부분은, 5년 전에 당신을 알았던 사람도 없다는 겁니다." 보웬은 담배를 비벼 끄고 정신이 딴 데 가 있는 사람처럼 귀를 긁적였다. "왜 그런 건지 말씀해 주겠습니까, 뉴턴 씨?" 뉴턴은 심문자가 귀를 긁적이는 기술은 특수학교에서 배우는 건지 아니면 영화를 보고 따라 하는 건지 궁금했다.

뉴턴은 전과 같은 대답을 했다. "제가 괴짜라서 그런 겁니다. 제 어머니는 저를 사람들 앞에 내세우지 않았어요. 당신도 눈치챘겠지만, 그 영향으로 저는 감금을 두려워하지 않죠. 옛날에는 아이를 감금하는 게 그렇게 어려운 일도 아니었습니다. 특히 켄터키에서는 더욱 아니었죠."

"학교도 다니지 않았습니까?"

"전혀요."

"하지만 당신은 제가 만난 사람 중 최고의 교육을 받은 사람입니다." 뉴턴이 답을 하기 전에 그가 덧붙였다. "그래요, 압니다. 당신은 정신 상태도 이상하죠." 보웬이 하품을 참았다. 무척 지루한 모양이었다.

"맞습니다."

"그러고 나서 예순다섯 살까지 켄터키의 잘 알려지지 않은 곳에 숨어 지냈기 때문에 아무도 당신을 보거나 듣지 못했다,

이 말씀이죠?" 보웬이 씁쓸한 미소를 지었다.

그 구상은 당연히 말이 되지 않았다. 그러나 그가 대처할 수 있는 방법은 그뿐이었다. 바보가 아니고서야 그 말을 믿을 사람이 없겠지만, 뉴턴에게는 그런 종류, 또는 다른 이야기가 필요했다. 이보다 더 많은 노력을 기울여서 가짜 서류를 더 많이 만들어 내고 공무원들에게 뇌물을 줘 가며 더 설득력 있는 과거를 지어낼 수도 있었다. 그러나 그렇게까지 할 만한 가치가 없었고 오히려 더 위험했기 때문에 안테아를 떠나기 한참 전에 이미 그런 짓은 하지 않기로 결정했었다. 게다가 출생 기록을 위조하는 전문가를 구하는 일조차 몹시 까다롭고 위험한 일이었다.

"네, 맞습니다." 그가 싱긋 웃었다. "제가 예순다섯이 될 때까지 아무도 제 이야기를 듣지 못했죠. 오래전에 죽은 친척들 말고는요."

그때 갑자기 보웬이 새로운 이야기를 했다. "그럼 그다음에 반지를 팔기 시작했습니까? 이 동네 저 동네에서요?" 그의 목소리가 다소 거칠어졌다. "당신은 금반지를 100개 정도 만들었더군요. 전부 다 완벽하게 똑같이요. 그쪽의 현지 자원을 이용했을 거라 추정됩니다. 그리고 갑자기 예순다섯에 반지들을 팔러 다니기 시작했고요?"

뜻밖이었다. 그들이 반지에 대해 알고 있을 거라 추측하긴 했지만, 여태까지 언급한 적은 단 한 번도 없었다. 뉴턴이 머리를 굴리며 말도 안 되는 설명을 생각해 내고 슬쩍 미소를 지었다. "네, 맞습니다." 그가 답했다.

"난 당신이 뒷마당에서 금을 캐냈을 거라고 생각합니다. 그런 다음 챔 크래프트 세트*로 보석을 만들어 내고 그 위에 안전핀으로 글자를 새겨 넣었겠죠? 이런 식으로 반지를 만들어 내고, 규모가 작은 보석 가게에 그 반지를 비싸게 팔 수 있었던 겁니다. 원석보다 가치가 떨어지는 그 반지들을 말이죠."

뉴턴은 즐거움을 감출 수 없었다. "제가 좀 별납니다."

"당신은 그렇게 별나지 않습니다." 보웬이 받아쳤다. "그 누구도 그렇게 별나지는 않아요."

"음, 그러면 어떻게 설명이 가능할까요?"

보웬은 담배에 불을 붙이느라 잠깐 말을 멈추었다. 짜증이 잔뜩 났을 텐데도 그의 손은 전혀 흔들리지 않았다. 그가 말했다. "아무래도 당신이 우주선을 타고 올 때 반지를 갖고 온 것 같군요." 그러더니 눈썹을 살짝 올렸다. "어떻습니까?"

뉴턴은 놀라지 않을 수 없었지만 그런 기색을 내비치지 않으려 노력했다. "흥미롭군요."

"그렇죠. 당신이 처음 반지를 판 동네에서 8킬로미터 정도

---

* 어린이용 화학 실험 세트

떨어진 곳에 어떤 특이한 탈것의 잔해가 발견되었다는 사실을 고려하면 더 흥미로울 겁니다. 그건 몰랐죠, 뉴턴 씨? 하지만 당신이 남긴 선체는 지금도 여전히 정확한 주파수로 방사능을 방출하고 있어요. 그게 밴앨런대*를 통과했고요."

"무슨 말씀인지 모르겠습니다." 뉴턴이 말했다. 효과는 미미했지만 그가 할 수 있는 말은 그것뿐이었다. 이로써 FBI가 생각보다 철저하다는 사실이 판명되었다. 지루한 침묵이 이어졌다. 뉴턴이 입을 열었다. "제가 우주선을 타고 왔다면, 반지를 파는 것보다 더 나은 방법으로 돈을 벌지 않았을까요?" 아까부터 그들이 진실을 알아냈든 말든 자신은 딱히 신경 쓰지 않을 거라고 예상했지만, 새로운 질문들과 그들의 노골적인 태도에 마음이 조금은 불편해졌고, 그런 기분이 든다는 게 한편으로는 놀라웠다.

"만약 당신이, 일단 금성이라고 칩시다, 금성에서 왔고 돈이 필요하다면 어떻게 하겠습니까?"

뉴턴은 살면서 처음으로 목소리 톤을 일정하게 유지하기가 어려웠다. "만일 금성인이 우주선을 만들 수 있다면, 돈도 충분히 위조할 수 있겠죠."

"그렇다면 위조할 10달러짜리 지폐를 금성 어디에서 찾을

* 지구를 감싸고 있는 강한 방사능 층

수 있을까요?"

뉴턴은 대답하지 않았다. 보웬이 코트 주머니로 손을 뻗더니 작은 물건을 꺼내 옆 테이블에 내려놓았다. 보좌관이 일시적으로 고개를 들었다가 누군가 말을 꺼내길 기다렸다. 받아적으려는 것 같았다. 뉴턴이 눈을 깜박였다. 테이블에 있는 물건은 아스피린 케이스였다.

"위조된 지폐가 우리에게 다른 무언가를 가져다주었습니다, 뉴턴 씨."

그는 보웬이 무슨 말을 하려는지 알았고, 그가 할 수 있는 일은 이제 정말 많지 않았다. "이건 어디에서 났습니까?"

"우리 직원이 당신이 묵었던 루이빌 호텔을 수색하다가 우연히 발견했습니다. 2년 전 엘리베이터에서 당신 다리가 부러진 직후에요."

"제 방을 얼마 동안 수색한 겁니까?"

"아주 오랫동안 했죠, 뉴턴 씨."

"그러면 훨씬 더 전에 저를 체포해야 했을 텐데, 왜 체포하지 않았죠?"

"음," 보웬이 입을 열었다. "가장 먼저 당신이 뭘 하려는 계획인지 알아내고 싶었습니다. 켄터키에서 제작 중인 우주선을 가지고 뭘 어쩌려는 셈인지. 모든 일이 꽤 교묘하게 진행되고 있었다는 사실을 당신도 인식하고 있어야 합니다. 뉴턴 씨, 당신은 아주 큰 부자가 되었죠. 그 말은, 돈이 아주 많은 사람을 우리가 함부로 체포할 수 없다는 뜻입니다. 특히 우리가 제대로 된 정부를 위해 일하고 있고, 금성 같은 어디 이상한 곳에서 온 그 대단한 부자를 처리하는 게 우리의 임무라면요." 그가 몸을 앞으로 기울이고 한층 더 부드럽게 말했다. "금성이 맞습니까, 뉴턴 씨?"

뉴턴은 미소로 화답했다. 사실 그 새로운 정보가 사안을 크게 변화시키지는 않았다. "나는 켄터키의 이들 크릭 외에는 그 어느 곳도 말한 적이 없습니다."

보웬이 아스피린 케이스를 가만히 내려다보았다. 그러더니 집어 들어 손바닥 위에 올리고 저울질을 했다. "이미 알고 계시겠지만, 이 케이스는 백금으로 만들어졌습니다. 이 케이스가 굉장히 눈에 띈다는 건 당신도 알 겁니다. 케이스의 재료와 바이어사의 아스피린 상자를 서툴게 모방한 세공 기술을 고려하면 한 번 더 놀랄 수밖에 없죠. 다시 말해 크기는 4분의 1인치 정도 크고 색깔도 전혀 다릅니다. 경첩도 바이어 직원들이 만드는 방식과 다르죠." 그러고는 뉴턴을 쳐다보았다. "이 경첩이 더 낫다는 얘기가 아닙니다. 그저 다를 뿐이죠." 그가 다시 미소 지었다. "그럼에도 가장 눈에 띄는 부분은 케이스에 글자가 찍혀 있지 않다는 겁니다, 뉴턴 씨. 글자처럼 보이는 애매한 선들만 있죠."

뉴턴은 난처했다. 그 케이스를 제거해야 한다는 생각을 하지 못한 자신에게 화가 났다. "그래서 당신이 내린 결론이 뭡니까?" 그들이 어떤 결론을 내렸을지 그는 아주 잘 알고 있었다.

"누군가 텔레비전 광고에 나오는 아스피린 케이스 사진을 이용해 최대한 똑같이 케이스를 위조한 거라고 결론 지었습니다." 보웬이 짧게 웃었다. "시골구석에서 나오는 텔레비전 광고 말입니다."

"이들 크릭." 뉴턴이 말했다. "거긴 확실히 시골구석이죠."

"금성도 그렇죠. 이들 크릭 약국에서는 바이어사의 아스피린이 들어 있는 아스피린 케이스를 1달러에 팝니다. 이들 크릭에서 당신이 만든 케이스가 필요할 리 없죠."

"당신이 독특한 강박 관념을 지닌 이상한 괴짜가 된다고 해도 필요 없을까요?"

보웬은 여전히 재밌어하는 듯했다. "그럴 가능성이 거의 없죠." 그가 말했다. "중요한 사실은 내가 이 모든 은닉 행위를 끝낼 거라는 겁니다." 그는 뉴턴을 가만히 뜯어보았다. "가장 흥미로운 건 당신처럼 지능이 높은 그런…… 그런 사람도 이렇게 많은 실수를 저질렀다는 거예요. 왜 우리가 당신이 시카고에 있을 때 당신을 데리러 가기로 결정했을까요? 그 부분에 대해 생각할 시간이 두 달이나 있었잖습니까."

"글쎄요." 뉴턴이 답했다.

"내 말이 그 말입니다. 당신은—안테아인, 맞죠?—우리 인간들처럼 생각하는 일에 전혀 익숙하지 않은 듯하군요. 평범한 인간이라면, 그리고 탐정 잡지를 구독하는 사람이라면, 당신이 시카고에서 브라이스 박사에게 당신의 정체에 대해 설명하던 그날 우리가 호텔방에 마이크를 설치했다는 걸 알아챘을 겁니다."

뉴턴은 너무 놀라서 한동안 아무 말도 하지 않았다. 그런 뒤 마침내 입을 열었다. "그렇네요. 안테아인은 인간들처럼 생각하지 않는 것 같군요. 하지만 우리는 이미 알고 있는 답을 얻기 위해 사람을 두 달 동안 가두어 놓고 심문하지는 않습니다."

보웬이 어깨를 으쓱했다. "지금 시대의 정부는 비밀스럽게 움직이면서 놀라운 일들을 수행합니다. 하지만 당신을 체포하는 건 내 생각이 아니었습니다. FBI의 결정이었죠. 윗선에 있는 누군가가 굉장히 두려워했다더군요. 그들은 당신의 우주 왕복선이 인간 세상을 날려 버릴까 봐 걱정하고 있었습니다. 사실 그들은 아주 초반부터 당신을 그렇게 생각해 왔습니다. 첩보원들이 당신의 프로젝트에 관한 보고서를 제출했고, 부부장들은 당신이 워싱턴이나 뉴욕을 상대로 언제 그 프로젝트를 실행할지 알아내려 백방으로 노력했습니다." 그는 안타까운 척하며 고개를 저었다. "에드거 후버* 이후 이런 빌어

---

* John Edgar Hoover. 미국연방수사국의 초대 국장. 대통령도 함부로 대하지 못할 만큼 권력이 막강했다고 한다.

먹을 세기말적 성향을 갖춘 팀도 없었죠."

뉴턴이 갑자기 벌떡 일어서서 술을 마시러 갔다. 보웬은 그
에게 세 잔을 부탁했다. 그러고는 뉴턴이 술을 준비하는 동안
주머니에 손을 찔러 넣은 채 자리에서 일어나 신발을 뚫어지
게 내려다보았다.

뉴턴이 보웬과 보좌관에게 술을 건네면서 말했다. 보좌관
은 술잔을 받을 때 그의 눈을 피하는 것 같았다. "하지만 FBI
가 그 녹음본을 들었다면, 내 계획의 목표에 대한 생각이 분
명히 바뀌었을 겁니다. 물론 난 당신이 녹음을 했을 거라 생
각합니다."

보웬이 술을 홀짝였다. "사실은, 뉴턴 씨, 우리는 FBI에게
녹음본의 존재를 알려 주지 않았습니다. 알려 줄 리 만무하
죠. 단지 체포 지시만 내렸을 뿐입니다. 녹음테이프는 내 사
무실 밖으로 나간 적이 없어요."

놀라움의 연속이었다. 하지만 여러 놀라움이 한 번에 급작
스럽게 들이닥쳤기 때문에 서서히 익숙해지고 있었다. "테이
프에 대한 FBI의 요구를 어떻게 거절할 수 있었습니까?"

"음," 보웬이 말했다. "미리 알려 주자면 내가 장차 CIA 국
장 자리를 차지할 가능성이 꽤 높습니다. 그러니까 어떤 면에
서는 내가 FBI를 능가하죠."

"그러면 당신이, 그자 이름이 뭐더라? 밴 브루, 그 사람이겠

군요. 당신 얘기를 들어 본 적 있습니다."

"우리는 CIA에서 뭐라 정의 내리기 어려운 팀입니다." 보웬이—또는 밴 브루가—말했다. "어쨌든 테이프가 우리 손에 들어오고 나서 당신에 대해 알고 싶었던 바를 알게 되었습니다. 그리고 당신의 자백을 들은 뒤, FBI가 당신을 데리러 가면—조금 아까 말했듯이 FBI가 사실을 알았다면—당신이 분명 그들에게 모든 이야기를 털어놓을 거라고 예측했고요. 우리는 그런 일이 벌어지지 않길 바랐어요. FBI를 믿지 않으니까요. 지금 상황이 아주 위험합니다, 뉴턴 씨. FBI는 우리가 고군분투하고 있는 이 문제를 당신을 사살해서 해결하려 했을 겁니다."

"그럼 당신은 날 죽이지 않을 겁니까?"

"물론입니다. 그런 일은 절대 일어나지 않아요. 당신이 위험한 존재일 수도 있지만, 우리는 단 한 번도 그렇게 생각하지 않았어요. 왜냐면 당신을 죽이는 건 황금알을 낳는 거위를 죽이는 것이니까요."

뉴턴은 술잔을 비우고 잔을 또 채웠다. "무슨 뜻입니까?"

"현재 국방부에는 이미 훌륭한 무기들이 준비되어 있습니다. 지난 3년간 당신의 개인 파일에서 조금씩 빼돌린 데이터를 기반으로 제조한 것들이죠. 조금 전에 말했듯 요즘 상황이 아주 위험합니다. 그렇기 때문에 당신을 이용할 수 있는 방법이 아주 넘쳐 나고 있어요. 보아하니 당신 같은 안테아인들은 무기에 대해 아주 잘 알고 있는 것 같더군요."

뉴턴은 술잔을 응시하며 잠시 아무 말 하지 않았다. 그러더니 침착하게 말을 시작했다. "내가 브라이스에게 한 이야기를 들었다면, 우리 안테아인들이 개발한 무기로 무슨 짓을 했는지 알겠군요. 나는 미국을 전지전능하게 만들 생각이 아닙니다. 그러고 싶어도 사실은 그럴 수 없어요. 나는 과학자가 아닙니다. 나는 지식이 많아서가 아니라 체력 때문에 여기 지구로 보내진 거예요. 무기에 관해서는 아는 바가 거의 없습니다. 아마 당신보다 모를 겁니다."

"그래도 당신은 안테아의 무기를 실제로 봤고 그에 관해 들었을 거 아닙니까."

뉴턴은 이제 다시 평정을 되찾았다. 아무래도 술 때문인 것 같았다. 더는 방어해야 한다는 생각이 들지 않았다. "밴 브루씨, 자동차를 보셨다고 해서 아프리카 원주민에게 자동차가 어떻게 만들어지는지 즉석에서 설명할 수 있습니까? 오로지 현지에서만 사용 가능한 자재들을 이용해서요."

"아니요. 하지만 내연 기관에 대해선 설명할 수 있습니다. 현대 아프리카의 원주민을 찾는다면요. 그리고 그와 관련한 일을 해낼 수 있는 똑똑한 원주민을 찾아낸다면요."

"그러면 그 원주민은 스스로 목숨을 끊겠죠." 뉴턴이 말했다. "당신에게 가치가 있을 만한 일이라면 그게 무엇이든 아

무엇도, 어떤 경우에도 알려 주지 않을 생각입니다." 그는 술
잔을 또 비웠다. "이제 당신은 나를 냉혹하게 고문하겠군요."

"안타깝게도 그건 시간 낭비일 뿐이죠." 밴 브루가 말했다.
"지난 두 달간 우리가 당신에게 어리석은 질문들을 해 댔던
이유는 일종의 심리 분석을 위해서였습니다. 여기에 카메라
를 설치해 당신의 눈 깜박임 빈도 등의 요소를 녹화했어요.
그를 통해 우리는 고문이 당신에게 아무런 영향을 미치지 않
는다는 결론을 진즉에 내렸죠. 하지만 통증에는 너무도 쉽게
정신을 놓더군요. 그래서 당신을 세뇌시키기 위한 심리 작용
들이—그러니까 죄책감과 불안감, 그런 비슷한 것들이—당신
에게 충분히 습득되지 않습니다. 심지어 수면제나 마취제 같
은 약물을 썼는데도 효과가 없더군요."

"그럼 이제 어쩔 셈입니까? 총살할 건가요?"

"아니요. 그럴 수 없을 겁니다. 대통령의 허락 없이는 불가
능하죠. 승인이 내려올 것 같지도 않고요." 보웬이 씁쓸한 미
소를 지었다. "뉴턴 씨, 당신도 알겠지만, 제아무리 우주의 요
소들을 고려한다 해도, 결국 마지막 남은 문제는 인간 정치의
현실적인 문제로 드러나는 겁니다."

"정치요?"

"지금이 1988년이라는 건 단순한 우연입니다. 그리고 1988년
은 선거가 있는 해이지요. 대통령은 이미 두 번째 임기를 위해

선거 운동을 하고 있고, 그 말은, 이미 권위가 상당히 높다는 뜻입니다. 당신은 워터게이트*가 아무것도, 정말 아무것도 바꾸지 않았다는 걸 알고 있나요? 대통령이 여전히 우리 CIA를 이용해 야당을 염탐하고 있는 거 알아요? 만일 우리가 당신에게 충분한 책임을 묻지 않거나 당신이 온 동네를 돌아다니며 끊임없이 사과하게 만들지 않으면, 공화당은 이번 일 전체를 드레퓌스 사건**처럼 꾸며내려 할 겁니다."

뉴턴이 갑자기 웃음을 터뜨렸다. "그리고 만약 당신이 날 죽이면, 대통령은 선거에서 지겠네요?"

"공화당이 이미 NAM(미국 제조사 협회)에 가입된 당신의 계열사 기업인들을 들쑤셔 놓았습니다. 그 신사분들은, 당신도 알다시피 엄청난 영향력을 행사하고 있죠. 각자 자기 것을 보호하면서 말입니다."

뉴턴은 더 크게 웃기 시작했다. 이렇게 크게 웃는 건 생전 처음 있는 일이었다. 단순히 킥킥대거나 히죽이거나 코웃음을 치는 게 아니었다. 배 속 깊숙이에서부터 끌어올려 아주 호탕하게 웃었다. "그러면 이제 날 보내 줘야겠군요."

---

* 1972년 리처드 닉슨 대통령의 측근이 닉슨의 재선을 위한 공작의 일환으로, 워싱턴 워터게이트 빌딩에 있는 민주당 본부에 침입하여 도청 장치를 설치하려 했던 미국 역사상 최대의 정치 스캔들

** 19세기 말, 프랑스의 유대인 출신이었던 사관이었던 드레퓌스가 독일 대사관에 군사 정보를 팔았다는 혐의로 체포되어 간첩이라는 누명을 썼던 사건

밴 브루는 냉담한 미소를 지으며 대답했다. "내일요. 내일 당신을 내보낼 겁니다."

9

1년이 넘는 시간이 흐르는 동안 뉴턴은 자신이 많은 것들을 어떻게 감각하는지 인식하는 데 어려움을 겪고 있었다. 그건 안테아인만의 어려움은 아니었다. 어쨌든 그는 지금까지 필요한 모든 것을 어떻게든 습득해 왔다. 영어로 말하는 법을 배우고, 단추 잠그기와 넥타이 매는 법, 적중률, 자동차 회사 이름, 그리고 결국 별 필요 없었다고 판명되었던 수도 없이 많은 정보들. 그것들을 하나하나 습득해 온 지난 15년 동안, 다시 말해 회의감 때문에 고통스러웠던 적이 단 한 번도 없었던 긴 시간 동안, 뉴턴은 자신이 수행하도록 선발된 계획에 전혀 의문을 품지 않았다. 그러나 인간처럼 산 지 15년이 지난 지금, 수감 시설에서 풀려난다는 명백한 사실이 자신에게 어떻게 감각되는지 뭐라 설명할 수가 없었다. 기존의 계획 자체에 어떤 생각을 가져야 할지도 모르겠고, 그 계획의 결과에 관해서도 아무 생각이 없었다. 어느새 그는 굉장히 인간적인 존재가 되어 있었다.

그날 아침 다시 변장을 했다. 세상 밖으로 나가기 전 변장 도구들을 착용했더니 낯설고 이상해 보였다. 우습기까지 했다. 대체 누구를 속이려고 자신을 이렇게 감춘단 말인가? 그럼에도 콘택트렌즈를, 그의 눈을 사람 눈처럼 보이게 하는 렌즈를 끼우니 편하기는 했다. 늘 선글라스를 끼고 다녀도 밝은 빛으로부터 눈이 완전하게 보호되진 않았지만, 렌즈의 빛 차단 필터는 눈으로 쏟아지는 밝은 빛의 부담을 완화해 주었다. 그리고 렌즈를 끼고 거울 속 모습을 들여다보면 인간 같아 보여서 그나마 다행이라는 생각이 들었다.

전에 본 적 없는 어떤 남자가 그를 방에서 데리고 나가더니 아주 환한 패널들이—월드 엔터프라이즈 특허를 기반으로 만들어진 패널들이—빛을 내뿜는 복도로 안내했고, 그 남자와 뉴턴은 총을 소지한 군인들의 경호를 받으며 내려갔다. 그리고 엘리베이터에 탑승했다.

엘리베이터 조명이 숨이 막힐 정도로 밝아서 뉴턴은 선글라스를 착용했다. "신문은 이 사건에 대해 뭐라고 합니까?" 사실 별 관심 없었지만 일단 물어보았다.

지금까지 말이 없었던 남자는 알고 보니 꽤 상냥했다. 다부진 몸에 키가 작았고, 얼굴에는 핏기가 없었다. "그건 제 담당 부서가 아니지만," 그가 사근사근 말했다. "당신이 보안상의 이유로 보호 구치를 받았다고 쓴 것 같아요. 당신이 한 일들은 미국 국방 쪽과 밀접하게 관련 있으니까요."

"기자들이 기다리고 있습니까? 밖으로 나가면요."

"아닐 겁니다." 엘리베이터가 멈췄다. 문이 열리자 경비가 삼엄한 또 다른 복도가 나타났다. "그러니까 제 말은, 기자들을 피해 뒷문으로 몰래 빠져나갈 겁니다."

"지금 바로요?"

"약 2시간 안에요. 그 전에 먼저 해야 하는 일이 좀 있습니다. 절차에 따라 당신을 여기에서 내보내야 해요. 그래서 제가 여기에 있는 거고요." 그들은 아주 기다란 복도를 따라, 건물의 다른 곳들처럼 과하게 환한 복도를 따라 계속 내려갔다. "저기," 그가 입을 열었다. "무엇 때문에 여기에 갇혀 있었습니까?"

"모르십니까?"

"여기 근처에서는 그 부분에 대해 꽤 비밀스럽게 유지되고 있어요."

"밴 브루 씨가 안 알려 줬습니까?"

남자가 미소 지었다. "밴 브루는 어느 누구에게도, 그 무엇도 말하지 않아요. 아마 대통령한테는 하겠죠. 물론 하고 싶은 말만 하겠지만."

복도 끝에—또는 터널인지 확신이 가지 않았지만—문 하나가 있었는데, 안으로 들어가자 더 큰 치과 진료실 같은 곳이었다. 놀랄 만큼 깔끔했고, 연한 노란색 타일이 붙어 있었다. 치과 의사들이 쓰는 듯한 의자가 놓여 있었으며 측면에 거북한 느낌이 드는 새로운 기계들이 몇 대 나열되어 있었다. 타일 색과 같은 연노랑 작업복을 입은 여자 둘과 남자 하나가 예의 바른 미소를 지으며 그를 기다리고 서 있었다. 왜인지는 모르겠지만 뉴턴은 밴 브루를 만나길 기대했다. 그러나 밴 브루는 그곳에 없었다. 뉴턴을 여기로 데리고 온 남자가 의자에 앉으라고 했다. 활짝 웃으면서. "무시무시해 보이는 거 알아요. 하지만 아프진 않을 겁니다. 그냥 절차상 검사예요. 신원 확인을 위한."

"오, 세상에." 뉴턴이 내뱉었다. "검사는 여태 충분히 하지 않았나요?"

"저희는 아니죠, 뉴턴 씨. CIA에서 했던 것과 중복되는 검사가 있다면 미안합니다. 하지만 우리는 FBI고, 우리 쪽 서류로 보관하려면 이 검사 결과가 필요해요. 아시다시피 혈액형, 지문, 뇌전도 뭐 이런 것들입니다."

"좋습니다." 그는 하는 수 없이 의자에 앉았다. 전에 밴 브루가 지금 시대의 정부는 비밀스럽게 움직이면서 놀라운 일들을 수행한다고 말했었다. 어쨌거나 오래 걸리지 않을 터였다.

그들은 주사 바늘로 그의 몸을 쿡 찌르고 촬영 기기와 다양한 금속 재질의 도구들로 그를 검사했다. 뇌파를 측정하기 위해 머리에 쇠붙이를 부착하고, 심박 측정을 목적으로 손목에도 집게를 끼웠다. 그들은 측정 결과에 깜짝 놀라더라도 일부러 겉으로 드러내지 않으리란 걸 그는 잘 알고 있었다. FBI 요원이 말했듯 그냥 절차상의 일부분이었다.

1시간 정도 흐른 후 그들이 뉴턴 앞으로 어떤 기계를 끌고 와 아주 가깝게 두고서 선글라스를 벗어 달라고 했다. 기계에 달린 눈 같은 한 쌍의 렌즈가 의아하다는 듯 그를 쳐다보는 것 같았다. 각 렌즈에는 카메라 아이컵*(eyecup)처럼 생긴 검은색 고무 재질의 틀이 달려 있었다.

즉시 두려움이 몰아쳤다. 만약 그들이 뉴턴의 눈의 특이성을 모르고 있다면…… "이걸로 뭘 하려는 겁니까?"

노란색 작업복 남자가 셔츠 주머니에서 작은 자를 꺼내 뉴턴의 콧대 길이를 쟀다. 그의 목소리가 단조로웠다. "사진을 몇 장 찍으려는 것뿐입니다." 그가 말했다. "아프지 않을 겁니다."

한 여자가 능숙하게 웃으며 그의 선글라스로 손을 뻗었다.

---

* 촬영 시 뷰파인더를 통해 이미지를 효율적으로 관측할 수 있도록 뷰파인더 끝에 부착된 소형 안대

"자, 이제 이거 잠깐 벗으시고……."

뉴턴은 고개를 홱 돌려 손으로 얼굴을 가렸다. "잠시만요. 어떤 촬영이죠?"

기계 앞에 서 있는 남자가 잠시 머뭇거리더니 벽 앞에 앉아 있는 FBI 요원을 흘긋 쳐다보았다. FBI가 고개를 상냥하게 끄덕였다. 노란색 작업복이 말했다. "사진을 두 장 찍을 겁니다. 하나는 신원 확인용 망막 사진이에요. 혈관 패턴을 알아내기 위해서인데, 신원 확인용으로 이거만 한 게 없습니다. 또 하나는 엑스레이 촬영입니다. 후두 안쪽의 울대뼈, 즉 두개골 뒤쪽 사진이 필요해요."

뉴턴은 의자에서 빠져나오려 했다. "안 됩니다!" 그가 내뱉었다. "지금 뭘 하고 있는지 당신들은 모른다고요."

믿을 수 없을 정도로 빠르게, 상냥한 FBI가 뒤로 성큼 다가와 뉴턴을 의자로 홱 당겼다. 뉴턴은 움직일 수가 없었다. FBI는 그렇게까지 될 줄 몰랐던 눈치였다. 덕분에 여자가 뉴턴을 쉽게 잡고 있을 수 있었다. "죄송합니다." 뉴턴의 뒤에서 FBI가 말했다. "하지만 우리는 그 사진이 필요해요."

뉴턴은 침착하려 애썼다. "나에 대해 알고 있습니까? 내 눈에 대해 들어 본 적 있어요? 그자들은 내 눈에 대해 잘 알고 있을 거라고요."

"눈이 뭐 어떤데요?" 노란 작업복이 말했다. 인내심이 한계에 다다른 듯했다.

"내 눈은 엑스레이에 취약합니다. 저 기계가……."

"그 어떤 눈도 엑스레이를 볼 수는 없습니다." 남자가 입술을 오므려 불쾌함을 분명하게 드러냈다. "엑스레이 진동수를 볼 수 있는 사람은 없다고요." 그는 어이없다는 듯 웃으며 여자에게 고개를 끄덕였고, 그러자 그녀가 선글라스를 벗겼다. 찌르는 듯한 조명에 뉴턴이 눈을 깜빡였다.

"저는 봅니다." 뉴턴이 눈을 찌푸렸다. "나는 당신들과 전혀 다른 방식으로 볼 수 있다고요. 내 눈이 어떤 모습인지 보여 드리죠. 날 놓아주고 내…… 내 콘택트렌즈를 뺄 수 있게 해 주면요."라고 했다.

FBI는 그를 풀어 주지 않았다. "콘택트렌즈요?" 노란 작업복이 말했다. 그러고는 가까이 다가와 한동안 뉴턴의 눈을 가만히 들여다보더니 뒤로 물러섰다. "당신, 콘택트렌즈 안 꼈잖아요."

뉴턴은 오랫동안 느끼지 못했던 감각을 느꼈다. 공포였다. 방 안 조명의 눈부심이 더욱 거세졌다. 심박의 패턴에 맞춰 맥박이 규칙적으로 뛰는 느낌이었다. 그의 목소리가 술에 취한 듯 둔탁해졌다. "새로운 종류의 렌즈입니다. 플라스틱이 아니라 막으로 되어 있어요. 날 잠깐 놓아주면 직접 보여 드리죠."

노란 작업복은 여전히 입술을 오므리고 있었다. "그런 건 없습니다. 20년간 콘택트렌즈 관련 일을 해 왔어요. 그런데……."

뒤에서 FBI가 뉴턴이 듣기에 좋은 말을 했다. "한번 해 보라고 합시다, 아서." 그러면서 갑자기 그의 팔을 풀어 주었다. "어쨌든 이 사람도 납세자니까요."

뉴턴이 한숨을 푹 내쉬었다. "거울이 필요합니다." 주머니를 더듬는데 불쑥 두려움이 다가왔다. 눈에 착용한 얇은 막 제거용으로 디자인 된 자그마한 특수 핀셋을 갖고 있지 않았던 것이다. "미안합니다." 딱 집어 특별히 누구한테 말한 건 아니었다. "미안합니다. 사실 막을 제거하려면 도구가 필요합니다. 제 방으로 다시 가면……."

FBI가 참을성 있게 웃었다. "자자," 그가 말했다. "시간이 없어요. 그리고 가고 싶다고 해서 당신 방에 마음대로 갈 수도 없습니다."

"알겠습니다." 뉴턴이 답했다. "그러면 작은 핀셋 있나요? 그걸로 한번 해 볼게요."

노란 작업복이 얼굴을 찌푸렸다. "잠시만요." 그는 뭐라 중얼거리며 서랍으로 갔다. 1분 뒤 무시무시한 의료용 도구 세트를 모아 왔다. 핀셋이라 할 수 있는 도구들이 잔뜩 있었다. 기능을 알 수 없는 핀셋처럼 생겼지만 어쨌거나 핀셋 같은 것들이었다. 그가 치과 의사용 의자 옆 테이블에 도구들을 쫙

늘어놓았다.

여자는 진작부터 뉴턴에게 거울을 내밀고 있었다. 뉴턴이
끝이 무딘 핀셋을 집어 들었다. 막을 빼기에 그리 적합해 보
이진 않았지만 나름 괜찮았다. 시험 삼아 핀셋을 몇 번 눌러
보았다. 약간 크긴 했다. 하지만 일단 해 봐야 했다.

거울을 든 손이 부들부들 떨렸다. 거울을 건넨 여자에게 잡
고 있어 달라고 부탁하자 그녀가 가까이 다가왔다. 그런데 거
울을 얼굴 앞에 너무 바짝 들이대고 있었다. 그는 그녀에게
조금만 뒤로 가 달라고 하면서 막이 잘 보이게끔 거울의 각도
를 조절해 달라고 했다. 그는 여전히 눈을 찌푸리고 있었다.
노란 작업복이 발로 바닥을 탁탁 두드리기 시작했다. 바닥을
두드리는 소리가 방 안 조명의 파동과 같이 움직이는 듯했다.

핀셋을 든 손을 눈으로 가져오자 손가락이 걷잡을 수 없이
떨렸다. 그는 손을 재빨리 뒤로 뺐다. 다시 시도해 보았지만
핀셋을 눈 가까이에 가져갈 수 없었다. 이번엔 손이 더 심하
게 흔들렸다. "미안합니다." 그가 내뱉었다. "조금만 더 하면
……." 그도 모르게 갑자기 손을 눈에서 떼어 냈다. 핀셋과 지
독한 떨림, 주체할 수 없는 손가락의 흔들림으로 인한 두려움
때문에 손이 눈에서 자발적으로 멀어졌다. 핀셋이 무릎으로
툭 떨어졌다. 그는 손을 더듬거리며, FBI를 쳐다보았다. FBI
가 한숨을 쉬며 어정쩡한 표정을 짓고 있었다. 뉴턴은 계속

눈을 찡그린 채 목청을 가다듬었다. 대체 불이 왜 이렇게 밝은 거야? "저기 혹시," 뉴턴이 입을 열었다. "혹시 술 좀 마실 수 있을까요? 진으로요."

FBI가 갑자기 웃음을 터뜨렸다. 그러나 이번엔 상냥한 웃음이 아닌, 날카롭고 차갑고 잔인한 웃음이었다. 타일로 둘러싸인 방에 웃음소리가 번졌다.

"자, 어서 하시죠." 그가 너그러이 웃으며 말했다. "어서요."

뉴턴은 될 대로 되라는 식으로 다시 핀셋을 움켜잡았다. 눈이 다치더라도 막을 딱 하나만, 일정 부분만이라도 떼어 낼 수 있으면…… 밴 브루는 대체 왜, 지금 당장 여기로 와서 그 사실을 알려 주지 않는단 말인가? 말도 안 되는 이유들 때문에 그의 두개골 내부를 노려보고자 저 기계에 두 눈을 들이미는 것보다 한쪽 눈만 망가뜨리는 것이 뉴턴에게는 더 나을 터였다. 그의 두 눈을 통해, 몹시 민감한 그의 두 눈을 통해 두개골 뒷면의 튀어나온 부분을 하나하나 살펴보게 하는 것보단 차라리 그 편이 나았다.

갑자기 FBI의 손이 그의 손목과 팔을—인간의 힘에 비하면 맥아리가 전혀 없는 그의 팔을—다시 붙잡아 등 뒤로 끌어당겼다. 그때 누군가 머리에 죔쇠를 끼우고 관자놀이를 조였다. "안 됩니다!" 그가 부들부들 떨며 신중하게 말했다. "안 돼!" 이제는 머리를 움직일 수 없었다.

"미안합니다." 작업복이 말했다. "미안해요. 하지만 당신 머리를 고정해야 합니다." 전혀 미안한 목소리가 아니었다. 그가 뉴턴의 얼굴 바로 앞으로 기계를 들이밀었다. 다이얼을 돌리자 뉴턴의 눈에 기계 렌즈의 고무 재질 아이컵이 닿았다. 쌍안경처럼.

뉴턴은 이틀 만에 그가 처음 하는 행동을 했다. 매우 인간적인 행동이었다. "당신들, 내가 인간이 아닌 거 몰라? 나는 인간이 아니라고!" 아이컵이 모든 빛을 차단했다. 아무것도, 누구도 보이지 않았다. "나는 절대로 인간이 아니야!"

"자, 어서요." FBI가 뒤에서 말했다.

그러자 어두운 방에서 나온 그에게 한여름의 태양보다 더 환하게 느껴지는 은색 플래시가 쏟아졌고, 뉴턴은 눈을 뜨고 그 빛을 억지로 올려다보았다. 눈앞이 캄캄해질 때까지. 그때 얼굴에 어떤 압박이 느껴지더니 마침내 기계가 얼굴에서 떨어지는 듯했다.

뉴턴이 두 번 넘어진 뒤에야 그들은 그의 눈을 다시 검사했고, 그렇게 그가 눈이 멀었다는 사실을 알게 되었다.

10

뉴턴은 6주 동안 국립 병원에 갇혀 있었다. 의사들은 그를 위해 해 줄 수 있는 게 아무것도 없었다. 빛에 민감한 망막에 강렬한 통증이 불길처럼 치솟았다. 그의 망막은 이제 더 이상 시각적으로 구별을 할 수가 없었다. 극도로 과노출된 사진판처럼. 몇 주 후 그는 밝음과 어둠을 어렴풋이 인식할 수 있었고, 큼직한 짙은색 물체가 눈앞에 있으면 그 존재를 느낄 수 있었다. 대신 반드시 크고 어두운 물체여야만 했다. 하지만 그게 전부였다. 색은 보이지 않았다. 형태도.

그 기간 동안 그는 안테아를 다시 생각하기 시작했다. 처음엔 산산조각 난 낡은 기억들, 대개 어린 시절의 기억들이 떠올랐다. 어렸을 때 무척 좋아했던 체스와 비슷한 게임이—원형 보드에 투명한 큐브들로 하는 게임이—기억났다. 큐브들의 배열이 다각형을 형성하면 연한 초록색 큐브가 회색 큐브보다 앞서게 되는 게임의 복잡한 규칙이 자연스레 떠올랐다. 그가 배웠던 악기들과 읽었던 책들, 특히 역사책들, 그리고 서른둘에—인간 나이로 따지면 마흔다섯에—결혼을 하며 자동으로 막이 내려진 어린 시절을 추억했다. 그는 아내를 직접 선택하지 않았다. 안테아에서는 배우자를 직접 고르는 경우도 종종 있지만, 그는 그의 가족이 선택하도록 허락했다. 결혼 생활은 효율적이었고 충분히 즐거웠다. 안테아인들은 원래 열정적인 종족이 아니었기 때문에 열정은 없었다. 지금, 미국의 국립 병원에서 눈이 먼 그는 그 어느 때보다도 아내 생각이 애틋했다. 가끔 눈물을 훔치기도 했다.

텔레비전을 볼 수 없게 되어 이따금 라디오를 듣곤 했다. 라디오를 듣고 그는 정부가 그의 실명을 비밀로 유지할 수 없다는 걸 알았다. 공화당은 선거 캠페인에 그를 상당히 많이 써먹었다. 그에게 벌어진 일을 그들은 행정상의 횡포와 무책임의 한 예라고 주장했다.

첫 주가 지나자 이젠 그들에게 그 어떤 악감정도 느껴지지 않았다. 어린애들에게 무슨 화가 나겠는가? 밴 브루는 당황해하며 사과했다. 모두 실수였다면서. FBI가 뉴턴의 특이성에 대한 정보를 접하지 않았다는 사실을 몰랐다면서. 밴 브루가 사실은 그런 부분을 전혀 신경 쓰지 않았다는 걸 뉴턴은 알고 있었고, 밴 브루의 걱정은 오로지 그가, 그러니까 뉴턴이 결국 언론에 무슨 말을 할지, 어떤 이름을 댈지와 같은 것들뿐이라는 사실 또한 알고 있었다. 뉴턴은 피할 수 없는 사고였다는 말을 제외하고 아무 말도 하지 않겠노라며 지친 기색으로 그를 안심시켰다. 누구의 실수도 아니었다고, 그냥 사고였다고.

그러던 어느 날 밴 브루가 그에게 테이프를 박살 냈다고 말했다. 뉴턴은 어차피 처음부터 녹음된 내용을 믿는 사람이 아무도 없을 거라 생각했다고 털어놓았다. 그 테이프가 가짜라고 믿거나, 뉴턴이 미쳤다고 생각하거나, 아니면 사실을 제외한 나머지는 그게 무엇이든 믿었을 사람들이었다.

뉴턴은 밴 브루에게 그게 진짜라고 생각하느냐고 물었다.

"물론입니다." 밴 브루가 조용히 답했다. "적어도 여섯 명은 그 사실을 알고 있고 그렇게 믿습니다. 그중 한 사람이 대통령이고, 장관도 마찬가지죠. 하지만 우리는 테이프를 없앴습니다."

"왜죠?"

"음," 밴 브루가 냉담하게 웃었다. "무엇보다도 우리는 이 나라를 통치하기 위해 역사상 가장 정신 나간 짓을 한 정부로 기록되고 싶지 않기 때문입니다."

뉴턴이 점자 연습을 하던 책을 내려놓았다. "그러면 저는 일을 다시 시작할 수 있습니까? 켄터키에서 말입니다."

"글쎄요, 잘 모르겠군요. 우리는 당신이 살아 있는 한 당신을 분 단위로 지켜볼 겁니다. 하지만 공화당이 정권을 잡으면 난 교체되겠죠."

뉴턴은 다시 책을 집었다. 그 순간 그는 몇 주 만에 처음으로 주변에서 어떤 일이 생길지 관심을 가졌다. 그러나 그 관심은 찾아왔을 때만큼이나 빨리 사라져 버렸다. 그가 은은하게 웃었다. "흥미롭군요."

*

뉴턴이 간호사의 안내를 받으며 병원을 나설 때 건물 밖에는 엄청난 인파가 기다리고 있었다. 환한 햇빛 속에서 그는 그들을 볼 수 있었고, 그들의 목소리를 들을 수 있었다. 경찰이 그랬겠지만 인파 사이에 그가 지나갈 길이 만들어졌고, 간호사는 그를 데리고 길을 지나 차로 이끌었다. 희미한 박수소리가 들렸다. 두 번 비틀거렸지만 넘어지지는 않았다. 간호사는 그를 능숙하게 데리고 갔다. 그녀는 그가 필요로 하는 한 그와 몇 달 또는 몇 년을 함께 지낼 예정이었다. 그녀의 이름은 설리였고, 그녀 역시 통통한 체형이었다.

갑자기 누군가 그의 손을 부드럽게 맞잡은 느낌이 났다. 체구가 거대한 사람이 그의 앞에 있었다. "돌아와서 다행입니다, 뉴턴 씨." 판스워스의 목소리였다.

"고맙습니다, 올리버." 그는 몹시 피곤했다. "의논할 일이 있습니다."

"네. 아시다시피 지금 텔레비전에 나오고 있습니다, 뉴턴 씨."

"아, 몰랐습니다." 그는 카메라의 형체를 찾으려 두리번거렸지만 실패했다. "카메라가 어딨죠?"

"오른쪽에 있습니다." 판스워스가 목소리를 낮췄다.

"나를 그쪽으로 돌려 주세요. 나한테 뭐 물어보고 싶어 하는 사람 있습니까?"

텔레비전에 나오는 아나운서 목소리가 그의 팔꿈치 부근에서 들렸다. "뉴턴 씨, CBS의 두에인입니다. 어떻게 다시 나오셨는지 말씀해 주시겠습니까?

"아니요." 뉴턴이 답했다. "아직 안 됩니다."

아나운서는 애써 당황하지 않은 척하며 다시 질문했다. "그러면, 지금까지 많은 일을 겪으셨는데, 앞으로의 계획은 어떻게 됩니까?"

마침내 뉴턴은 카메라를 분간할 수 있게 되었고, 이제는 카메라를 마주하고 있었다. 그러나 이곳 워싱턴과 미국 전역의 인간 관중을 전혀 의식하지 않았다. 그는 다른 관중을 떠올렸다. 그리고 옅은 미소를 지었다. 안테아의 과학자들에게 짓는 미소일까? 아니면 그의 아내에게? "아시다시피 저는 우주 탐험 프로젝트에 임하고 있었습니다. 저희 회사는 지금까지 행성 간 여행을 불가능하게 한 방사선을 측정하기 위해 태양계에 우주선을 보내는, 규모가 꽤 큰 사업에 착수했었습니다." 호흡을 가다듬는 와중에 머리와 어깨에 슬슬 통증이 오는 게 느껴졌다. 그렇게 오랜 시간을 침대에만 있었으니, 이번에도 또 중력 때문인 모양이었다. "감금되어 있는 동안은 전혀 불편하지 않았고, 오히려 생각할 시간을 가질 수 있었죠."

"그렇습니까?" 아나운서가 말을 멈추었다.

"그렇습니다." 그는 의미심장한 미소를 지으며, 심지어 행복한 표정으로 카메라와 그의 집 방향으로 고개를 돌렸다. "그 프로젝트는 욕심이 과했다는 결론을 내렸습니다. 이제 그만둘 예정입니다."

1990년 이카로스, 익사하다

1

네이선 브라이스는 종이 화약을 통해 처음 토머스 제롬 뉴턴을 찾아냈었다. 그다음에는 음반으로 그를 찾아냈다. 종이 화약 때와 마찬가지로 음반 역시 우연히 발견했지만, 음반 발견의 의미는—적어도 부분적으로는—종이 화약보다 훨씬 뚜렷했다. 1990년 10월, 브라이스와 베티 조 모서가 함께 사는 루이빌의 한 아파트에서 몇 블록 떨어진 곳, 월그린 드러그 스토어에서 벌어진 일이었다. 뉴턴의 간소했던 환송이 텔레비전에서 방영된 지 일곱 달 후였다.

브라이스와 베티 조, 두 사람은 월드 엔터프라이즈에서 받은 급여의 상당 부분을 저축했고 앞으로 적어도 1, 2년간은 굳이 생계를 위해 일을 할 필요가 없었다. 그런데도 브라이스는 과학 완구 제조업체의 컨설턴트로 일을 했는데, 그 직업 덕분에 화학 분야에서의 경력을 완전하게 회복할 수 있었다. 그래서 그는 무척 만족스러웠다. 일터에서 집으로 가던 어느 날 오후, 브라이스는 드러그스토어에 들렀다. 원래는 구두끈을 사러 들렀지만, '정리 세일 89센트'라고 적힌 팻말을 보고 문간에 우뚝 멈춰 섰다. 팻말 아래에는 큼지막한 금속 재질의 바구니에 음반들이 담겨 있었다. 브라이스는 언제나 저렴한 물건을 좇는 사람이었다. 몇몇 음반의 태그를 빠르게 훑어보며 한두 개를 들었다 났다 하다가 어딘가 어설퍼 보이는 한 음반의 제목을 보고 곧바로 흠칫했다. 음반의 형태가 작은 스테인리스 구슬이 된 이후 제조사들은 대개 음반을 조그마한 플라스틱 케이스에 넣어 포장하고 케이스에 커다란 플라스틱 태그를 달아 놓았다. 태그에는 예술적인 그림과 우스운 문구가 적혀 있었는데, 4채널 입체 음향의 앨범이 실려 있다는 내용이 대부분이었다. 하지만 그 음반의 태그에는 마분지만 있을 뿐 그림이 없었다. 돈 안 들이고 예술적인 느낌이 나게 하려는 진부한 시도로 그 음반은 제목 전체가 소문자로 프린팅되어 있었다. 제목은 외계 행성에서 온 시. 마분지 뒷면에 이런 글귀가 적혀 있었다. 여러분은 당연히 이 언어를 모르겠지만, 분명 알고 싶을 겁니다! '방문자'라고 불리는 한 남자가 쓴 이 세상 밖의 시 7편.

브라이스는 망설임 없이 음반을 체험 부스로 가지고 가서 구슬을 채널 안에 넣고 스위치를 돌렸다. 음반에서 흘러나오는 언어는 정말 기묘했다. 어딘가 구슬프고 변음이 많으며 모음을 길게 발음했고 음조가 이상하게 오르락내리락했다. 그리고 전혀 알아들을 수가 없었다. 하지만 그 목소리는, 일말의 의심 없이, 토머스 제롬 뉴턴의 목소리였다.

　스위치를 다시 돌렸다. 음반 태그 아래에는 이렇게 인쇄되어 있었다. *제3의 르네상스(THE THIRD RENAISSANCE)에서 녹음함. 뉴욕의 설리번가(街)……*.

　제3의 르네상스는 맨 위층에 있었다. 사무실에는 직원이 한 명뿐이었는데, 콧수염이 풍성한 멋지고 젊은 흑인이었다. 어느 날 브라이스가 그의 사무실에 들렀을 때, 다행히 그는 브라이스를 흔쾌히 맞이했고, 해당 음반의 '방문자'라는 사람이 어느 마을에 사는 톰인지 뭔지 하는, 아무튼 돈 많은 미치광이라고 선뜻 알려 주었다. 그 미치광이가 직접 녹음실로 찾아왔으며, 심지어 음반을 제작하고 유통하는 비용까지 혼자 다 댔던 모양이다. 어쩌면 골목 모퉁이에 있는 '키 앤드 체인(The Key and Chain)'이라는 커피숍에서 그를 볼 수 있을지도 모른다고 했다.

　키 앤드 체인은 70년대에 폐업한 아주 오래된 커피숍의 유물이었다. 몇몇 사람들이 모여 바도 같이 운영해 저렴한 술을 팔면서 겨우 살아남은 가게였다. 봉고*나 시 낭독도 없었다. 물론 그런 시대는 오래전에 끝나긴 했지만. 대신 벽에 아마추어 작가가 그린 것 같은 그림들이 걸려 있고 여기저기에 싸구려 원목 테이블이 놓여 있으며, 진짜 몇 안 되는 손님들은 의도적으로 부랑자처럼 옷을 입은 듯 보였다. 그들 중에 토머스 제롬 뉴턴은 없었다.

브라이스는 바에서 위스키 한 잔과 소다를 주문하고 천천히 마시며 적어도 몇 시간 정도는 기다려 보기로 다짐했다. 얼마 지나지 않아 두 번째 잔을 마시기 시작했을 때, 뉴턴이 들어왔다. 처음에 브라이스는 그를 알아보지 못했다. 뉴턴은 등이 약간 구부정했고 전보다 더 힘겹게 걷는 모습이었다. 예전처럼 짙은 선글라스를 쓰고 있었지만, 전과 다르게 지금은 하얀 지팡이를 짚고 형편없어 보이는 회색 중절모를 쓰고 있었다. 유니폼을 입은 통통한 간호사가 그의 팔을 잡고 안으로 안내했다. 그녀는 그를 가게 뒤편에 따로 떨어져 있는 테이블로 데리고 가 앉히고 가게 밖으로 나갔다. 뉴턴이 바 쪽을 바라보며 말했다. "안녕하세요, 엘버트 씨." 그러자 바텐더가 답했다. "금방 갈게요, 손님." 바텐더는 고든 진을 따고, 진 병

---

* 보통 한 쌍으로 된 악기로, 손으로 연주하는 작은 드럼

과 앙고스투라 비터즈, 유리컵을 쟁반에 올린 다음 뉴턴이 앉은 테이블로 가져갔다. 뉴턴이 셔츠 주머니에서 10달러를 꺼내 그에게 건네며 어렴풋한 미소를 띤 채 "거스름돈은 됐습니다."라고 했다.

뉴턴이 손을 더듬어 유리잔을 찾아내고 술병에 가득 든 진을 잔의 절반만큼 따르고서 앙고스투라 비터즈를 넉넉하게 들이붓는 동안 브라이스는 바에 앉아 그를 가만히 지켜보았다. 그는 얼음을 넣거나 술을 젓지도 않고 바로 홀짝이기 시작했다. 뉴턴을 찾아낸 지금, 그에게 무슨 말을 해야 할지 브라이스는 불쑥 걱정이 앞섰다. 아니, 겁에 질린 거나 다름없었다. 위스키와 소다를 움켜잡고 바에서 일어나 그에게 성큼 성큼 다가가서 "지난 1년간 생각이 바뀌었습니다. 어쨌거나 안테아인이 지구를 점령해 주면 좋겠어요. 그동안 신문을 쭉 읽었는데, 이젠 안테아인이 점령해 주길 바라게 됐습니다."라고 말할 수도 있었다. 안테아인과 다시 한 공간에 있다는 사실이 정말 믿기지 않았다. 이제는 뉴턴이 애처로운 존재로 느껴졌다. 시카고에서의 충격적인 대화도 꿈속에서, 또는 외계 행성에서 이루어졌던 게 아닐까?

그는 지난날의 프로젝트였던 왕복 우주선을 떠올리며 그 안테아인을 꽤 오랫동안 지켜보았다. 뉴턴의 왕복 우주선은 그날 뉴턴과 베티 조, 50명의 직원을 켄터키의 공사 현장에서 빼내 어딘가로 데리고 간 그 공군기 아래에 잠자코 있었다.

생각에 잠겨 있던 그 순간 그는 자신이 어디에 있는지 잊은 채 켄터키에서 모두가 함께 만들었던 거대하고 잘빠진, 그러나 한편으로는 존재가 도저히 믿어지지 않았던 우주선과 그 일을 하며 받았던 압박감, 금속과 세라믹의 온도 및 압력 문제를 해결하기 위해 몰두했던 시간, 인생에서 무언가 중요하고 가치 있는 일에 소속되어 있다고 진정으로 느꼈던 그 시간을 떠올렸다. 만약 FBI가 우주선 진체를 열가소성 플라스틱으로 밀봉하지 않은 상태로 펜타곤 지하에 보관할 목적으로 그곳에 보냈다면, 지금쯤 우주선 일부에 부식이 시작됐을 것이다. 지금까지 무슨 일이 있었든 간에, 어차피 우주선 처리 방법에 대한 정부의 공식적인 문서에는 우주선 구제에 관한 부분이 담겨 있지 않았을 것이다.

이 생각의 끝이 그를 그 감정으로 밀어 넣었고, 그는 '될 대로 되라지'라고 생각하며 자리에서 벌떡 일어나 뉴턴의 테이블로 걸어가서 자리에 앉았다. 그의 목소리는 차분하고 신중했다. "안녕하세요, 뉴턴 씨."

뉴턴의 목소리도 마찬가지로 평온했다. "네이선 브라이스?"

"네."

"흠," 뉴턴이 손에 든 술을 마저 마셨다. "다시 만나서 반갑군요. 당신을 만나게 될 줄 알았습니다."

아무렇지 않은 듯한 뉴턴의 목소리에 브라이스는 왜인지 당황했다. 문득 난처한 느낌이 들었다. "당신의 음반을 봤습니다." 그가 말했다. "시 말입니다."

뉴턴이 희미하게 웃었다. "그래요? 어땠습니까? 마음에 들던가요?"

"딱히요." 그는 사뭇 대담하게 그 말을 내뱉으려 했지만 괜히 심통을 부리는 것 같아 보일 수도 있겠다 싶었다. 그가 목청을 가다듬었다. "왜 그런 음반을 만들었습니까?"

뉴턴은 여전히 미소를 띠고 있었다. "다른 사람들이 그런 발상을 하지 못하는 게 놀라운데요." 그가 말했다. "CIA에 소속된 어떤 사람이 제게 한 말입니다." 그는 진을 한 잔 더 따르기 시작했고, 브라이스는 그의 손이 덜덜 떨리는 걸 알아챘다. 그가 술병을 비틀비틀 내려놓았다. "그 음반은 안테아의 시가 아닙니다. 전혀요. 일종의 편지라고 할 수 있죠."

"누구한테 쓴 편집니까?"

"제 아내에게요. 그리고 이런…… 이런 삶을 위해 고향에서 절 훈련시켰던 지혜로운 사람들에게요. 언젠가는 이 음반이 FM 라디오에서 틀어지지 않을까 바랐습니다. 아시다시피 라디오 주파수만이 행성 간을 오갈 수 있으니까요. 하지만 내가 아는 한 아직 라디오에서 나온 적이 없는 것 같네요."

"무슨 내용이죠?"

"아, '잘 있어라' 또는 '꺼져 버려' 뭐 이런 겁니다."

브라이스는 점점 더 난처해졌다. 순간 베티 조를 데리고 왔으면 좋았겠다는 생각이 들었다. 베티 조는 금세 정신을 차리고, 문제를 이해하고 감당할 수 있게 만드는 놀라운 능력을 갖고 있었다. 하지만 그녀는 자신이 뉴턴을 사랑했다고 믿었기 때문에 오히려 더 난처할 수도 있었다. 브라이스는 도대체 무슨 말을 해야 할지 몰라 잠자코 있었다.

"저기, 네이선. 아, 내가 네이선이라고 불러도 괜찮지요? 자, 당신은 날 찾아냈습니다. 원하는 게 뭡니까?" 뉴턴은 선글라스와 우스꽝스러운 모자를 쓴 얼굴로 미소를 지었다. 그의 미소는 우주의 달만큼이나 오래된 것 같았다. 도저히 인간의 미소라고 할 수 없었다.

브라이스는 뉴턴의 미소에, 심각하고 지친, 끔찍할 정도로 진이 빠진 그의 목소리에 어찌할 바를 몰랐다. 그는 대답하기 전, 술병 입구를 유리잔에 달그락 부딪혀 가며 술을 따랐다. 그러고는 뉴턴을, 빛이 반사되지 않는 납작한 그의 선글라스를 뚫어지게 바라보며 술을 마셨다. 테이블에 팔꿈치를 대고 두 손으로 투명한 술잔을 잡고서 말했다. "당신이 이 세상을 구해 주길 바랍니다, 뉴턴 씨."

뉴턴의 미소는 변함이 없었다. 그가 즉시 답했다. "구할 가치가 있을까요, 네이선?"

브라이스는 역설을 논하고자 여기에 온 게 아니었다. "네, 구할 가치가 있다고 생각합니다. 어쨌든 전 제 인생을 구하고 싶어요."

뉴턴이 갑자기 바 쪽으로 몸을 기울였다. "엘버트 씨," 그가 바텐더를 불렀다. "엘버트 씨."

키가 작고 어딘가 슬퍼 보이고 초췌한 표정의 바텐더가 몽상에서 깨어나 고개를 들었다. "네, 손님?" 그가 부드럽게 답했다.

"엘버트 씨, 내가 인간이 아니란 거 알고 있나요? 내가 안테아라는 다른 행성에서 왔다는 거 압니까? 우주선을 타고 왔다는 건요?"

바텐더가 어깨를 으쓱했다. "들어 본 적은 있어요."

"네, 맞습니다. 그랬죠." 뉴턴이 말했다. "정말 그렇답니다." 잠시 말을 멈추었다. 브라이스는 뉴턴의 말에 충격받아 그를 응시했다. 그의 말투는 어린애, 또는 십 대처럼 유치했다. 그 자들이 대체 그에게 무슨 짓을 한 걸까? 그의 눈만 멀게 한 게 맞을까?

뉴턴이 바텐더를 다시 불렀다. "엘버트 씨, 내가 왜 이 세상에 왔는지 알아요?"

바텐더는 이번엔 고개조차 들지 않았다. "아니요, 손님. 그건 못 들었어요."

"음, 당신을 구하러 왔어요." 뉴턴의 목소리는 엄숙하고 시니컬하면서도 살짝 히스테리를 부리는 듯한 느낌도 났다. "나는 당신들 전부를 구원하러 왔답니다."

브라이스는 바텐더가 실실 웃는 걸 보았다. 그가 여전히 바 뒤에 서서 말했다. "어서 그렇게 하셔야겠네요, 손님. 우리는 빨리 구원되어야 하거든요."

뉴턴이 고개를 푹 숙였다. 부끄러움 때문인지, 절망 혹은 피로감 때문인지 알 수 없었다. "네, 그렇고 밀고요." 그는 거의 속삭이다시피 말했다. "서둘러 구해야 하죠." 그러더니 고개를 들어 브라이스를 보고 웃었다. "베티 조를 만납니까?" 그가 물었다.

브라이스는 그 말에 허를 찔린 기분이었다. "네⋯⋯."

"잘 지내나요? 베티 조는 어떻습니까?"

"잘 지냅니다. 당신을 보고 싶어 해요. 엘버트 씨가 말한 대로 우리는 빨리 구원되어야 합니다. 구원해 줄 수 있나요?"

"아니요. 미안합니다."

"가능성이 아예 없어요?"

"없습니다. 당연히 없죠. 정부가 나에 대해 전부 알고 있으니까요⋯⋯."

"정부에 일거수일투족을 보고합니까?"

"아마 그래야겠죠. 하지만 꼭 그래야 하는 건 아닙니다. 그들은 오래전부터 알고 있었어요. 우리가 너무 순진했던 것 같더라고요."

"누가요? 당신과 나요?"

"당신과 나요. 그리고 우리 고향에 있는 내 사람들이요. 지혜로운 내 사람들……." 그가 잔잔하게 내뱉었다. "우리가 순진했어요, 엘버트 씨."

엘버트의 목소리는 부드러웠다. "그거 다 사실이죠, 손님?" 그는 진심으로 걱정하는 듯했다. 마치 뉴턴이 한 말을 순간적으로 사실이라고 믿은 것처럼.

"꽤 오래 걸렸잖아요."

"오, 그럼요. 그렇고 말고요. 작은 우주선을 타고 왔죠. 계속 나아가고 또 나아가면서…… 아주 긴 여행이었어요, 네이선. 그렇지만 우주선 안에서 책을 읽으며 대부분의 시간을 보냈습니다."

"그러셨군요. 하지만 제 말은 그런 뜻이 아니었어요. 여기 지구에 온 지 오래됐다는 의미였습니다. 돈과 새로 만든 우주선……."

"아, 돈은 정말 많이 벌었죠. 지금도 여전히 많이 벌고 있습니다. 그 어느 때보다 많이요. 루이빌에도 돈이 있고 뉴욕에도 있어요. 지금 내 주머니에도 500달러나 있고, 정부에서 건강 보험 수당도 줍니다. 나는 이제 이 나라 국민입니다, 네이선. 그들이 날 국민으로 만들었죠. 그리고 실업 급여도 받을 수 있겠죠. 참, 월드 엔터프라이즈는 내가 전혀 관여하지 않는데도 아주 잘나갑니다. 월드 엔터프라이즈 말이에요."

브라이스는 뉴턴의 눈길과 말하는 방식이 이상하게 느껴졌고 점점 그와 눈을 마주치고 있기가 어려웠다. 그래서 대신 테이블을 내려다봤다. "그럼 그 우주선은 완성할 수 없는 겁니까?"

"그들이 날 그렇게 내버려둘 것 같나요?"

"당신 재산을 다 동원하면……."

"내가 그걸 원할 거라 생각해요?"

브라이스가 그를 흘긋 올려다봤다. "음, 그걸 원하나요?"

"아니요." 갑자기 뉴턴의 얼굴이 더 나이가 든 것처럼, 더 침착하게 그리고 더 인간답게 바뀌었다. "그럴 수도 있겠네요. 그걸 원할 수도 있어요, 네이션. 하지만 완전히는 아닙니다. 완전히는 아니에요."

"그럼 당신 고향 사람들은요? 당신 가족은요?"

뉴턴이 지구인 같지 않은 미소를 다시 지었다. "어차피 그들은 다 죽을 겁니다. 당신들보다는 오래 살겠지만요."

브라이스는 그 말에 깜짝 놀랐다. "그자들이 눈을 망가뜨릴 때 당신의 마음까지 망가뜨린 건가요?"

뉴턴의 얼굴에 표정 변화가 없었다. "네이션, 당신은 내 마음에 대해 전혀 모릅니다. 당신은 인간이기 때문이지요."

"뉴턴 씨, 당신 많이 변했군요."

뉴턴이 잔잔하게 웃었다. "어떻게요, 네이선? 내가 새롭게 변했나요, 아니면 예전으로 돌아간 것 같나요?"

브라이스는 뭐라 해야 할지 몰라 잠자코 있었다.

뉴턴이 술을 조금 따르고 테이블에 내려놓았다. 그리고 말했다. "이 세계는 소돔*과 똑같이 불행을 맞이할 겁니다. 그리고 그에 대비해 나는 아무것도 할 수 없어요." 그가 머뭇거렸다. "그래요, 내 마음의 일부가 망가진 게 맞습니다."

브라이스는 받아칠 말을 찾아 헤맸다. "우주선은……."

"우주선은 이제 쓸모없어요. 적정 시기에 끝마쳐야 했는데 지금은 시간이 충분하지 않습니다. 이 두 행성은 앞으로 7년 동안 가까워지지 않을 겁니다. 이미 멀어지고 있죠. 그리고 미국은 절대로 내가 우주선을 만들도록 두지 않을 거예요. 우주선을 만든다고 해도 내 손으로 발사하도록 허용하지 않을 거고요. 만에 하나 내가 발사하면 그들은 그 우주선을 타고 돌아오는 안테아인들을 체포하고 눈을 멀게 만들겠죠. 그리고 안테아인들의 마음도 망가뜨릴 겁니다……."

---

*구약성서에 나오는 도시로 성적 문란 및 도덕적 퇴폐 때문에 하느님의 노여움을 사서 멸망되었다. 지금은 '죄악의 도시'를 뜻하는 비유어로 쓰인다.

브라이스가 술을 전부 마셨다. "당신한테 무기가 있다고 했잖아요."

"네, 그랬죠. 거짓말이었습니다. 나한테는 아무런 무기도 없어요."

"왜 거짓말을 해야만 했을까요?"

뉴턴이 테이블 위에 팔꿈치를 조심스럽게 올리며 몸을 앞으로 기울였다. "네이선, 그때 나는 당신이 두려웠어요. 지금도 두려워요. 이 말도 안 되게 거대하고 아름답고 끔찍한 행성에서 모든 기묘한 생명체와 흘러넘치는 물과 인간들과 지내는 동안 매 순간, 온갖 것들이 다 두려웠습니다. 지금도 두려워요. 이곳에서 죽을까 봐 두렵습니다."

그는 잠시 말을 멈췄다가 브라이스가 아무 말도 하지 않자 다시 입을 열었다. "네이선, 당신이 원숭이들과 6년을 함께 살았다고 생각해 보세요. 아니면 곤충과의 삶, 생각 없이 열심히 일만 하는 개미들과 함께하는 인생을 상상해 봐요."

몇 분이 흘렀고, 브라이스의 마음은 극히 선명해졌다. "우스갯소리를 하시는 것 같군요, 뉴턴 씨. 우리는 당신에게 곤충 같은 존재가 아닙니다. 처음엔 그랬을지 모르지만 지금은 아니죠."

"아, 그럼요. 나는 당신들을 좋아합니다. 확실합니다. 다만 당신들 중 일부만이지요. 그래도 당신들은 어쨌든 곤충입니다. 하지만 나는 날 좋아하는 것보다 당신을 더 좋아하게 될 지도 모르겠군요." 그가 비꼬는 듯한 노련한 미소를 지었다. "무엇보다 당신들은 내 연구 분야이니까요. 인간들 말입니다. 나는 평생 인간들을 연구해 왔지요."

그때 갑자기 바텐더가 두 사람을 불렀다. "거기 동지분들, 술 더 하실래요?"

뉴턴이 술잔을 비웠다. "물론이죠. 여기 두 병 더 갖다줘요, 엘버트 씨."

엘버트가 큼직한 주황색 행주로 테이블을 닦는 동안 뉴턴 이 말했다. "엘버트 씨, 결국 난 우리를 구원하지 않기로 결심 했습니다."

"그거 참 안타깝네요." 엘버트가 말했다. 그는 축축한 테이 블에 술병을 내려놓았다. "아쉬워요."

"참 안됐네요, 그렇죠?" 뉴턴이 손을 더듬으며 새로 놓인 진 병을 찾아내고 잔에 따랐다. 진을 부으며 그가 말을 꺼냈다. "베티 조와 자주 만납니까, 네이선?"

"네. 지금 베티 조와 같이 살고 있습니다."

뉴턴은 술을 한 모금 홀짝 마셨다. "연인 사입니까?"

브라이스가 잔잔하게 웃었다. "네, 연인 사이입니다."

뉴턴의 표정이 굳어졌다. 그 무표정은 감정을 숨기기 위한 가면이라는 걸 브라이스는 알고 있었다. "그렇군요. 역시 삶은 계속되는군요."

"음, 뭘 기대했던 겁니까?" 브라이스가 물었다. "당연히 삶
은 계속되죠."

뉴턴이 갑자기 웃기 시작했다. 브라이스는 흠칫했다. 그가
그렇게 웃는 걸 단 한 번도 본 적이 없었으니까. 웃음의 파동
으로 몸을 들썩이며 뉴턴이 말했다. "잘됐군요. 베티 조는 이
제 외롭지 않겠어요. 그녀는 어디에 있습니까?"

"루이빌에 있는 집이요. 고양이와 함께 있습니다. 이마 술
에 취해 있겠죠."

뉴턴의 목소리가 다시 진정되었다. "그녀를 사랑합니까?"

"어리석은 질문이군요." 브라이스가 답했다. 뉴턴의 웃음
소리가 괜스레 거슬렸다. "베티 조는 좋은 여자입니다. 함께
있으면 행복하죠."

이제 뉴턴의 미소가 부드러워졌다. "내가 웃었다고 괜히 오
해하지는 마세요, 네이선. 두 사람, 잘 어울려요. 잘된 것 같
군요. 결혼은 했나요?"

"아니요. 할 생각은 해 봤지만요."

"무슨 일이 있어도 베티 조와 결혼해야 합니다. 결혼해서
신혼여행을 가세요. 혹시 돈이 필요합니까?"

"돈 때문에 결혼을 안 한 건 아닙니다. 그래도 뭐, 돈이 좀
필요하긴 하겠네요. 네, 돈 필요합니다. 좀 줄 수 있습니까?"

뉴턴이 다시 웃었다. 매우 기뻐하는 듯 보였다. "그럼요, 당연하죠. 얼마면 됩니까?"

브라이스가 술을 꿀꺽 마시곤 대답했다. "100만 달러요."

"수표로 써 드리죠." 뉴턴은 셔츠 주머니를 더듬다가 수표장을 꺼내 테이블에 올렸다. 체이스 은행에서 발행한 수표장이었다. "언젠가 텔레비전에서 100만 달러 수표에 관한 방송을 본 적이 있습니다." 그가 말했다. "고향에서요." 그러면서 브라이스 쪽으로 수표장을 밀었다. "당신이 작성하면 내가 서명하죠."

브라이스는 주머니에서 볼펜을 꺼내 수표에 이름을 적은 다음 $1,000,000를 썼다. 그리고 신중하게 '일백만 달러'라고 적은 후, 테이블 위로 수표장을 밀었다. "다 썼습니다."

"펜을 내 손에 직접 쥐여 줘야 합니다."

그래서 브라이스는 자리에서 일어나 테이블을 돌아가서 뉴턴의 손에 펜을 쥐여 주고 그가 수표를 작성하는 동안 수표장을 잡아 주었다. 토머스 제롬 뉴턴. 손글씨가 깨끗하고 올곧았다.

"세상에."

"20년 전 안테아에서 글자 사진을 보고 영어 손글씨를 배웠습니다. 어떤 채널들은 수신 상태가 매우 좋았기 때문에 거기에서도 영화가 잘 보였거든요."

"필체가 정말 깔끔하군요."

뉴턴이 미소 지었다. "그럴 수밖에요. 우리 안테아인은 뭐든지 아주 잘 해냅니다. 그 무엇도 간과하지 않았어요. 인간을 흉내내기 위해 아주 열심히 일했죠." 그가 브라이스 쪽으로 고개를 들었다. 마치 브라이스가 보이는 것처럼. "그리고 당연히 나는 성공했고요."

브라이스는 지갑에 수표를 집어넣었다. "기억납니까?" 뉴턴이 물었다. "텔레비전에서 방영됐던 영화 〈세 가지 전선으로의 편지〉 말입니다."

브라이스는 아무 말 없이 자리로 돌아갔다. 동정이든 뭐든 내비쳐야 할 것 같은 분위기였지만 그 무엇도 느껴지지 않았다. 그래서 가만히 있었다.

"베티 조와 어디를 갈 겁니까? 그 돈으로요?"

"모르겠습니다. 아마도 태평양으로 가겠죠. 타히티로요. 에어컨을 갖고 가야 하지 않나 싶습니다."

뉴턴이 미소를, 우주의 달 같은 미소를, 도무지 지구인 같지 않은 안테아인의 미소를 다시 지어 보였다. "그리고 내내 취해 있겠죠, 네이선?"

브라이스는 뭔가 마음이 불편했다. "시도는 해 보겠지요." 그가 답했다. 100만 달러로 뭘 할지는 그도 몰랐다. 사람들은 보통 누군가에게 100만 달러를 받는다면 어떻게 할 건지 상상하곤 했지만, 그는 그런 걸 생각해 본 적이 단 한 번도 없었다. 어쩌면 두 사람은 정말 타히티로 가서 작은 오두막 안에서 술에 취해 지낼 수도 있다. 만약 타히티에 오두막이 하나라도 남아 있다면 말이다. 만일 남은 오두막이 없다면, 타히티 힐튼 호텔에 묵겠지만.

"흠, 꼭 성공하길 바랍니다." 뉴턴이 말했다. 그러고는 덧붙였다. "내가 돈으로라도 뭔가를 할 수 있어서 기쁩니다. 돈은 정말 끔찍할 정도로 많거든요."

자리를 나서려 일어서자, 브라이스는 피곤함과 약간의 취기를 느꼈다. "그러면 이제 그 가능성은……?"

뉴턴이 그를 쳐다보며 조금 아까보다 더 기이하게 웃어 젖혔다. 선글라스와 중절모 아래로 보이는 그의 입은 아이가 그린 웃는 얼굴처럼 이상한 곡선을 이루고 있었다. "물론이죠, 네이선. 그럴 가능성은 당연히 있습니다."

"그럼," 브라이스가 말했다. "돈은 감사히 잘 쓰겠습니다."

짙은 선글라스 때문에 뉴턴의 눈을 볼 수 없었지만, 그는 모든 곳을 다 보고 있는 것 같았다. "쉽게 얻은 것은 쉽게 잃는 법이죠, 네이선." 그가 반복했다. "쉽게 얻은 것은 쉽게 잃게 돼요." 뉴턴의 몸이 들썩이기 시작했다. 뼈가 앙상한 몸을 앞으로 기울이고 중절모를 벗어 테이블 위에 조용히 내려놓자 분필처럼 하얀 머리가 드러났다. 그 순간 안테아인의 머리가 안테아인의 앙상한 팔 안으로 파묻혔다. 그는 팔로 머리를 감싼 채 울고 있었다.

잠시 동안 브라이스는 그대로 서서 뉴턴을 바라보았다. 그러다가 테이블을 돌아가서 무릎을 꿇고, 팔을 그의 등에 둘러 부드럽게 안아 주었다. 손에서 새털처럼 가벼운 몸의 떨림이 느껴졌다. 연약하고 나탈나탈한, 비통에 빠진 새의 몸통 같았다.

바텐더가 다가왔고, 브라이스가 고개를 들자 그가 말했다. "저 친구에게 도움이 필요한 것 같아 보이는데요."

"네," 브라이스가 답했다. "맞아요, 도움이 필요할 것 같습니다."

지구에 떨어진 남자

초판 1쇄 2024년 7월 17일

지은이 월터 테비스
옮긴이 나현진

책임편집 이정
편집 강가비
표지디자인 [★] 규

펴낸이 차보현
펴낸곳 어느날갑자기
출판등록 2017년 8월 31일 제2021-000322호
연락처 070-7566-7406, dayone@bookhb.com
팩스 0303-3444-7406

지구에 떨어진 남자 ⓒ 월터 테비스, 2024
ISBN 979-11-6847-845-9 03840